约等于零

我目送那辆车离开，我相信，我爹一定会从后视镜中看着我。
从此以后，他有他更加遥远的远方，我有我更深的牵挂。

江苏凤凰文艺出版社
JIANGSU PHOENIX LITERATURE AND ART PUBLISHING

朱零

目　录

买房记

1

国庆假期，媳妇儿带着孩子回娘家去了。送她们去机场，当把她俩的两个箱子从车上搬下来，装上机场的小推车，目送娘儿俩推着小车慢慢消失在出发的人海中时，心中顿感爽快，暗自叫道：属于老夫的单身日子终于回来了。迅速地离开首都机场出发厅，一拐弯，下坡来到了一楼，我知道那里有个角落，可以停车，又极其安静。

停下车，先给媳妇儿发个短信，叫她注意安全什么的，明知这会儿，她应该在排队办登机牌，也明知这是废话，可女人不都爱听废话么？然后熄火，把座椅靠背往后一放，抱头躺下，让自己彻底放松下来。

要是在平时，早一脚油门，往家跑了，如果到点了还不回家，哪怕晚个十多二十分钟，手机就会响起来，电话那头劈头盖脸就问："到哪儿了？怎么还不回家？"哪可能把车停外边，由着性子幻想。今天，偏不回，我拿出手机，找到通讯录，从 A 开始，滑到 B，再到 C，一个一个往下看，像极了在晚报的那一大堆寻人启事栏目里，寻找那个我要找的人。

顺着通讯录，一个接一个往下翻，觉得要找出一两个酒友，还不容易吗？直至通讯录翻过了大半，还没有找到一个合适的，心里就开始纳闷。以前那些动不动就找我喝酒的人哪儿去了？再接下来就看得慢下来了，甚至把名字，一个一个念出来，生怕把谁漏掉。心想，看仔细点，别让那些等我的哥儿们和姐们失望了，一年到头，好歹也找他们一两次。越往后翻，越觉得没有合适的人选，有几个朋友觉得他们年纪有点大，应该在家陪父母，让他们大过节的出来陪我，显然不合适；有几个朋友年纪还小，应该正是搞对象的黄金时段，也不可打扰；有几个外地的，应该也回老家陪父母了；有几个平时偶尔可以开开玩笑、无伤大雅的姑娘，身边肯定不缺人；有一个离异的大姐，这时候可不能主动去招惹，万一她会错了意，以为我对她有什么意思，那可就害人害己，得不偿失了。我只是想找个人喝喝酒，聊个天，虚度个时间段而已，可不想惹什么麻烦。不知不觉通讯录就滑到了 X，然后 Y，再往后，就没几个人了。

怎么到了我有空了，就找不到一个可以一起喝酒聊天的人呢？我就纳了闷了。平时他们找我，我都不是千方百计给老婆请假，找各种理由不回家，出来陪他们喝酒的吗？眼看着通讯录翻到了底，也没找出一个自己觉得合适的人，就不甘心，就又从头开始翻。这回长记性了，从第一个名字开始，就一个一个叫他们的名字，然后替他们答应，然后假装邀请他们赴我的酒局，在哪哪哪，然后替他们一次又一次地找各种理由拒绝，来不了，那啥啥啥，那又有什么什么事儿。总之，我念一个名字，邀请一次，他们总能通过我自己的嘴巴，找各种理由拒绝我。倒是有一个小姑娘，我内心里是喜欢的，又年轻又活泼，说话率性又调皮，每每让我有好感，可是我都能做她叔叔了，如果单独约她出来喝酒聊天什么的，总是不合适的，有占小姑娘便宜的嫌疑，犹豫再三，电话终于没有拨出去。

眼看通讯录又翻到了尽头，仍然没有找到一个看见名字就能让人兴奋、并毫无顾忌地打电话让他来喝酒的朋友，我就开始怀疑人生了。自己这大半辈子，难道就没有一个真正的可以招之即来挥之即去的酒友？难道就没有一个想打电话就直接把电话拨过去、心里丝毫也不用犹豫的酒友？

手机里的通讯录第二遍也很快翻完了，念他们名字的过程中，也有那么一两个我差点就替他们答应了，但就是说不出口，话到嘴边，硬是给忍回去了，总之是找了借口，说对不起了，今个儿真的有事，改天再聚之类的套话。把手机往副驾座位上一放，叹了口气：难道我真没什么朋友？平时那些热闹的聚会都是虚情假意？早知道如此结局，还不如和老婆孩子一起回去，其乐融融地过一个幸福团结完美和谐的国庆假期呢。

要不把侄子叫出来一起喝个小酒？得有两三个月没见他了吧？我这个侄子，从小就不好好读书，在他十六岁那年我回了趟老家，看他身上油腻腻的，像只瘦猴似的，一问，是在一个工厂打工，刚下班没来得及换衣服。小孩从小父母就离婚，跟着我的哥哥过，从不知道母爱是什么滋味。我看在眼里，疼在心里，就问他，愿不愿意跟我去北京？他没有当面回答，第二天早上他没有去上班，一早就过来跟我说：叔叔，我跟你去北京。想来是他思考纠结了一晚上的决定，我心里很欣慰，但也觉得担子很重，要把一个不爱读书的孩子培养成才，得比别人多花不少力气。好在孩子很懂事儿，我把他安排到北师大读自考，整整五年时间，我从自己微薄的工资里挤出一份，作为他的生活费，让他安心读书，不用考虑钱的问题，那几年他听遍了北师大及周边几所高校所有感兴趣的名家讲座，长了不少见识。他后来跟我说：叔叔，刚开始那一两年我实在是什么都听不懂，都想放弃回老家了，但是一看到你，我就又不敢提回家的事儿了，怕你失望。侄子拿到北师大的自考文凭以后，我把他安排到了老家一家上市公司在北京的销售处跑业务。这跑业务跟文凭似乎没太大关系，他从一开始每年有六七十万的销售额，逐渐增加到两百万、三百万、五百万，五年以后，他个人一年的销售额，就超过了一千万。也就是从这一年开始，他当上了北京分公司的区域副经理、经理，现在，他们北京分公司的年销售额，应该过亿了吧。生意做大了，人就忙起来了，以前他每周见我一次，现在，都两三个月没见了，想来他肯定是忙于应酬了，算了吧，别找他了，好在我这个侄子很懂事儿，逢年过节的，人过不来，肯定会打电话问候的。想到这里，心中一阵温暖，这些年，也算没白培养他吧，对得起我的哥哥了。

2

机场那个角落不能长时间停车，否则保安就要来干涉。就在那个保安欲来未来，犹豫不决时，我果断地启动了我新买来的旧二手车，只听发动机“嘎嘎嘎”响个不停，喘着粗气，可就是打不着，我倒是不急，习惯了，那个保安眼看我要离开，感觉他也是舒了一口气，一转身，盯别人去了，我的车子在折腾了两三分钟以后，以一声痛快的尖叫，宣示自己已经复活。既然破车都已经打着了，那就走吧。于是挂挡，松手刹，加油，离开。

车子一上机场高速，就像识途的老马，根本不用问去哪儿，好像是自动驾驶，直奔家的方向驶去……

到家后，坐立不安，拿出本书来，假装翻两页，一个字也没看进去，坐在沙发上眼睛一会儿看看天花板，一会儿看看手机，这会儿，是多么盼望有一个电话打进来，找我去喝酒啊，虽然我住在东五环，即使让我现在去西五环，不，即使去房山，我也会立马起身，屁颠屁颠地往西边去的。可是没有，半天了，连个短信也没有。金秋十月，天高气爽，这是北京最好的几天，凉快又舒适，可我硬是在房间里，把自己憋出一身臭汗来，中午送走了老婆孩子，一看表，都下午五点多了，敢情中午饭都还没吃，刚才居然没感觉到饿。这会儿倒是饿了，楼下有几家苍蝇馆，盖饭饺子，馒头包子，填肚子的东西倒是不缺，就是脏点，卫生差点。对于我们乡下出来的人来说，卫生什么的，都不算事儿，农村人有句老话：不干不净，吃了不生病。我一个人的时候，经常去楼下买点吃的，还真是没因为吃东西生过病。

就下楼，从南边数过来第一家是东北菜，三鲜饺子很不错，我经常在他们家点一份饺子，一瓶啤酒，就算是一顿大餐。紧挨着是一家沙县小吃，吴仪在他们家乡视察的照片永远贴在墙上最显眼的位置，最显眼的位置往往也是最脏的地方。我爱吃他们家的卤肉饭，虽然肉质很差，大多是猪肚皮上的肉，又肥又腻，猪皮的毛囊里经常有几丛白色的猪毛没刮干净，明目张胆地露在外面，但想想小本生意，大家讨生活都不容易，一份饭里，搁几块猪肉，老板就算有良心了，也就理解了。往北还有一家兰州拉面，以前一直以为兰州拉面的面馆都是兰州人开的，至少是甘肃人开的，直到两年前去了甘肃，甘肃的朋友很不屑地拉长口音说："嗳嗳，这哪是我们甘肃人开的，全是他妈宁夏人干的。"一愣，再问朋友，那以后怎么区分甘肃人和宁夏人开的面馆？朋友说，你就问他这是什么面，只要回答是兰州拉面的，百分之百是宁夏人。我很好奇，再接着追问一句：为什么？朋友很自豪地说："我们兰州人从来只说兰州牛肉面，而不说这是兰州拉面，这就是最本质的区别。"

这也是我不喜欢这家兰州拉面馆的原因之一，挂羊头卖狗肉，明明是宁夏人开的，硬说自己是兰州拉面，难怪被甘肃人看不起。更重要的原因是饭店里的几个年轻小孩，十二三岁，顶多十四五岁，在饭店里当服务员，一看就是不读书不识字，估计跟老板沾亲带故，永远一副街头小混混的样子。看客人的眼神，给人一种莫名其妙的感觉，说不出来的复杂，既仇恨又羡慕，仿佛进了他的店，就得任他宰割，你点菜时他们往往会盯着你的眼睛而不是菜单，当你点完一道菜，菜名的最后一个字都还没报完，他们永远是迫不及待地跟上一句："还要什么？"如果你说不要了，就这些，他们就会死死盯着你，一嘴的家乡口音："就这些吗？别的不要了？"其中的"吗"字和"了"字，字音拖得很长，还往上挑，有一种挑衅的味道，如果是第一次去，还以为自己进了黑店，去了几次以后，我才慢慢体会出他们那种难以名状的心情，你们北京人不是比我们有钱吗？进了我的店，就要多点菜，多花钱，言外之意就是谁让你们有钱来着？在他们眼里，比他们有钱是不对的，你有钱，不花在他们的店里，也是不对的。

紧挨着这家面馆的，原来是一家重庆火锅店，这家店之前是一家湘菜馆，再再之前是一家桂林米粉店，再再再之前，是卖驴肉火烧的，再往前我就不知道了，因为那时候，我还在别处住，现在，则是一家全国连锁的每个北漂都会打交道的说起来就满是心酸史和血泪史的著名的房地产中介“我爱我家”。

我的脚步停在了“我爱我家”门口，因为路窄，店门口恰好围着几个人，挡住了我去消费的道路。侧耳倾听几句，似乎几个人正在交涉涨房租涨水电重新签订合同等重大事宜，我已经好多年不关注房子的事儿了，结婚后东挪西凑，好不容易借了点钱，把房子的首付给付了，到现在还住在这套唯一的房子里，所以说，这个世界的其他房子，不管你涨多少，跟我毫无关系。就算是现在房价比我买房时涨十倍二十倍或者一百倍，我也不可能把我现在这套房子卖了，卖了一家老少住哪儿啊？

人群里传来讨价还价声，还有“我爱我家”的中介方和事佬般的两边讨好声：这边你降一点，那边你再加一点，这事儿不就成了吗？没那么容易，房主只知道涨价，并不管你租房人的收入如何，租房子住的当然想便宜点儿，那么高的价格，每个月这点工资，交完房租就没几个钱了，辛苦了一个月，最后才发现，自己是在给房东打工。事情就这么僵持住了，空气似乎凝固了一分钟，每个人都不说话，好像是谁首先开口说话，谁就输了似的。

前后观察了几分钟之后，我大概弄明白了挡在我前面这几个人的身份，房主是小两口，三十来岁，看气质都像是政府机关或国企的小职员，两人脸上并无世俗之相，更不像刁钻之徒，房租一年涨百分之十好像是业内不成文的规矩，他们只是想按业内规矩来，合同一年一签，每年涨百分之十，租房的男人看不出具体年纪，四十岁出头的样子吧，一开口就是东北腔，老家估计是挨着大城市铁岭，说话大大咧咧，说不行不行，你们这每年这么涨价，还让不让人过了，你们把我逼急了我还真就去抢银行了。乍一听，租房一方比房东还占理，有几个围观的不嫌事儿大，也七嘴八舌地帮腔：就是，现在房租那么贵，真是没法活了，政府还管不管咱老百姓的死活了？边上还有一路过的，估计也是租房子住的，对着人群吼了一嗓子：这不是北京人欺负我们外地人吗？你们拆迁每家分五六套七八套房子，什么活不干靠房租就活得那么滋润，我们起早贪黑，一年到头也挣不了几个钱，大部分还给你们交房租了，这个国家太不公平了。

围观的人都同意他的意见，具体表现是大家一致的叫好声，弄得那小两口无话可说。女房东小脸涨得通红，想争辩几句，可是又一时语塞，话说不出口，关键时刻还是男人站了出来："我们也不是北京人，我们就这一套房子，岳父岳母过来帮着带小孩，家里住不下了，才把这个一居租出去，我们自己在外边租了个两居，我们那边过两天也得签合同，也得涨价百分之十，你们以为我愿意涨价啊？这都是被逼的。"

原来都是北漂，大家都不容易。有人就给小两口出主意，北京街头往往就会有那么多莫名其妙的热心人，自己的生活都过不好，可就是爱操别人的心。但转念一想，北京要是没那么多朝阳群众、西城大妈什么的，那些吸毒的、嫖娼的明星们，谁去举报呢？饭前便后，除了洗手，大家就没什么娱乐新闻了，那日子得多单调啊。有些北漂在北京待久了，许多人也开始患上了北京综合征，比如这个操外地口音的中年大妈说：你们把这个一居卖了，拿这钱付个首付，换个大房子，和父母不就能住一起了吗？

说得也对噢。现在很多家庭不都是先买个小房子，定个小目标，等条件成熟了再换成大房子吗？一居换两居，两居换三居，三居换联排，联排换独栋。看来外地大妈对北京的房地产业关注研究也不是一天两天了，能说出如此精辟的论点，到"我爱我家"做个店长应该没问题。

小两口互相一对眼，男的叹口气说："我们当然想换个大房子，但现在房价这么高，大家都处于观望期，谁都不想在最高点买入的，我们想再等等，看明年房地产市场是否会下跌，到时再入手一套面积稍大一点的。"

"房价是只会涨不会跌的。"人群中不知谁说了一句。

"你便宜点，这套房子我买了，我给你付现金，你拿着这钱明天就去买个大房子，怎么样？"人群中不知从哪儿很突兀地又冒出这么一句话来，声音不大，还有点云贵川一带的口音，大家互相转头寻找声音的出处，找半天也没找到，于是都把目光转向了我。

"你们看我干吗？"看得我有点晕，有点莫名其妙。

"不是你自己说的要买他们家房子吗？"刚才那个外地大妈说。

"是吗？我说了吗？你们确认是我说的吗？"我感觉到一阵眩

晕，恍惚中，似乎刚才那句话就是出自我的这张臭嘴。

“小伙子啊，没钱就别掺和事儿，我们这儿谈正事儿呢？该干嘛干嘛去，看你也不像买房子的人，一个农民工，还想在北京买房子，做梦的吧你。”

……

被人七嘴八舌这么一顿挤对，我脸上就挂不住了。我自己也确认，刚才那句话就是我说的。可我的嘴里，怎么会冒出这么莫名其妙的一句话来呢？我怎么会想起要买房呢？从来没想过啊，也从来没打听过房价，房子对于我，没任何意义，我既不炒房，也没有小三需要我另组一个家庭，最最关键的是，老婆离家时，只给我留下一千块钱作为国庆假期的生活费，我伸手往兜里掏了掏，钱还在，心里稍微踏实了点，这点钱揣兜里，本是打算用作这几天的生活费的，看来这饭不能吃了，钱留着买房要紧。

现在想起来，当时脱口而出的那一句“你便宜点，这房我买了，给你现金”的豪气，是因为我自己拥有一千块钱现金，以前老婆在家时，我从不管钱，唯一一张银行卡也就是工资卡，从上班那天就交给老婆了，平时下班就回家，从不在外边请客吃饭，有时候老婆每礼拜给我的一百元零花钱，我都用不完，出个门都是绿色出行，公交或地铁，二手车很少开，倒不是怕费油，而是大多数时候，到了地方，找不到停车位。所以手里突然有了一千元现金，这对我来说是很多年都没有拥有过的巨资，感觉自己就像中东的富豪，买个房连价都不问，对面积也是一无所知，一听见那对年轻人有困难，尤其是听到因为房子小，父母来到身边后还得把自己的小房子租出去，然后再去租个稍大点的房子，才能和父母住在一起，一想到这些北漂们在北京生活这么困难，如果这些发生在我们身边的群众困难我都不能解决，还谈何为人民服务？谈何建设和谐首都？首善之区的人民群众，就不应该为住房、吃饭、孩子上学、交通医疗等民生问题犯愁。想到这里不禁热血沸腾，一心要帮帮这些在北京漂着的年轻人，所以脱口而出要用手中的现金买房，好在那些围观的人谁也不知道我仅有一千块钱，但君子一言驷马难追，说出去的话泼出去的水，自己说过的话，含着泪也得把这套房子买下来。

3

深究我当时的买房心理，现在回忆起来还有一件事不得不说。

话说十七八年前，我也是个北漂，只身从祖国的大西南北上北京，一心想为祖国的文学事业贡献自己的毕生力量。许多人都怀揣着与我同样的梦想，想把青春献北京，有些人献了青春献中年，有些人献了青春献生命，有些人献了青春献身体，有些人献了青春献热血，皇天不负有心人，其中的很多人通过自己不懈的努力，还有一些正门进不去，通过旁门左道，打打擦边球，最后也都能梦想成真。当青春不再，小肚子微微凸起，这群十多年前意气风发的少年俨然是一副知名作家的模样，在圈内互称大师，在社会上也小有名声，有家有室，有些风流人物还有大家心知肚明的韵事和各种颜色的知己。这群人刚来北京时，没有谁是来了就有钱买房子的，大家都差不多，在老家基本上都是穷鬼，唯一能支撑他们对未来充满信心的，敢来北京闯荡的，就是拥有一个共同的文学梦。我还稍好一点，到北京的第一天，一位在北京飘荡已久的老哥就帮我租了个楼房，虽然是一居室，楼很旧，还在五环外，但这已足够幸运。我的这位老哥，以及他们那一大批北漂前辈，大部分人到北京，住的都是地下室，还合租，很多人挤在十来平方米的房间里，其乐融融。有些人一住下，就是十年八年，也有混得好的，几个月、一年半年的，就搬出地下室，住进了楼房，也有年轻貌美的文学女青年，地下室没住多久，就搬进别墅的，当然，这类生活中的幸运者，不多。

我到北京，说得好听点，是为了一个伟大的梦想，来建设首都，奉献青春，说得自私点，其实就是为了女朋友。女朋友跟我是同乡，本科毕业后她考上了北京一所大学的研究生，研究生毕业后就分到了北京的一个部委工作。她说，她的办公室斜对面就是天安门城楼，她和毛主席只隔了一条长安街，所以她不想回老家了。她当然说得很含蓄，可聪明如我者，怎么会听不出画外音呢？她的意思分明是：反正我是不会回去了，好不容易留在北京，留在毛主席身边，你要是能来北京找份工作呢，我们俩还有继续往下走的可能，你如果不想来北京，想在老家过舒服日子，那么咱俩只有一条路两个字还同一个读音：拜拜。

后来我的老婆告诉我，我的理解十分正确，当时她就是这么个意思。由于我思路清晰，理解能力强，执行力与行动力都属于快刀斩乱麻一类的，所以当年她六月底毕业，七月十号去毛主席对面报到上班，我七月十七号就在原单位办完停薪留职手续，于当天夜里坐红眼航班，十八号凌晨五点到达北京首都机场，十八号上午我那位老兄帮我租好了房子，下午去通县旧货市场花了不到一千六百块钱，买齐了所有日常家居用品，十八号晚上，我的女朋友就与我一起住进了新租来的旧房子里，一对新人一没拜天地，二没拜父母，只是夫妻对拜了几下，就算完成了人生的一件大事，把生米做成了熟饭。

我和我老婆在老家谈恋爱的时候，她的父母是极其反对的，他们的闺女如花似玉不说，还才华横溢，当年追求者甚众，不乏名校毕业的海外留学回来的父母是高官的以及银行副行长等少年得志意气风发者，可他们的闺女就喜欢我这副痞子样，吊儿郎当，没大没小，目中无人，整日里游手好闲，除了读书写作，梦想着成为一名作家之外，没干过什么正事儿，如果非要说有什么正事儿，那就是喝酒泡吧，醉生梦死，把刘伶作为自己的偶像，常挂在嘴边的一句话也是刘伶的名言“死便埋我”。书包里，假模假式地装一把翻花盆用的小铲子，以便万一真的喝死了，朋友们埋我时找不到工具，人家刘伶，喝酒时可是带着书童，书童手里拿着的，是正儿八经挖坑的大铲子，可见我当年有多装逼。

漂亮姑娘大都喜欢装逼犯，反过来，那些不成熟的小男孩都喜欢假装高冷的女性。姑娘们尤其喜欢那些装逼能装出正儿八经样的，我在这里可以大言不惭地说，对不起了各位，本人恰好就属于这一类，姑娘们特喜欢的那类，不信拉倒。

老婆大学毕业后考到北京读研究生，这让她的父母亲大大松了一口气，心想：这回好了，总算离开那个臭小子了。她的父母一直认定我在对他们的宝贝女儿死缠滥打，癞蛤蟆想吃天鹅肉，可事实情况呢？当然是恰恰相反。当年那些中年人，包括我后来的岳父岳母，婚姻大多是父母包办的，双方有感情也是婚后慢慢培养的，根本不知道恋爱中的女孩，是不顾一切的，奋不顾身的，九只恐龙也拉不回来的，距离算个屁。

这就有了我女朋友毕业后留在北京不愿回去的另一个缘由，她如果回去了，我们俩的事儿，也就彻底没戏了。当我迅速地来到北京，并在当天晚上让一朵鲜花插在我这泡狗屎上时，我的老婆平生第一次对狗屎发出了赞美声：好一泡狗屎呀！

4

第二天她就把这个晴天霹雳告诉了她亲爱的爸爸妈妈，告诉他们那个臭小子已经来到北京，并且从昨晚开始，两个人已经住到了一起。把她父母给气得半个月没跟她说过话，但这有什么关系呢？一个月后，她的父母来到了北京，说要跟我深谈一次，我心想，这有什么好谈的？你们看不上我，我还不想搭理你们呢，但我的老婆说：丑媳妇早晚要见公婆，臭小子早晚也得见岳父岳母，我爸我妈主动上门来了，你如果不见，那他们还以为我找了个什么怪物呢。见就见吧，但我心里还是很虚的，人生第一次要见未来的岳父岳母，头天先去理了个发，然后洗了个澡，然后换下从老家就一直穿着的破牛仔裤，去街上花三十八块钱买了一件带领子的T恤衫，让老婆检查一下外观以及仪容仪表，她夸张地说：原来你那么帅啊，像换了个人似的，我保证你一次过关。以前我老婆见我的时候，我全是一副邋遢样，洗个澡剪个头换套衣服后，不也挺利落的嘛。只是以前想装酷，自己本身又没那个实力，只能往奇装异服方面发展，以引起别人的注意。见面后才发现她的父母是那么地和蔼可亲，但之前这一个月他们是如何咬牙切齿我就不知道了，我见到他们的时候，他们的态度已经转变了三百六十度，这中间的心里煎熬，只有当父母才能体会到，尤其是有女儿的父母。两口子跟我也没说几句话，大意就是女儿自己要跟你，我们也尊重她的选择，希望你对她好一点，既然在一起了，那就找个时间，回老家把婚礼办一下吧，我们对亲朋好友也好有个交代。

原来在他们心目中，我就是个二愣子，或者臭流氓，霸占他们的女儿还不想正儿八经结婚，他们怕我只是玩一玩而已，如果我能正式领证结婚，把婚礼办了，昭告天下，他们才能把悬着的一颗心，放下一半来，另一半估计他们永远放不下。

我马上表示了同意，并感谢了他们俩为我培养了一个好媳妇，表扬并肯定了他们不辞辛劳不远千里来找我谈话的实际行动，按理说是应该我过去找他们提亲才是，但我跟他们实话实说，我不敢，我心虚。经过不到一个回合的磋商，我们很快就原则问题达成了统一，双方一致同意找算命先生尽快算出一个黄道吉日，尽早完婚，以免夜长梦多。

婚后我的岳父岳母每年都会来北京跟我们住一段时间，我们相处得还算融洽，我基本做到了礼貌待人。因为之前我租的是个一居，岳父他们来了就没地方住，只能住宾馆，这得花多少钱啊？况且生活还不方便。我和老婆就商量，换个两居吧。老婆当然同意了，她从生下来就跟我的岳父岳母住一起，只是不久前才换成了我，要是能跟自己所爱的所有人都生活在一个大家庭里，对于女人来说，还有比这更幸福的事情吗？于是我立马就在附近找到了一套两居室，马上就搬了过去，那个一居的房租还没到期？钱不要了。那个一居的押金不退？押金不要了。我的岳父岳母过来一看：哎哟，这么快就把房子弄好了？挺能干的呀！他们之前对我真的是一无所知，我能干的事儿多着呢，我心想。得到了他们的一顿夸，心里还是美滋滋的，只是隐瞒了之前的房租和押金不要了的事实。

我的岳父之前身体一直不好，肾病很严重，西医让他透析，中医不让他透析，说如果你一旦透析，我们中医就没法治疗了，所以之前在老家一直看的是中医。中西医的矛盾很严重，让不懂医的岳父一家人也手足无措。到了北京以后，我的岳父病情似乎加重了，具体表现出来的症状就是小腿肿胀，脚脖子都弯不下去了，小便也不正常。我这个女婿得顶半个儿子啊，于是就花半个儿子的精力去给他寻医问药，什么北京中医院、同仁堂、东直门中医院、广安门中医院、中医科学院等等，跑了个遍，每一家甚至碰到的每一个医生的治疗方案都不一样，用的方子也不一样，到底信谁呢？我也不敢拿主意，咱毕竟不是亲生儿子，这半个儿子还是通过什么公式换算出来的，还是约等于半个，说不定还是小半个。我的老婆也不懂，找人问来问去，也问不出个所以然来，最后他们仨决定把老头看病的重任全部放在我的肩上。老婆说，现在你就是家里的顶梁柱了，爸爸看病的事儿，就全交给你了。语气很沉重，我想这责任太重大了，必须以一整个儿子的身心投入进去了，半个不行了，于是就换方向，去找西医。

5

我到北京后认识了一个很牛的人，叫大平，在他口里，北京没他办不了的事儿。说实话，北京真的是藏龙卧虎之地，街上一个不起眼的老大爷，别看他套个老头衫，穿一双旧布鞋，走路晃晃悠悠，人家祖上说不定就是皇亲国戚，王公大臣。大平大大咧咧的，每次喝完酒就说："老朱啊，有事儿就说话，啊，北京这破地方，没有咱办不了的事儿。"以前一直当他说的是酒话，现在我遇到事儿了，还是岳父的事儿，还是岳父一家人第一次让我做主办的事儿，这就不得不认真起来，就去找大平，问他，医院里有熟人吗？大平说医院里的院长政委什么的全是亲戚小舅子，你要干嘛？我一听有戏，就说，我不需要那么多小舅子，你给找一家看肾病专业一点的医院就行，我老丈人肾病很严重，想找个医生先咨询下。"找老张啊，部队医院的肾病科主任，国内最早进行肾移植的主刀医生之一，老牛了，咱小舅子。"大平脱口而出。当时就把电话打了过去，简单说了两句就挂了，然后找了张小纸条，把老张的电话和医院名字写好了递给我，说："明天一早带你老丈人直接去找老张，都说好了，小事儿，去吧。"回到家跟老婆一说，老婆照大平给的医院及老张的名字一搜索，真有这人，真是国内顶尖的肾病专家，一下子让我对大平佩服得五体投地，我的老婆及岳父岳母也把我佩服得五体投地，心想，这臭小子在北京还有那么广的门路，看来以前真小看他了。从那天之后，我在家里的地位，略有提升。

第二天一早，我们一家四口，我、我老婆以及岳父岳母，起了个大早，八点前就赶到了医院，路上我还是有点忐忑的，毕竟没见到真人，万一大平说的老张不是一会儿要见的老张呢？万一是个刚毕业的实习医生呢？那我的脸可就丢大了。进了医院，找到肾病科主任的办公室，门开着，没人，找边上的护士一打听，说张主任正查房呢，稍等会，一会儿就回来。我们四人就满怀心事地在门口等着，果然一会儿就回来了，风尘仆仆的六七个人，一边讨论着病情，一边安排着工作，到了主任办公室，大家各自散去，只见一个五十来岁的白大褂，一脚迈进了主任室，是他，跟昨天百度上的照片长得一模一样。他一抬头看见我们站在门口，我正要跟他打招呼，他主动问：是大平让你们来的吧？我说对对对，他让我们今天早上过来找老张，不，找张主任。他一笑，说进来吧，那小子昨晚又专门打电话跟我交代了，说是家里人，来吧，请坐。

大家看看，在北京，看个病，就是这么简单，直接就见到了主任，直接在主任办公室看病，问诊，开单子，检查，一路绿灯，当然，按规矩，他让我老婆还是去挂了个号，建了个病历档案，我这边就拿着张主任开的几张单子带着岳父分别去抽血化验什么的，回来后张主任仔细问了我岳父的病情，然后说，今天你们先回去吧，等明天各项化验结果出来后，我们再商量下一步怎么办。和颜悦色，如果忽略掉挂在他胸前的听诊器以及白大褂，简直就像在咖啡馆聊天般愉快。

回来的路上，我的岳父龙颜大悦，大声说：谁说北京看病不方便嘛？这不非常方便吗？比在家里看病还方便，以后就在这里看病了，就这么定了。这是自上次他们找上门来约谈我以来，我第一次听到他这么爽朗洪亮的声音。他的眼睛看向他的女儿，我当然知道，这话其实是说给我听的。

第二天也是一大早就去到了医院，这回学乖了，掐着点，八点半到了主任办公室，果然老张刚查完房回来，就招呼我们坐下，就叫来隔壁的小护士，给我们每人倒了一杯水，这让我的岳父岳母受宠若惊，按照他们之前的看病经验，到了医院，就任人宰割了，听人呵斥多于自己倾诉病情，哪有给你倒水的待遇？想都不敢想。老张顺便让小护士去把昨天我岳父的化验单子给取回来，让我们喝着水等会儿，他一边处理着手头上的事情，一边东拉西扯地跟我的岳父聊天，连我都听出来了，其实是在更进一步地了解病情，了解家庭情况，了解一些我岳父的基本信息。不一会儿护士把化验单子给取回来了，张主任停下手中的活儿，拿起单子一项项往下看，只见他眉头紧皱，我都能听见身边岳父心脏咚咚咚的跳跃声，其实不只我岳父紧张，我们所有人都很紧张。

老张稍一犹豫，把目光看向我，说："你是大平的朋友吧？"我说是，我是。老张就说"既然这样我就直说了，大平也交代得很清楚了，都是家里人。从化验结果看很不乐观，很多数据都超出了正常值几倍，根据我的经验，应该马上进行透析，你看，他这脚都肿成这样了，如果再不进行透析，后果将不可想象，你们可以回家商量一下。"还没等我开口，我的岳父就说："那就透析吧，不用商量。"我这岳父，挺干脆的呀！前些年还一直在看中医，说不让透析就不透析，就这么短短的几分钟，他就改变了主意，彻底颠覆中医相信西医了，也许，这都是命定的吧。老张看看我，说能定吗？我的岳父又抢着说：“能定，能定，我定了就行。”这时我才看出来，原来我的岳父，在家里是说一不二的家长啊。

就这么定了，老张当时就开住院单子，当天上午我的岳父就住进了医院，我的媳妇又专门回家拿了换洗衣物，我的岳母就去楼下超市买了些住院的用品，接下来的日子，就换了一种过法。

6

住了半个多月院，我的岳父跟很多病友，就熟悉起来了，互相一交换病情，有些病友，显得比医生还专业，支各种招，不管什么招，到最后大家的结论，如果家里经济条件允许，一定要换肾，但现在肾源太紧张，有一个病友，等三年了，还没等到，没有办法，每隔两三个月就过来住上一段时间，目的就是打探消息，找肾源，求爷爷告奶奶。我的岳父之前从没想过换肾这件事儿，脑子里想的，就是吃中药，吃到什么时候算什么时候，并无长远计划，这一住院，经病友们一鼓动，并亲眼看见了那些换完肾来复查的病人，都容光焕发，跟正常人没任何异样，心里就蠢蠢欲动了。有一天趁我去看他，就把我叫到一边，小声地说：你找时间问问张主任，我这情况，能不能也换个肾？

到最后肯定要换肾的，老张说，换完了，生活质量就上去了，现在国内器官移植手术十分成熟，手术本身并无风险，关键是术后个人的生活习惯要保持良好，要遵医嘱。老张还说，我十八年前主刀的一个病人，到今天身体状况还一直很好，正常情况下换完肾存活十五年二十年没问题，况且现在还可以二次换肾。我就跟老张说，我的岳父也有这个想法，老张说，这可没这么快，要等肾源，要配型，还要靠运气。我说，那就排上队吧。老张就给排上了队，然后治疗方案略作调整，一切都按照换肾的目标往前推进。

岳父住院期间，租给我房子的那个房东来找我了，说自己儿子明年春节结婚，现在要把房子收回去，重新装修，给儿子做新房。人家儿子要结婚，咱就没有理由不搬吧。就一边去医院伺候岳父，一边重新开始找房子。北漂最烦人的一件事，就是要不停搬家，不管住哪里，一点安全感都没有，房东随时找个什么狗屁理由，就可以把你赶走，大部分时候是为了加房租，只要你加钱，他就说，好吧，再让你住一年，似乎是同情你，看你的目光，都是俯视的，说得跟钱没关系似的，但是你不按照他的愿望加钱试试，立马让你走人，北京外地人太多了，你一走，马上就有人搬进来。做北漂真是憋屈啊。自己找不着房子，就去找中介，中介给介绍了一个二居室，说房主出国了，房子在一楼，有点不足就是冬天不是集中供暖，自己烧电那种，管不了那么多了，那边房东催着搬家，这边还得去医院照顾岳父，等肾源，两边跑，就定下来了。

搬完家就深秋了。北京的秋天真是舒爽，天高云淡，平时不爱出门的人，这个季节都愿意往户外跑。一天早上老张查完房，把我叫到他的办公室，说是下周末有个肾源，跟我岳父配完型了，让我通知岳父，做好术前的心理准备，这一周包括饮食等各方面都要配合医院。我当然知道，这都是大平的功劳，看看在病房里等着的那么多病人，等了一年半载的，有好几十个，当他们听说下周末我的岳父就要手术时，不知道心里是怎么样的五味杂陈。他们对我的岳父说，还是你的女婿有本事。我的岳父嘿嘿一笑，不说话，这是我事先提醒过他的，病友之间，也是有羡慕嫉妒恨的，不能太高调。

手术非常顺利，老张亲自主刀，四个半小时就推出了手术室，一个月就出了院。最后一结账，十三万多一点，大平就去找院长，说你们便宜点，给打个折，院长就给打了个折，十万四千三百六十八块五毛一，大平说，你们把零头给我抹了，最后把零头给抹了，收了整十万。

在大平眼里，北京这么个破地方，没什么事儿是摆不平的。

出院时老张特别交代，术后这半年是危险期，有排异反应是正常的，但千万不能感冒，因为自身的免疫力下降，一旦感冒，弄不好就会有生命危险。转眼就入冬了，北京的秋天满打满算也就半个多月吧。出租房里寒气袭人，阴冷阴冷的，加上又是在一楼，阳光被前排房子挡住了，没办法，家里人生怕岳父感冒了，白天黑夜都给他盖上两床被子，那个电暖气，一个房间根本就不制热，另一个房间气若游丝，也是相当于没有，想找房东修一下吧，人又在国外，找不着，当第一场雪下来的时候，我媳妇又专门去买了一个油汀，放在岳父身边，但还是不抵用，元旦刚过，终于还是感冒了。我马上给老张打电话，老张说，那就赶快回来住院吧，正好有床位。马上打车，送入医院，经过老张半个多月的治疗，各种输液，岳父终于康复了。出院前老张再次告诫说，要是再感冒的话，那危险性就更大了，这次回去后千万千万要注意了。

回到出租房一家人都显得很紧张，房子里那么冷，正常人都受不了，别说是一个刚做完肾移植手术的病人了，就商量回老家去吧，好歹老家四季如春，家里每天都能晒太阳，况且马上就春节了，一想到春节，我的岳父岳母恨不得立马就飞回去，那就这么定了，马上订机票，两天后，我的岳父岳母，已经回到老家，着手过他们的春节了。

7

花开两朵各表一枝。话说我匆忙间租的这间房子，白天还好，因为人不在家，冷不冷都无所谓，一到晚上我们两口子下班回家，那个冷啊，经常是穿着棉衣一边跺脚一边吃饭，吃完赶紧钻进被窝，刚进去那一瞬间，就像掉进冰窟窿里，我得像个男人样吧？每天晚上吃完晚饭后，我老婆洗碗，我就自告奋勇地暖被窝。就是这个冬天，我第一次体会到了东北人所谓的猫冬是什么意思。为什么第二年夏秋之际，东北的小孩像葡萄串似的一生就是一大串，满大街像放羊似的，那都是冬天猫冬的胜利果实。漫漫长夜，两口子躲被窝里还能干什么？生孩子玩呗！转眼过了立春，有一天我的老婆大叫一声：哎呀不好！我问怎么啦？她说大姨妈好长时间没来了。

当我老婆把这个世界上最伟大的消息告诉她的爸爸妈妈时，她的妈妈却回告了她一个坏消息:你的爸爸昨天感冒了。

……

年底的时候我和老婆带着几个月大的孩子回老家,给孩子的姥爷上坟,祖孙俩在这个世界上擦肩而过。或许上帝是公平的,他带走了你们家一个人,又给你们送回一个。后来我把岳父的不幸离去,归结为自己的无能,主要是在北京没有能力买一套自己的房子,如果有自己的房子,就不会被那些房东们赶来赶去,岳父手术回来后,就能在自己家里安心养病,早日康复了(阿门,愿岳父在天之灵安息)。

嗨,买个房,扯出那么多陈芝麻烂谷子的事儿。也许刚到北京那几年租房住,尤其是岳父住院时租的那个房子,成了我心里一辈子的痛。所以岳父去世没几天,我就下决心买了房子,东拼西凑筹齐了首付,交钱,拿钥匙,装修,入住,然后按月还按揭,转眼房子买来都十多年了。但是当在街上看到这对小夫妻租房子这一幕,而且也是为了跟岳父岳母住一起,把自己的小房子租出去,再租个大房子,如此折腾,不就是为了让老人图个安心,让他们过个幸福愉快的晚年吗?我的心里顿时就有莫名其妙的情绪在涌动,想着想着眼眶就湿润了,那句脱口而出的话,心底里何尝不是对我的岳父岳母说的?

话说出口是要负责任的。周围的一拨人不信我会买房子,就撺掇中介,让他们叫我把合同签了,还有一个比西城大妈更狠,说:让他先交一百万押金,如果交完后没钱买房了押金不要退给他。我心想,还一百万?超过一千块老子都拿不出来。但这话不能说,还得镇定，得假装有的是钱，装出家里穷得只剩下钱了的样子。就对那小两口说："你们要是想好卖的话就带我去看看你们家房子，要是不卖呢，我就走了。"周围人异口同声说："卖，卖给他，看他能出多少钱。"我再次强调："卖不卖是你们俩的事儿，不要受周围人的影响，如果你们真愿意卖，价格什么的各方面都合适的话，我可以买。"我靠，说得多么一本正经，我多么希望听见他们的回答："对不起，我们不卖，你走吧。"但我听到的分明是："走，去看看我们家房子。"

居然还有几个看热闹的想跟着去看看我们是如何买卖房子的。我对中介及小两口说：无关人等就不要跟着看热闹了吧，这就是买卖双方的事儿，又不是看戏。最后那个租房子的东北小伙子跟着一起过去，因为这笔买卖成功与否，直接影响他接下来的居住问题。

小两口就带着我往我住的小区走去，走到小区门口，当他们拿出门禁卡想去开小区大门时，我提前把手伸了出去，只听见"滴"的一声，大门开了，他们一愣，问我："你怎么有我们小区的门禁？"我慢条斯理地说："我一直就住这儿。"

他们把我打量了又打量，小两口互相看了一眼，都说：这位大哥好像见过唉。我说，我都在这儿住十多年了。说实话，在进小区大门前，我的心里都是虚的，想着一会儿随便找个什么借口，就把这扯淡的事儿给搅黄了拉倒，但是一进小区大门，我的心里，马上一转，如果合适的话，干吗不买下来呢？之前已经知道是个一居，这个小区的一居也就是五十多平方米六十平方米左右，就是不知道现在的价格是多少。进了小两口的房子一看，真干净整洁啊。想不到一个东北爷儿们住的地方，还能收拾得这么干净，走到阳台往外一看，对面不就是我的家吗？就隔个花园，我的心怦怦直跳，心想，买，买了，钱不钱的再说。强按住内心的狂喜，装作若无其事的样子，问道，你们准备卖多少钱啊？按现在的市场价，这套房子二百六十五万，大哥你如果真心要买的话，我们可以稍微再让一点。看来两口子以前也是琢磨过卖房这回事儿的。我学着大平牛逼哄哄的样子，也说，你们把零头给我抹了，现在就给你钱。小两口走到门外，嘀咕了几句，回来就说，大哥，难得你这么干脆，我们也商量了一下，可以，把零头抹了，二百六十万成交。

还没等中介插话，我就说：我的意思是把六十万抹了，两百万成交。你们去掉五万对我有什么意义啊，对于我来说，二百六十五万和二百六十万没任何区别，我不差这几个小钱。话一说出口，连我自己都吓了一跳，我怎么这么不要脸？吹牛皮根本不打草稿，也是张口就来。中介首先就不干了，说：大哥，你这不是开玩笑的吗？你以为买菜呢？房东让你五万就已经够诚意了，我们以前见过的房东，都是几千几千的让，没见过这两位一下子让你五万的，我看你这是根本就不想买。房东也不干了，说：大哥，没你这么砍价的，这是在买房子，不是地摊上买东西，拦腰就砍一刀，你也住这儿，你应该知道咱们小区的房价，你如果不诚心买，咱就不开玩笑了，大家都有事儿，好吧？

看来都急了，挺好，怕的就是你们不急。我一乐，说，跟你们开玩笑呢，但二百六十万肯定不行，看见没有，我就住对面那栋楼，前两个月我隔壁有个一居，跟这个户型面积一模一样，两百二十万成交的，你如果低于两百二十万，我就要了，现在就可以签合同，要是高于两百二十万，那就算了，反正我也不等房子住，买个房子，就是放着玩。我这真是越来越不要脸了，我隔壁什么时候有一个一居两百二十万卖了？都没听说过。中介接话了，说：大哥，几个月前是几个月前的价，现在这房子，一天一个价，两百六十万真的很划算的。我没接中介的茬，就问小两口，两百二十万成交，怎么样？女房东脑袋摇得跟拨浪鼓似的，说不可能不可能，我们心理价位最低两百五十万，两百五十万少一分都不卖。这下好了，心理价位都套出来了。我是根本没有什么心理价位的，我连这房子到底多少钱一平方米都不清楚，我就知道砍价，越低越好，价格越低我就赚得越多，赔得越少。我想了下，换了个话题，问他们，怎么以前没见过你们啊？你们什么时候买的房啊？女的说三年前买的，我说，你们三年前买的房，那时候太便宜了，不到一百万吧。女的说，什么呀？一百三十万！

我脑子里一转，心想，有了，换个方式砍价吧。就问女的，你说一个人三年能赚到一百万吗？女的说，不可能啊，除非是做生意的，或者外企的高管，像我们这样靠工资吃饭的小职员，想都别想。我说，那我现在给你一个机会，让你三年很轻松地赚到一百万，你干不干？女的说，得了吧，不信。我说，你干不干吧？一句话，要是干，就让你赚一百万，要是不干，这一百万转眼就归别人了。男房东和中介看我跟女房东你一言我一语，甚是热闹，就说，你们俩谈正事吧，别瞎扯了。我说，我们正在谈正事儿。再回过头来问女房东：干不干？女房东转头问她老公：你说干不干？她老公说，你随便，你自己定。女的就对我说：干。我说君子一言快马一鞭，不准反悔噢。女的说：反悔是小狗。我一看时机已成熟，就语重心长地对两口子说：

你们看，三年前你们一百三十万买的这房，自己也住过了，也出租了，已经赚了，今天我再加你一百万，两百三十万我买了，三年，你们轻轻松松赚一百万，而这一百万对于我呢？不知要挣多少个三年才能挣得回来，大家在一个小区住，就是缘分，你看我今天也是真心实意地想买这个房子，好不好，就这么定了，两百三十万，成交。

中介都听愣了，那两口子，也是一愣一愣的，没反应过来，想想也对呀，三年就挣一百万，也不是不能接受，但他们还想再挣点，扭扭捏捏，想加到两百四十万，我郑重地说，刚才我们可是说好了的，就赚一百万，君子一言驷马难追，你还说谁反悔谁是小狗的。看着两人在互相责怪埋怨，眼看事情就要成功，我这时马上对着中介说，走吧，签合同去。中介一副不可思议的神情，对两口子说：哥，姐，是不是去签合同了？

7

最受伤的还是那个东北哥儿们，他眼睁睁地看着自己住得好好的房子，半个多小时就换了房东，自己这两天还得搬走，别提多痛苦了。

我就这么从一个吃瓜群众，莫名其妙买了一套房，当然，过程还是非常精彩的。回“我爱我家”签合同的路上，中介小哥把我拉到一边，直竖大拇指，说，大哥，你厉害，我做中介快十年了，第一次见像你这么厉害的。

回到店里，居然还有两个看热闹的人没有离开的，他们在等消息，应该是在看我的笑话的吧，当听中介小哥把我砍价的招数复述了一遍时，全都目瞪口呆。我还免不了跟女房东调侃几句，说看看，以后就成朋友了，有什么事儿可以随时找我的，我保证随叫随到。两口子这一路上为少卖了三十万唉声叹气，差点吵起来了，本来准备卖两百六十万的，现在只卖了两百三十万，总觉得上我当了，说亏吃大了。我就告诉她，用这三十万跟我交朋友，你们一点都不吃亏。女房东说，是倒是，你还是挺好玩的。我赶紧说：打住，不要在你老公面前说别的男人好话，不然回家当心挨揍。中介拿了一大摞合同，让我填哪儿我就填哪儿，让我怎么写我就怎么写，当填到房主那一栏，也就是以后房产证，写谁的名字时，我毫不犹豫地写上了老婆的名字，我不知道老婆的身份证号，马上打电话去问，电话那头老婆正在吃晚饭，问，你要我身份证号干吗？我说，给你个小礼物，你回来就知道了。这边女房东听了，一脸的羡慕，转身就跟她老公说：你看看这位大哥，买个房给老婆做礼物，多浪漫啊！

浪漫是浪漫，转眼就尴尬了。合同条款签完后，中介小哥说：朱大哥，晚上先付八万块钱的定金，你是现金还是转账？

我的脑袋“噌”一下，就大了。之前光顾跟两口子磨嘴皮子痛快了，根本没想签完合同还要付钱的事儿。我感觉到自己的脸色肯定有点变化，结结巴巴地说，晚上哪有钱啊？明天或者过完节给你。那个中介说：朱大哥，不行的，我们公司有规定，合同签完后就要交定金付中介费的，请你体谅一下，不然要扣我工资的。我心想，总不能把兜里的一千块拿出来跟他们摊牌吧，再说，这点钱也拿不出手啊。我本来心中还琢磨着，等我老婆回来，告诉她自己嘴欠，耍嘴皮子买了个房，如果她说没钱，不要了，我还可以一转手两百六十万卖掉，还能挣三十万呢。这就像去新发地批发市场两百三十块钱批发一箱水果，拿到东四菜市场两百六十块钱卖掉，一箱挣三十块钱，一个道理。可这中介小哥非要催着交钱，一千块不够，要八万。怎么办呢？怎么办呢？怎么办呢？我连问自己三遍。然后又问中介：银行现在关门了吧，我取不出现金啊？中介说，大哥你刷卡啊。我说我没卡，卡在老婆身上呢。中介说，那你再想想办法吧。我本来想说老子不要了，刚才就是闹着玩，没想过要买房，但这么一说，实在不像话，不像个爷儿们，自己说出口的话，咬着牙也得把房子给买了，何况刚才还讨价还价，给砍下来三十万呢。真是天无绝人之路，手机响了，我侄子给我请安来了。我这侄子，一直有一颗感恩的心，过年过节都有问候，去年还给我老婆买了辆车，今年还想给我换一辆越野车，他知道我喜欢越野，但我一直没答应，在北京城里开车，越野车没用，我那辆破捷达就够使了。电话一响，我就知道又可以装逼了，三两句话，告诉他一会儿给他一个卡号，不要问干什么，打八万块钱过来就行，马上就打。以前都是我侄子主动要给我钱，我从来没要过，一听见我主动要钱，我的侄子，跑得比兔子还快，迅速地到他家楼下银行的柜员机里，转了八万块钱到“我爱我家”的账户里，前后不过十分钟，钱到账了，中介小哥说：朱大哥，你太牛了。我淡淡地说，没什么，我让司机打过来的。

8

这一场装逼，从我开始说要现金买房，到上楼看房，到签合同，到八万块钱汇入“我爱我家”账上，总共花了一个小时四十分钟，据“我爱我家”的中介小哥说，我的这一单买卖，创下了全北京“我爱我家”店铺最快的买房纪录。

接下来就好办了，国庆过后，我老婆回来了，我把合同扔给她，说：喏，这就是我国庆那天买给你的礼物，剩下的事儿，我不管了。我的老婆各种惊讶、难以置信，兴奋之余，冷静下来一想，咱们哪有钱买房啊？然后开始为没钱买房发愁了，就各种凑钱、规划、计算，中间我说了一句，如果三天内钱凑不够，我就把房两百六十万卖了，挣的三十万差价，也归你。我的老婆一会儿想要房子，一会儿又想要那三十万差价，自己在那儿折腾了两天，都没好好睡觉。后来她的同事提醒她，你们可以公积金贷款啊，一语惊醒梦中人，就去查两个人的公积金，工作以来我们俩的公积金就没动过，一查，我和老婆两个人的公积金加起来，居然有五十多万，说实话，之前我都不知道我们俩还有这么多公积金，首付百分之三十，也就是七十来万，后来我侄子听说我要钱是买房，死活又给了二十二万，总共给了三十万，我说，行了，够了，不要了。现在的情况是房主是我老婆的名字，使用权归我，我侄子找了个熟人的装修队来装修，我自己设计的，四面墙三面全是书架，还做了个大案子，所用的木材也是我自己去东坝木材市场买的实木，没怎么花钱，我就这么的，稀里糊涂地，在北京有了一个所有读书人都梦寐以求的属于自己的书房。

是为记。

陪老头去远方

1

我爹很少给我打电话。有两种情况,他会主动打我电话,一是和我妈吵架了,心里不舒坦,憋着一肚子委屈,如果实在找不到人倾诉,他会打我电话,但也不会一味地说我妈不好,电话里先是说几句客套话,比如“你现在忙不忙啊”“吃饭了吗”之类的开场白,然后是一阵沉默,这个时刻他应该在琢磨怎么开口跟我嘀咕我妈的不是,一般是用一个感叹词“唉”开头,然后一句:“你妈这个人啊……”便没了下文,又是短时间的沉默。这样的电话我接过两回,老头老太太在一起过日子,要是没个磕磕碰碰,那才是不正常。另一种情况是喝多了,遇到了什么让他开心的事儿,也会主动给我打电话,开头是这样的:“你在哪点……啊? 喝酒了没有啊?”“哪点”的这个“点”字,在这里做“里”讲,我爹酒喝多了的时候,这个“点”字,往往拖得很长,听起来很高亢,也很喜庆,我仿佛能看见电话那头我爹咧着嘴,高粱酒的酒味儿在他的一呼一吸间充盈着大半个客厅,他一定是斜靠在沙发背上给我打这个电话的,表情应该是一副轻松满足的样子。这个“点”是昆明方言，我爹平常讲一口带着浙江口音的昆明话，外人不一定能听出他的口音来自浙江，但他肯定不是昆明人，这是谁都能听出来的。

我爹是1965年从浙江大学毕业后，直接分来云南电力局的，然后又从云南电力局分到了下面的企业，当年叫普坪村发电厂，后来叫昆明发电厂，现在好像又改名了，叫什么华能集团昆明发电有限公司。那个年代的大学生，还是非常牛逼的，不仅学问好，有真本事，心地也善良，好说话，相信组织，党指向哪里，他们就奔向哪里，当年这种举动有个让热血青年都不好意思拒绝的名称——支援社会主义边疆建设，好像不听话，就不是党的好学生、就不支持社会主义边疆建设似的。我爹当年有三个省份可以选择，一个是黑龙江，一个是新疆，一个是云南，真的全是国境线附近的省份，我爹不知道犹豫过没有，怎么着也应该看一看地图，再下决心给自己下半辈子找个稍微靠谱一点的落脚的地方吧？我爹后来说，哪有什么考虑啊，我们几个同学一商量，就一起来云南了。就这样，几个浙江大学毕业的年轻浙江人，操着满口浙江话，就来了云南，我爹的那几个同学兼老乡，后来混得都还不错，我曾参加过他们退休前的一次聚会，除了有一个老头有点官样，带点官腔，其他的，都挺好玩的，毕竟是老一辈的知识分子，有涵养，只是一说话，全是带浙江口音的云南腔。

像这种酒喝多了、内心充满喜悦地给我打电话，加起来也没几回。我十多年前从昆明来到北京，跟父母，就算分开过了。其实我在昆明的时候，基本上也是自己在外面单过的，那时候还单身，随便什么地方租个小房子，就能过日子，只是离家近点而已，过年过节的，坐个公交车，即使堵车，一小时也能回到父母身边了。我跟我爹一直以来，似乎都没什么话可聊的，平时如果我妈不在家，就我们两个人的话，家里的空气，几乎是沉闷的，我们是一对真正意义上的沉默寡言人。除非在酒桌上，我们家喝酒有个习惯，都用大玻璃杯喝，一杯倒满了有三两，我爹习惯喝云南本地的高粱酒，50 度以上的，劲大，我从小就跟着他喝，早就喝习惯了。我们只要一坐上桌，大杯子全倒满，只有两口酒下肚以后，我们俩的话题，才算慢慢打开，然后这顿酒，得喝上将近两小时，似乎要把平日里不说的话，借着酒劲，全给倒腾出来，甚至可以开一些无伤大雅的玩笑，甚至可以骂娘，说几句粗话，这时才用得着那句老话：多年父子成兄弟。如果我弟弟在家的话，我们三人也是每人一大缸子酒，第一杯喝完后，我弟弟就会说，你们俩聊吧，我不喝了，就下了酒桌，然后我会跟我爹每人又倒满一大杯子，两大杯酒下肚后，我也差不多了，我爹就会客气地问我一句：还来吗？我也就两杯的量，就说，行了，不喝了。这个时候我爹会微微一笑，慢条斯理地说：这就对了，酒量不行，就少喝点，别逞能。然后，自己拿起酒瓶子，给自己慢慢地满上一杯，这第三杯酒斟得有点慢，似乎是倒给我看的，倒这杯酒的时候他还经常不忘拿眼睛瞟我一下，嘴角微微一翘，似乎还有点小得意。没喝酒之前，我们是父子，酒桌上，我们是把酒言欢的好兄弟。

我来北京以后，我爹酒喝高兴了给我打电话，印象中，也就三四回。前几天突然接到他的电话，是晚上八九点钟，一听，话语里就带着酒劲，第一句也是“你在哪点……啊”，那个“点”字的尾音，照例拖得很长。我接电话时人在青海出差，我以为我爹在家喝完酒，突然兴起，给我打个电话，问问我混得怎么样了，便随口说，我在外地出差，都挺好的，你老人家又喝酒了吧？我爹回答说：不喝酒活着还有什么意思啊？现在年纪大了，你妈不让多喝了，只是在家少喝点而已，现在出来了，又可以多喝几口了。

当时我也正在酒桌上，跟几个朋友吆五喝六的，酒兴正浓，便想敷衍两句挂掉，喝酒要紧。现在回想起来，我当时居然跟我爹打了句官腔，问他：有事吗？似乎在说，没事我就挂了。我靠，有跟自己家老头打官腔的吗？想想自己真是浑蛋，好在我爹酒后听不出我的画外音，接着说：我在壶口看瀑布，刚才吃完饭，一查地图，这里离北京才不到一千公里，你要是在家的话，我明天开车来看你。

我爹是个能给人带来惊喜的老头，天生的豁达，乐天派，但在毫无征兆的情况下，突然说是明天开车来看我，这让我颇感惊愕。我到北京十多年来，只是我妈来看过我一次，那次老太太在北京住了两个月，颇为满足地回去了，她对我的日子还是放心的。我爹是一次都没来过，我心里明白，他是不想打扰我的生活，说白了就是不想给我增添麻烦，觉得我一家人在北京过得也不容易，一旦来了，我不但要花钱，还得花时间陪他，我爹的心思，我懂。但今天他怎么就想通了，愿意来北京看我了呢？我让他别挂电话，我得离开酒桌，找个安静点的地方跟他说话。

电话里我爹说自己出来都四五天了，开着那辆我去年给他买的比亚迪 G3，我问，是你自己一个人出来的吗？我爹说，现在一个人不敢出远门了，和你妹妹他们一家三口一起来的，我和他们换着开。

听到这里我的心稍稍踏实了点儿，我的妹妹和妹夫，都是久经考验的老司机，两人都在云南的崇山峻岭中开了将近二十年的车，尤其是我那妹夫，已经安全行车一百万公里无事故了。他们几个从昆明出发，绕道贵州、重庆、陕西，现在是在陕西和山西交界的地方，给我打电话。能主动给我打这个电话，证明我爹已经在心里考虑成熟了，已经是想来北京看我和挂在墙上的毛主席了，这两个人是他北京城里最牵挂的人。我算了一下我的行程，告诉我爹，我后天一早的飞机回北京，你们路上慢慢玩，后天到就行。我爹电话里说，才不到一千公里，我们明天就能到，你忙你的正事儿，我们到了以后自己找地方住下等你，你回来以后打电话联系就行。

这就是我爹，七十三岁了，还能拥有一段说走就走的旅程，老头的心里，还有激情，还有远方。

2

我的心里热乎乎的。在我的内心深处，是一直喜欢和我爹在一起玩的，小时候他带我去乡下，或者拿网去滇池里捞鱼，都让我有着美好的回忆。有一次渔网被水草缠住了，怎么拖都拖不上来，我爹没办法，只好下水去捞。那一年我十二岁，懂事以来第一次看见我爹的裸体，他脱光了身上的所有衣服，试探着向水中走去，他的背影太壮观了，像一堵白墙，在我面前移动，我爹身上最白的地方竟然是屁股，在水面上一晃一晃的，白得有点刺眼，当他的半拉子白屁股被蓝色的滇池水浸没的时候，他的手，就触到了渔网。我之前从没见过裸体的父亲，他在我面前出现时，永远是穿着发电厂那套灰不溜秋的工作服，春夏秋冬，全是一个颜色，虽然也有几套替换的工作服，但父亲的形象，在我的脑子里却是灰色的，跟云南湛蓝的天空，有着强烈的对比。我爹拎着渔网上岸后，让我帮他检查屁股上有没有水草或者蚂蟥什么的，我忍不住地、偷偷地、小心翼翼地用手指摸了几下我爹光滑的后背和白屁股，心里涌起的不仅是兴奋，还有莫名的崇拜。

有时候和我爹一起去滇池里打鱼的，还有几个他的小伙伴，或者是他带的几个学徒。据我爹说，他工作后没多久，就开始带徒弟了，那时候在工厂里，正儿八经的大学生并不多，许多厂里的工人都是附近村庄的农民，文化不高。我爹直到退休前，还在带徒弟，我爹是个坚定的无神论者，也是一个坚定地相信只要有一手好把式，走到哪儿都不用看人脸色吃饭的人，所以他一辈子的政治面貌都是群众，打死都不加入任何党派，他说：君子不党。当然这句话不是他的原创，但有什么关系呢？关键是他做到了君子不党。所以他的嘴里，除了跟机器打交道时用得着的那几个专业术语以外，全是口语，没一句口号或者道貌岸然的官腔，他从毕业分到昆明的普坪村发电厂，一直在这个工厂干到退休，期间带过的徒弟不计其数，到今天也没有一个说他坏话的。他从普通的技术人员，到班组长，到技术科长，到总工程师，他一辈子都是靠自己的技术和手艺吃饭，他的为人好到什么程度呢？这么说吧，我爹从五十来岁被人称为朱老总，在两千多人的工厂里，一直叫到今天，即使退休以后，许多人在菜场买菜遇到我爹，老远就抬手打招呼，大声叫唤："朱老总好"。我爹五十岁以后直到前几年，这个厂里的五六任厂长副厂长，基本上都是我爹带过的徒弟。许多人都跟我说：你爹太好玩了，我们出差都愿意跟你爹一起出去，其他人不好玩。我理解的群众嘴里的"不好玩"，就是打官腔，装逼，见到领导装孙子，见到下属装大爷。

我爹的酒量就是年轻时练出来的，冬天里，去滇池打鱼需要喝酒暖身子，下班后，跟同事以及徒弟们一起需要喝酒交流感情。我爹说自己这辈子只喝多过两回，其中一回就是在滇池边张网打鱼时，喝多的。后来他回忆说，那瓶酒，肯定是假酒，要不，我都没喝几口，怎么就头晕眼花，直想呕吐呢？另一次喝多是白酒喝完后接着喝黄酒，喝杂了，难受。除此之外，我爹不但有着好人品，酒品好也是名扬整个厂区的，甚至蔓延出工厂外一两公里也是不无可能的。

我爹现在居然在壶口瀑布边上，喝完酒给我打电话，想想真是有点不可思议。从昆明开车，往远方走，我知道这是我爹的典型性格。他是一个渴望远方的人，退休以后闲不住，眼看着有几个同龄人经常开车从昆明往大理丽江西双版纳跑，眼看着他们开车又去了贵阳重庆和四川，我爹就有点坐不住了。可那几个开车的人，都是开了几十年的老司机，退休前就买了私家车，早就计划好了，退休以后要开车周游全国的。跟那几个人比起来，我爹觉得自己退休以后的生活，就是去麻将室里打打麻将，这也太浪费生命了，这也太糟蹋自己的高尚情操了，虽然麻将，也是他的一大爱好之一。

我爹退休后的第二年，亲自实践了一个成语：临渊羡鱼，不如退而结网。他眼看着那几个人一趟一趟开车往外跑，回来后还不忘在他面前使劲吹嘘外面的世界多精彩，弄得他的心奇痒难耐。我爹在经过一番激烈的思考和挣扎之后，终于下了一个决心：报名学车。

我爹六十二岁拿的驾照，如今算来，他居然已经有了十一年驾龄了。拿到驾照后的第一件事儿，就是想拥有一辆自己的车子。驾照就像是马鞍，有了一个漂亮的马鞍子，怎么着也得想办法给马鞍配一匹像点样子的马儿吧？我爹就琢磨，一是看看自己还有多少闲钱可以用来买车，二是看看周围的人都开什么牌子的车。我爹刚退休那两年，钱还不宽裕，那时我刚到北京不久，也没多少钱，一听说老头要买车，当然是举双手支持，毫不犹豫地把自己所有的积蓄全给了他。我爹还是挺感动的，有那么两个月时间，我爹逛遍了昆明所有的汽车市场，对每一个牌子的车全能分析出优缺点，似乎他不是发电厂的退休职工，而是一汽或二汽的退休职工。最后综合考虑了性价比，买了他人生中的第一辆车——一辆银灰色的起亚千里马。买了车之后那半年，他起早贪黑地苦练技术，我爹是个有追求的人，他近期的目标就是要像那几个在他面前炫耀的老司机一样，也要开车去大理丽江西双版纳，中期的目标是以昆明为圆心，跑遍半径八百公里以内的地方，长期的目标就是自己开着车周游全国，那几个老司机对他的刺激实在是太大了，他虽然才刚刚拿到驾照，刚刚买了车，但他要笨鸟多飞，要后来居上。买了车以后，其实在他决定去学车那天开始，我爹的心里，就已经有了远方。

新车都有个磨合期，一般来说，前两三千公里的磨合尤其重要，一旦磨合不好，后期用车会出很多问题，油耗增加不说，各种机械都会出大大小小的故障。我妹夫好心，跟我爹说，我先开两千公里，磨合好了再给你吧？我爹心里才舍不得呢，好不容易买辆新车，还是人生中的第一辆车，怎么能眼睁睁看着让别人先开呢？就是女婿也不行，但他嘴上却不好这么说，只是淡淡地说：你们工作忙，就不麻烦你了，我自己慢慢来吧。你看，知识分子要是撒起谎来，也还是挺淡定的。

买完车的第一年，我妈说，今年轻松多了，你爹一年到头都在外面玩，我做饭洗碗都省心多了。

3

我爹自己开车玩遍大理丽江西双版纳的好日子，也就是过了两三年，好在短期目标已经提前实现。因为买了车的第三年，我妹妹怀孕了。

我妹妹怀孕以后，用得着车的时候，就多了，尤其是怀孕后期，公交车什么的，就不敢去挤了，每次出门，都得用我爹的车，开始一直是我爹开车送她，再后来，一是太频繁了，二是我爹也觉得不方便，自己的时间，全耗在这接送上了。但他开始还有点舍不得把车交给我妹夫，后来实在是费时间，关键是许多事，不需要他陪伴，我妹夫一个人就能完成，他所起到的作用，就是一个车夫，有一天终于下了决心，把车钥匙交给了我妹夫，完了还不忘说一句：车不用的时候要还给我，我还要出远门的。

车子一旦交出去了，就很难拿回来。你说我妹妹到怀孕后期，哪天没事儿？天天都是事儿。外甥女出生后，那就更忙了，我爹心想，再忍忍吧，等到外孙女一岁以后，他们就自己带孩子玩了，我就又能开车出远门了。我爹计划得挺好，就一直盼望着外孙女快点长大。如他所愿，他的外孙女很快就满周岁了。我爹也不想想，从怀孕到生孩子，从孩子出生到满周岁，我妹妹他们一家人已经习惯了有车的生活，如果突然没有了车，估计都不知道该如何出门了。好在我妹妹也挺了解自己的老爸的，平时哪天不用车了，就让妹夫把车送回来，让我爹过一过开车的瘾。在我的外甥女三岁之前，我爹和我妹妹一家三口，经常开车去昆明周边玩，这段时间我爹倒是过得挺开心的，有车开，女儿一家和乖巧可爱的小外孙女还一起陪他玩，让他享受着传说中的天伦之乐。

但是，我的外甥女三岁以后，我爹又不得不把车子交出来了。幼儿园的孩子每天都得接送，还有孩子小，偶尔有个发烧感冒什么的，要去医院，要是没个车，实在是太不方便了，我爹也知道。好在这三年，他对自己外孙女的感情达到了无以复加的地步，别说一辆车，就是要他的老命，估计他也能同意，还有一点就是开了好几年了，不像刚买车时，那么痴迷了。这一次他是下定决心把车交出去了，他对我的妹夫说：以后车子的加油、维修、年检什么的，我都不管了，你们自己管吧。

我估计我的妹夫听到这句话后，内心里应该是窃喜的，傻子都听得出来，这辆车，我爹就算是给他们了。

我爹年轻时就喜欢喝酒和钓鱼，自从他买了那辆车以后，他最大的爱好，就变成了三样：喝酒、钓鱼和开车。我爹住的地方离滇池不远，也就三四公里，平常吃完晚饭，散个步就能到滇池边上。那几年我爹也学会了酒后开车，他要是每顿不喝个一杯两杯的，这顿饭就算没吃好，甚至都不算吃过饭，而他开车的瘾还那么大，所以有时候吃完饭开车出去溜达，严格意义上说，是严重的酒后驾车。更绝的是，他还经常把自己的三大爱好结合在一起：酒后开车去钓鱼。他说的一句话让我妈他们都无法反驳他，他说：我就这几样爱好，人生如此痛快，你们都别劝我。

可是，自从把车子给了我妹妹以后，他的爱好，又只剩下了年轻时的那两样。他的嘴上说没关系，我走走路，坐坐公交车，可心里，肯定是痒痒的。果然，一年以后，也就是我的外甥女上幼儿园中班的时候，他悄没声地、神不知鬼不觉地，自己又去买了一辆车，一开始这辆车还不想让家里人知道，他平时就把车停到了厂区里，厂区离他住的地方得有一公里。他每天吃完早饭跟我妈说出去打麻将，其实是去厂区开车出去遛弯，这个秘密直到一个月以后，我妈去厂里办事，看门的保安以为我妈来找我爹，就跟我妈说：朱老总开车刚出去没多久，估计得十一点才能回来。我爹是有规律的，中午他得回家吃午饭，所以十一点左右就会把车开回厂里。这一个月来，保安早就掌握了我爹的出行规律了，说得我妈一愣一愣的，就问保安：他开谁的车子出去了？这一反问，就轮到保安吃惊了，说：朱老总自己的车啊，都没上牌照呢。

我妈隐约感到这里有故事，但又不好跟保安多问什么，就先回家了。我妈没当过领导，谈话的技巧明显不行。按理说，你这得设计几个问题，让我爹逐渐落入圈套，最后迫不得已自己坦白交代，得有那种“坦白从宽，抗拒从严”的高压态势。我妈唯一的对策就是老娘不给你做饭了，你要是有事儿瞒着我，我也不问，但我也不做饭。我爹回到家还直打哈哈，去厨房一看，冷冰冰的，心里咯噔一下，拿眼斜看了一下我妈，我妈根本不搭理他，自己坐在沙发上，拿一本破杂志装模作样地翻。我爹毕竟心虚，问：中午吃什么啊？我妈沉默不语，我爹这时才觉得气氛有点不对，但他想不起来自己哪里做错了。这段时间以来跟我妈一直都相安无事，自己唯一的秘密，就是偷偷买了一辆车。我爹坚信我妈不会知道他的这个秘密，想到这里就理直气壮起来，就问：怎么不做饭啊？面对眼前这个一起过了几十年日子的男人，我妈索性就不装了，直接说：我刚才去厂里了，保安说你开车出去了。我爹的脸“刷”一下就红了，心怦怦直跳，他本来就有早搏的毛病，这下好了，据后来他自己说，心都被你妈问慌了。就像一个小学生做了坏事，被老师抓住一样，我爹就坦白了，具体怎么跟我妈解释的我也没多问，只是这么一来，我爹私藏小金库的问题，就彻底暴露了。

我爹为什么要偷偷地自己跑去买一辆车呢？这个问题我一直没问过他，当然，怕小金库被我妈发现，也是其中 个原因，但我总觉得，事情没那么简单。既然坦白了，我爹接下来就去把车子上了牌照，停车的地方，也从厂里，大大方方地换到了家门口，每天上午开车出去溜达，中午回来后喝一两杯高粱酒，午休一小时，下午找人打打麻将，日子又恢复了正常。只是从此以后，我妈再也不允许他酒后开车了，“酒后开车去钓鱼”的伟大实践，到此遂宣告结束。后来我爹就改掉了酒后驾车的习惯，并一直保持到现在，上午开车，中午以后就不摸车了，因为他一天要喝两顿酒。

如此悠闲的日子，也就维持了两年。第三年，也就是去年，我的弟媳妇，也怀孕了。

我弟弟结婚晚，要小孩更晚。一开始我爹我妈还催他，赶快要个孩子吧。老头老太太着急抱孙子。但我弟弟不急，弄得老两口也没办法，好在前几年我妹妹生了一个孩子，把老两口给乐得，几乎忘了我弟媳妇也是可以生小孩的这回事儿了，他们有一搭无一搭地偶尔问一下我弟弟，见我弟弟那边不见动静，也就不催了。他们倒是不催了，有一天我弟弟跟我妈说，自己的媳妇怀孕了。

接下来，全家人就合计着怎么伺候我弟媳妇了。去医院做产检，我妹妹那时候，是我爹亲自开车送去的，那我弟媳妇这边，就不好让她自己挤公交车去了吧？得，我爹就开车送。这产检可不是做一回就行了，得定期去，还有其他各种各样的事儿，都得开车接送。儿媳妇跟自己女儿毕竟有些区别，有时候我弟弟上班，就得我爹一个人接送弟媳妇去医院什么的，因为我妈得照顾我妹妹的孩子。跟儿媳妇在一起有诸多的不方便，有些事儿做完检查了也不好问，但也不能说你自己打车或坐公交车去吧。弄得我爹很纠结，儿女之间，不能厚此薄彼，一碗水得端平，想起来，做父母的真是不容易啊。

去年我正好去云南大理出差，回北京前特意在昆明多待了两天，陪陪我爹我妈，看看外甥女，看看弟弟和妹妹。回家时正好碰上我爹接弟媳妇从医院回来，看起来情绪不错，眼看又要当爷爷了，心里肯定高兴。晚上喝酒，我妈弄了几个下酒菜，照例大玻璃杯倒满，照例一杯喝完后我弟弟就下了酒桌，然后我和我爹各满上第二杯，这第二杯的时间喝得有点长，我爹上了年纪以后，话也渐渐多了起来，我慢慢听出了他的纠结，按照一碗水端平的说法，他的这辆车，现在，该归我弟弟使用了。

问题是我弟弟不会开车，弟媳妇虽然会开，但现在把车给她，也不太放心，万一路上出点事儿，就是不可想象的大事。我爹说不把车给他们吧，又怕我弟弟和弟媳妇心里有想法。这可怎么是好？看着我爹喝着喝着眉头就皱了起来，弄得我心里有点难受。好不容易买了一辆车，给了女儿，好不容易又买一辆，现在不给儿子又说不过去。七十二岁的人了，这辆车要是再给了儿子，这辈子，就再也不可能买第三辆车了。

想着想着，老头不禁悲从中来，他倒不是舍不得他的车，他是想到怎么一眨眼，自己就老成这样了呢？他盯着眼前的酒杯，一仰脖，“咕嘟”一声，干掉了杯中酒，逝者如斯夫，时间就像杯中酒一样，从他自己的指间，倏忽而过，扬长而去。我的老头，转眼间七十有二了。

这顿酒喝得略带伤感。

4

第二天我起床的时候，我爹已经开车出门遛弯去了。这几年他迷上了爬西山，西山离家也有个四五公里，我爹每天都先把车开到西山脚下，然后开始爬山。我记得他是两年前开始爬西山的。

几年前昆明突然风靡买墓穴，还可以按揭，还可以像炒房一样炒墓穴，突然间就把价格抬得很高。许多老年人都很紧张，生怕自己死后，连个墓穴都买不起，直感叹再不死，以后真的死无葬身之地了。中国的许多行业都是没有人性的，最暴利的一条产业链就是从进医院以后的一条龙服务，进医院、死亡、火化、骨灰盒、墓地，就这个一条龙，一个人一辈子的积蓄，甚至全家人几十年的积蓄，就得全搭进去。全昆明的人都很恐慌，这种情绪传到我爹他们厂里的时候，许多人都去筇竹寺、观音山等地的陵园墓园抢墓地，因为这几个地方的墓穴相对于其他几个楼盘来说，还是要便宜一些。双人的四五万，单人的两三万，也是看地段楼层什么的。我妹他们也被人怂恿着，像看楼盘一样，被几个导购带着看遍了昆明周边的大部分墓穴，最后厂里几个人团购了观音山上的十来个墓穴，准备给家里的老人或者自己做最后的归宿。每个穴位的团购价要比零售价便宜三五千到六七千不等，一拨人就觉得占了天大的便宜，交完首付和押金，兴高采烈地回来了。

这个事情家里人当时都没跟我说，毕竟是涉及老人的死亡及身后事，况且我又是在外地工作，怕影响我的情绪吧。直到三年前我爹 70 岁生日，我回家后，还是我妈跟我说的。我听到后的第一反应是这事儿有点荒唐，老两口都这么健康，活蹦乱跳的，买什么墓地啊？第二天我爹笑着说：我带你去看看啊？我问他：看什么？我爹说，看看我的墓地，你先认认路，不然以后找不着我的。

我还真的是想去看看那个地方。我爹开着车，我妈、我妹妹、我弟弟和我，一家五口，七拐八拐，看我爹熟门熟路的样子，不到一小时就到了墓园的大门口，似乎没少来。我笑着问我爹：这条路你很熟啊。我爹脸上没什么表情，淡淡地说了句：来过两回。

上山后，也是七拐八拐，到了一个高台，我爹用手一指，对我说：看见没有，这一排，从左边往右数第七个，就是我和你妈的墓地。说完后，就带着我们往那块墓地走，一边走一边给我解释这里的风水如何如何。我上山后的第一感觉是这里的楼盘太密集了，让人透不过气来，简直就是一个城中村，满目的墓穴和墓碑，墓里有主人的就立一块墓碑，上写慈父谁谁谁之墓，或者爱妻谁谁谁之墓。没主人的就是一块平地，上面放一块石头，表示此地已有人预定，怎么看怎么像考研的人在大教室里占座，有人的位置东倒西歪的，没人的位置放两本书占上。虽然也有规划，一排排的，但就是觉得是一个低端的楼盘，像一些城市给那些拆迁户随便建的周转房，环境拥挤而嘈杂。

我的心里很不爽。到了我爹他们预购的墓地，上面也是放着一块石头。我爹问我这里怎么样？我说不怎么样。我爹叹一口气，说：这里便宜啊，像金宝山那样的地方，买不起的。

我不知道金宝山是什么地方，就问，比这里好吗？我妹妹说，那当然好了，就是有点贵。我问，远吗？我妹妹说，开车去不算远。

这些周边的墓园，他们都去过了，是比较以后，根据他们的经济能力选择的这里。我说想去看看金宝山，我爹他们已经看出了我对这里的不满，就说，那就去看看吧，今天就算是墓园一日游了。

5

我很少逛墓园，但到了金宝山以后，眼前开阔、明亮起来，墓地都在山谷里，所有的墓穴都面朝滇池，春暖花开。楼盘间的间距，也很合理。放眼望去，整个墓园的设计和格局，也挺科学和协调的，邻里间都有万年青隔开，最起码两家人把手伸开互相碰不着。我一下子就有点喜欢上了这里，问我妹：这里什么价位？我妹说：一般的五六万，位置好点的七八万，更好一点的就超过十万了。我毫不犹豫地说，换成这里吧，我喜欢这里。我妹妹说，这里当然好，就是有点贵。我问她，要是买了这里的话，那边怎么办？我妹妹说：那边太好办了，我一转手就能卖掉，还能赚好几千块钱呢。看来我妹妹对炒墓地这一行，也不陌生。

我爹他们不说话，因为我是家里的长子，家里的许多事，一直都是我来做主的。买那边墓地的事儿，他们还是被人忽悠了，准确地说，当时是图便宜，所谓人穷志短。我当机立断，跟他们说，把那边的退了，现在我们去找金宝山的销售经理去，我是家里的老大，给父母买墓地的钱，我来出，你们不用管了。

销售部我妹跟他们也很熟，看来也来考察过不止一次。经理问我要什么区位的，我说我不知道那些区位，带我们看价位吧，十万左右的。我让经理直接带上风水先生，因为我们一家人都在，只要父母满意，我们兄妹满意，风水先生也看好，这事儿，当场就能定下来。

花了两个多小时，我爹选了一个自己比较满意的位置，我妈也觉得不错，背靠西山，面对滇池，眼前波光粼粼，一望无际，面前没有任何的遮挡之物，极目远眺，有一种雄心壮志涌上心头，我跟我爹一对眼，问：就这里了？定了？我爹看了我妈一眼，笑了笑，说：就这里吧，定了。

于是就去销售部签合同，交了两千订金，约定一周之内付清全款，还能打个九五折。回北京后，我一下飞机就去找一个好哥儿们借了八万块钱，因为在北京这些年，我自己也不宽裕，银行里只有两万块的存款。我很少跟人借钱，开不了这个口，但这一次顾不上了，我的这个朋友知道我的性格，曾跟我递过话，如果把他当哥儿们的话，以后有困难直接找他，如果我找其他人让他知道的话，就跟我绝交。这也是我这辈子借钱最多的一次。当天就把十万块钱分成三份，打到了我爹、我弟弟、我妹妹的卡上。为什么呢？因为一开始我还不懂规矩，本来想一次性直接从北京把钱打到金宝山的账上得了。借钱给我的这个朋友知道我们家的情况后，就说，你爸妈有三个子女，不但是你的父亲和母亲，也是你弟弟和你妹妹的父亲母亲，所以，这个钱，要你们三兄妹一起出的，不能你一个人出。这不是谁家有钱没钱的问题。他也知道我的弟弟是普通的工人，一年的收入刚够养家糊口，我的妹妹失业在家，日子过得比较拮据。我听明白了，于是给我爹汇了四万，算我的那份，给我的弟弟妹妹各汇了三万，算他们的，这样我们三兄妹共同凑了十万块钱，给父亲母亲，选定了他们日后的归宿之地。

我爹现在每天早上开车去爬西山，如果再往远处走个几公里，就是他的归宿之地——金宝山。他也经常会把车开过金宝山门口，路过时，有意无意地往山上看一眼，不知他的心里，是什么样的感觉。金宝山签完合同回来的那天晚上，估计我爹也是颇有感触的，他用了一晚上时间，回顾了自己的一生，并对自己的身后事，做了基本的安排，他还生怕我对他的历史不够了解，专门为我写了一篇发言稿，以供我有朝一日用得上。我爹写的发言稿全文如下：

在父亲追悼会上的发言

各位领导、父亲的生前友好及各位亲属：

感谢各位领导、生前友好及亲属在百忙中来参加我父亲的追悼会。

我父亲朱昌法因(死因)于公元20××年××月××日××点××分在(什么地方)去世，终年××岁。

我父亲1941年农历三月二十九日生于浙江省临海县双港区的一个农村手工艺人家中，7岁开始读书，从小学、中学到大学毕业，共读书17年，24岁7月(1965年)毕业于浙江大学电机工程系。毕业后，分配到云南省电管局，并于1967年2月由云南省电管局分配到普坪村发电厂工作，后改名为昆明发电厂，一直到2001年4月30日满60周岁退休。

我父亲的主要工作经历：

1965年9月份来云南省电管局，参加了二期四清工作队。

1967年2月份到普坪村发电厂(后改名为昆明发电厂)，分到锅炉分场上运行班，后调到锅炉检修班当检修工。

1974年厂里成立热力试验班，调到该班工作。1978年被任命为热力试验班的副班长兼技术负责人。期间结合本厂实际，参照有关规程制度，制定了许多实用的试验方法并实施。

1983年任锅炉分场主任。

1987年2月，调到100兆瓦筹建处验收组当锅炉验收组组长。

1988年12月任厂里生技科科长。当时，100兆瓦机组刚刚投产不久，各种规章制度不全，事故频发（一年中发生12次事故，其中2次是重大事故）。按照生技科科长岗位职责的要求，除主持日常生产技术工作外，需要制定完善生产技术系统的各种规章制度。根据国标、部标、行业标准结合本厂的实际情况，或起草、或主持、或组织生技科和全厂工程技术人员制定了100兆瓦机组生产技术系统的各岗位职责、工作标准、技术标准、各种规章制度等几十上百种文件。

1990年2月任副总工程师兼生产技术科科长。

1993年11月起，只担任总工程师职务。

2001年4月30日退休。

我父亲的技术职称：

先后任过技术员、助理工程师、工程师、高级工程师，最高技术职称是教授级高级工程师。

另外，我父亲生前还在各种期刊中发表论文多篇。

结语：

我父亲一生热爱国家，珍惜家庭；热爱岗位，遵纪守法；虚怀若谷，性格开朗；热爱生活，兴趣广泛；对待朋友真诚，对待同事坦诚；不搞小聪明，不搞小花招，低调做人，与世无争，与人无争。

在行政领导岗位时，不贪不沾，平易近人；严于律己，宽以待人；爱员工，努力为员工排忧解难。

在生产技术领导岗位时，注重规程制度的修编，以规程制度指导生产。

在技术岗位上，广收为本厂本岗位所用的各种基础技术资料、规程、制度，并吃深吃透，用于实际工作中，努力全面掌握专业知识，力争走在同行的前头；在生产设备抢修工作中，甚至冒锅炉高温，钻炉内浓灰，掌握第一手资料后而制定技术方案，指导工人工作。

父亲的离去，使我们全家失去了一位××的亲人，使大家失去了一位××的朋友，我们感到无比悲痛。愿父亲在天之灵保佑我们全家幸福安康！

再次感谢各位领导、父亲生前好友及亲属在百忙中来参加我父亲的追悼会。

谢谢！

有几处空格是让我填的。我当然希望是一直空着，不用填。我爹说，我的基本情况都在上面了，到时候你直接念就是了。但我觉得这发言稿的中间部分写得有点像求职简历，把发表论文都写进去了，或许，他把这些属于他个人的成绩看得很重吧，好吧。我爹考虑得实在是太周到了，我看完后眼眶有点湿润。我爹说，每个人都有那一天的，你们几个兄弟姐妹已经做得很好了，我很高兴、也很自豪有你们几个儿女。

6

我爹爬完西山，从山脚下开车回来的时候，已经十一点了。他从菜市场里买了些熟食，卤肉、鸡脚、烧鹅什么的，准备跟我接着喝。我回来一趟不容易，在家住一晚，也不容易，有几回回到昆明，仅仅是回家里看一眼，就出门，跟狐朋狗友们喝酒去了。昨晚我爹喝得有点伤感，这也是我们唯一一次把自己喝伤感了。中午就我们俩，我妈照顾我妹妹的孩子去了，我弟弟他们在自己家里，没过来。所以中午我和我爹就没做饭，直接把他买回来的熟食放桌上，倒上两杯酒，我抬起杯子，跟他碰了一下，说：我爹，喝酒。我爹就抬起杯子，轻轻地跟我碰一下，然后抿了一口，咂吧了一下嘴唇，拿起筷子，在几个熟食中间晃了晃，又把筷子放下了。

看来胃口不怎么样。

其实从昨晚到现在，我的心里已经有了主意。

我跟我爹说:“跟你商量个事儿?”

我爹就问:“什么事儿?”

“把你这辆车给我弟弟吧。”

“早晚都得给他。”

“这两天就给他,我再给你买一辆。”

“你哪来的钱啊?”我爹一抬头,接着说:“即使有钱,也不买了,我退休以后还买了两辆车,知足了。”

酒桌上我们一直在讨论车子,各种牌子的车子。我爹的兴趣慢慢就起来了,不知不觉间,第一杯酒就见底了。

倒第二杯。

“你想买什么车?”我问。

“不买了。”我爹说。

“我是认真的。”我说。

我爹看我一眼,有点犹豫。我就说:“我给你买辆帕萨特吧,安全系数高一点。”我爹犹豫一阵后,说:“帕萨特不行,这车档次太高了,我要是开上帕萨特的话,他们就不跟我玩了。”

我爹嘴里的他们,就是跟他基本上同时退休的那几个老头。虽然每个人家里都买了车子,但档次都不高,都不是什么好车,价格也就是十万以内。我本来还真想给我爹买一辆帕萨特,因为这个车皮实,满大街都是,维修也方便,跑个长途什么的,很舒服。我算了算我的能力,这几年工资奖金稿费什么的,将近存了七八万块钱,本来是想还给我的那个朋友的。我跟他一提年底还他钱,他就跟我急,说你再跟我提钱的事儿,我就跟你翻脸,这笔钱先放你那里,等我儿子考上大学再给我儿子，算是存你那里的。他的儿子今年才初三，考大学还有三四年。那么如果我爹要是答应让我给他买一辆帕萨特的话，我就还得跟我媳妇商量，让她再掏个十多万，基本就够了。我老婆的工资，是我的三倍，她应该不会拒绝给我爹换一辆车，我们家老头老太太平时对她也挺好的。但是我爹一口拒绝了帕萨特，酒桌上好说歹说，只愿意要一辆不超过十万的国产车，怕车子太好了，失去小伙伴。我能理解我爹，就说，好吧，这两天你去选车，选好了我来付钱。

一周以后我爹打电话说看好车子了，国产的，比亚迪 G3，车子很不错，他的小伙伴就有一辆，开了一年了，一点问题都没有。1.5 升排量，足够了，裸车六万多一点，办完了也不到八万。我问怎么这么便宜？我爹说，这个是手动挡的，自动挡的像个玩具，开着没感觉，还贵一万块。

我心想，那么大年纪了，贵一万就贵一万吧，还是买个自动挡的吧。我爹说，不是钱的问题，是开着没感觉，开车就得开手动挡的。就这样，我手里的钱刚好够他买个国产车的，就打他卡里了，没两天，我爹电话里就说，车子提回来了，放心吧，原来那辆已经给你弟弟了，你弟弟很高兴。

7

我爹就是开着我去年给他买的这辆比亚迪，来到了壶口，现在，要开来北京看我了。

等我从青海回到北京，我爹他们已经在北京住了一晚了。我家小，他们来了住不下，所以我就让媳妇提前安排他们住在家附近的宾馆里。我到家的时候，已是下午三点，兴冲冲地进家门一看，没人，就老婆孩子在家，忙问孩子：爷爷呢？朱发财说：爷爷中午喝了好多酒，睡觉去了。

朱发财虽然跟爷爷见面少，但血缘摆在那里，这样的亲情是天生的。我问朱发财，爷爷喝酒的时候，你在干什么？朱发财说，我给爷爷捶背。一股暖流，涌遍我的全身，我相信，我爹的心里，在朱发财给他捶背的时候，一定也有暖流涌上来。我让朱发财给爷爷打电话，就说我已经到家了。朱发财望着我说：我过一会儿再打，让爷爷多睡会儿吧。

五点钟的时候我去了宾馆，在宾馆停车场见到了一辆云A牌照的白色比亚迪，我感觉这应该是我爹的车，但心里嘀咕，一个老头，不可能买一辆白颜色的车子吧。到了房间寒暄一阵后，就下楼吃饭。我爹一指那辆白车，说：喏，就是这辆车。果然是。我问他怎么会选一辆白色的车子？我爹说，我的第一辆车是银灰色的，第二辆是黑色的，这第三辆，就选了一个白色的。

晚餐就安排在离家不远的饭店里，吃烤鸭。到北京了，不吃一顿烤鸭，是说不过去的，且不说好不好吃，就凭北京烤鸭的名气，如果回去有人问他：你儿子请你吃北京烤鸭了吗？我爹回答说没有吃，那就太不像话了，不知道的人，还以为我小气，连顿烤鸭都不请老爷子尝尝。我知道我爹要喝高度酒，就问他：北京二锅头行吗？

我爹说，只要度数高，什么酒都行。我就跟服务员要了一瓶56度的红星二锅头，十块钱一瓶，又好喝又能满足我爹的要求，照例要了两个大玻璃杯，咕咚咕咚倒满，我和我爹一人抬走一杯，我妹妹和妹夫不喝酒，朱发财兴高采烈地和我妹妹的孩子玩，那是她表姐，两姐妹基本不搭理我们，大人的世界，引不起她们的兴趣。

我爹还是不见老，除了手上有几小块老年斑外，甚至感觉不到这是一个已经七十三岁的老人了。我爹不但酒量不减，胃口也是相当不错。我问他这几天都有什么打算，我爹说：明天去看看挂在墙上的毛主席像就可以了，休息个一两天，我们就回去了。

从昆明开车到北京，路况还是不错的，他们走走停停，花了一个礼拜时间，行程三千多公里，这对我爹来说，已经是相当不错的成绩了。也基本实现了他十一年前刚开始学车时自己许下的诺言：开车周游全国。既然到了北京，也不能让他们待个一两天就回去，我本来是定好了两天后去内蒙古大草原玩一趟的，我有个好哥儿们叫马志刚，他在内蒙古的科尔沁旗挂职，早就约我过去看看他工作的地方。志刚这两天恰好也回到了北京，家也离得不远，我就给他打电话，让他过来陪我老爷子喝一杯。志刚是个老帅哥，酒桌上跟我爹一聊，竟是十分地投缘。老少爷儿们全是性情中人，志刚说：这样吧，让老爷子明天休息一天，后天，我们一起去内蒙古，去天边看看大草原，让老爷子一次玩个够。话音刚落，我就看见我爹的眼睛发亮，比我爹更兴奋的，是两个孩子，朱发财说：太好了，我也要去大草原。她的表姐也说，我也去我也去。

我爹主动跟志刚碰了一下杯子，嘴上还谦让说：会不会给你增添麻烦啊？我们都还没有去过内蒙古呢！以前只是在电视里看到过草原。志刚拍着胸脯说：老爷子你放心好了，有我在，我的草原就是你的草原。

这一顿酒从谈论挂在墙上的毛主席像开始，到憧憬大草原结束。当我们的脚印真的踏在辽阔的科尔沁大草原上时，朱发财对着远处慢慢移动的一群灰褐色动物问马志刚：叔叔，那是什么？这时我才想起来，朱发财长这么大，还没见过真正的活羊，她对羊唯一的印象，是电视里的喜羊羊和美羊羊。她和表姐一起跑过去看羊，过一会儿回来悄悄对我说：爸爸，羊太脏了，还拉屎。从那一天开始，朱发财再也不吃羊肉了，她觉得羊很脏，拉的屎也很脏，破坏了喜羊羊和美羊羊在她心里的美好形象。

大草原是那么的空旷，跟云南的崇山峻岭比起来，像是两个世界。我爹说，这里的天地太开阔了，不像云南，一抬头，就看见山，一抬头，又是一座山。

志刚也知道了我爹爱喝高度的白酒，这好办，草原上有的是高度白酒，“闷倒驴”和“草原白”，都是不错的内蒙古本地酒。晚餐安排的是全羊席，志刚说，这是草原上招待客人的最高礼节，餐厅的服务员还唱蒙古族的祝酒歌，一连唱了好几首，朱发财和她表姐就在桌子后面伴舞，舞得比唱歌的服务员还欢腾。看得出来我爹确实高兴，他高兴了我和志刚也就高兴，一路上唯一担心的就是他吃不吃得惯牛羊肉，看来我爹适应力很强，每道菜他都尝一尝，有人敬他酒也是来者不拒，抬起酒杯就干。晚餐结束前我爹做了一次总结性发言，大概的意思是：我这一趟出门，本意只是想随便出去走走，年纪大了，趁现在身体好，还走得动，就多动动，一不小心就来到了壶口，看到了瀑布。本来都没想过要来北京，后来一看地图，壶口离北京不远，就决定去北京看看儿子。到北京已经是一趟意外的旅行，到了北京后，想不到还有更大的惊喜，真的是想都没有想过，这辈子还能自己开车来到了内蒙古大草原，我退休以后学的开车，学车时就想以后有一天要是有一辆自己的车子，就要开着车子游遍全国，当时也就是有这么一个念头，但是今天，我当年的愿望真的实现了，我从云南，把车开到了内蒙古大草原，想想还是一个很了不起的举动。

我也很感慨，我默默地跟志刚碰了一杯，表示对他的感谢。

第二天一早出门，还是看大草原，车子没油了，要先去加油站加油。志刚说，要是不把油箱加满，车子就得抛在路上，草原上地广人稀，出了门别说加油站，往往好几公里连个大活人都遇不上。我们就先去加油，到了加油站，只见乌泱泱的上百人围在一边聊天，前面有三辆大巴正在加油，看来是一个旅行团队，我爹就把车开到另一边，他下车的时候，突然听到有人叫："朱老总，这不是朱老总吗？"呼啦一下，就围过来十多个人，我爹一看，全是昆明发电厂的老同事，许多都是退休职工，参加一个夕阳红旅游团，来内蒙古看草原来了。这才是真正的他乡遇故知。弄得我爹也很激动，一个个握手打招呼，似乎他成了这草原的主人，欢迎他的老同事的到来。有一个眼尖的，看了看车牌，夸张地问："朱老总，这是昆明的车子啊，你不会从昆明开车到这里的吧？"我爹的自豪感马上就上来了，高声说："就是从昆明开过来的。"其中有一个年纪跟我爹差不多大的，就是刚退休就开着私家车去大理丽江西双版纳，然后回来刺激我爹的，也围着车子转了一圈，就默默地离开了，看得出来那个老头有点伤感，看他的身体，佝偻着腰，已不可能开车去远方了。

这一阵寒暄差不多进行了半个多小时，要不是导游一再催促，这一群昆明发电厂的前职工，不知要在加油站里与我爹聊多久才有个够。分别时有些许的依依不舍，有些人的眼神里透出羡慕和伤感，同样的出行，乘坐不同的交通工具，心境也不相同。这么一个旅途中的插曲，让我爹在接下来的几天里感慨颇多，连说想不到。“那个老杨，”我爹说的是那个围着车子转一圈，就不说话了的佝偻着背的人，“两年前就不动车了，眼也花了，耳朵也背了，反应也不行了，不敢开了。”

我突然回想起我爹曾偷偷地买了第二辆车子，似乎明白过来，他的内心深处，一直就打算拥有一段说走就走的旅程，一直有一个梦想中的远方，如果没有车子，想走的时候却走不了，那就太可悲了。或者等他有了车子，身体却像老杨一样，垮了，那更可悲。现在想来，我对我爹，了解得其实并不多，这父子间，除了流淌着同样的血液以及一脉相承的亲情以外，还是有着不少的陌生和隔阂。我爹买第二辆车子，并不是他有钱，有车瘾，而是他有更高更远的我们看不到的梦想，他为自己的梦想，时刻准备着，包括车子，包括身体，包括我们看不见的在他日渐衰老的身体里奔流不息的想象力。

两天的草原之旅很愉快，晚餐时，就讨论怎么回北京，是原路返回还是换一条路走？我就看地图，翻到内蒙古那一页，第一眼看到的居然是隔壁那个省——吉林，再一看，科尔沁大草原就跟吉林省挨着，往东走一点，过了通辽，就到了吉林省的四平市。吉林是志刚的老家，志刚说，咱们要是从吉林回去的话，那边的路我还熟悉。我抬眼看了看我爹，问他：怎么样，明天去吉林？咱们从东北回去？你如果这一趟到了吉林的话，那可真是横穿整个中国了，从祖国的大西南来到了遥远的东北平原，说不定还能创个老年组自驾车纪录什么的。

我爹也把脑袋凑了过来，看地图。地图上的字他看不清，找老花镜带上，他在仔细研究，然后问：到了四平以后我们怎么走？志刚说，那就简单了，在四平休整一两天后，再往东北走就到了黑龙江，我们可以在哈尔滨住两天，然后想去远的地方就去漠河，稍近一点的地方就去黑河，另外伊春、佳木斯、牡丹江也可以去看看。要是往回走呢，就奔铁岭、沈阳，然后过锦州，进山海关，然后河北，然后就回到北京了，一路全高速，路况非常好，想在哪儿停留都行，就看你老人家的想法了。

我妹夫给了他一个建议，说就去漠河吧，然后你累的话就从哈尔滨坐飞机回昆明，我们负责把车开回去。我爹听了后把脑袋摇了又摇，说：坐飞机有什么意思？开车叫自驾游，坐飞机那叫出差。我还是开车好玩，这样吧，我们到四平休息一两天后，就往回走，我还想去山海关看看老龙口长城呢。我爹刚才看地图的时候，目光在山海关那个地方，停留了很长时间，原来是在找老龙口。

按照我爹的计划，我们在四平稍作停留后，就往回走，路上在锦州住了一晚上，第二天到山海关，找到老龙口长城时，已是中午。老龙口是明长城的起点和源头，我爹早在课本上就知道这个地方，所以他要亲临老龙口，一睹真容。

8

下午三点钟从山海关往回赶，回到北京已是晚饭时分，一算日子，这一趟内蒙古东北之行，也是用了一周时间，我居然看不到我爹的疲惫之态，倒是两个小孩，一路上兴奋不已，一进北京，就在车上昏昏欲睡，城市已激不起她们的兴趣了，对于习惯了钢筋水泥的孩子们来说，能去一趟大草原，该是多么大的诱惑啊。

晚餐时我爹说，这一趟出来，把人生中的许多第一次，都给完成了，值了。我的外甥女说，是超值。我妹妹说，这样的旅行，这辈子恐怕也就这一次了。谁知道呢？人生那么漫长，即使像我爹这么一把年纪，不也体验了一次他做梦都没有想到的旅程吗？人生无常，有时候说不定，也是惊喜不断，好事连连。就像他们从昆明出发时，到贵阳，到重庆，到陕西，到北京，到内蒙古，到吉林，到辽宁，到山海关，哪一步都不是预先设计好的，全是冲动的结果，一步步往前推进，一步步把自己推向更加遥远的远方，只有脚步离家乡越远，心才能离家乡越近。

我爹一算，出来都半个多月快二十天了。他说，我们休息一天，就该往回走了。我知道，他有点惦记我妈了，还有，我弟弟的小孩也刚出生没几个月，他着急回家抱孙子呢。第二天，我把他的车子开到附近的修理厂做个检查，毕竟一辆国产车，跑那么远的路，有点不放心。结果只是坏了一个刹车灯，换个灯泡就好了，换了一桶机油，其他一切正常。我跟我爹开玩笑说，比亚迪的厂家真应该找你做代言人，跑遍全国居然什么事儿都没有，这么好的神车，国人应该多支持。其实这一路上，尤其在内蒙古东北，许多人都好奇，这么一辆比亚迪，这么一个老头，真能从云南开到东北来？为了证明自己真的是开着这辆车从西南跑到东北，我爹一路上没少跟这辆车合影，每到一个具有地标性的建筑物前，我爹都要合个影，以证明自己确实是开着这辆车子来的，而不是坐着旅游大巴来的。

我爹临走的头一晚上，我来到了他住的房间，我们俩好久没有这么面对面地坐着说话了。一人倒了一杯水，又是相对无语，其实有很多话，但是不知从何说起。我爹突然想起一件事儿来，找了纸和笔，给我写了一串数字，原来这是家里保险箱的密码。家里没什么值钱的东西，保险箱里，也就是房产证以及老家农村的地契什么的，我爹告诉我，主要是他把自己比较满意的一张照片放大洗好，装了框，那是他去世后我要捧着的遗像。他说，两年前就准备好了，本来就放在房间里，我妈不让放，说活得好好的，不吉利。还说底板太红了，不协调。我爹说自己就喜欢那张照片，就喜欢红底板，为了不给我妈添堵，就放保险柜里了。我爹跟我交代完这事儿以后，突然间就显得放松了，一副无事一身轻的样子。他似乎已经没有牵挂了，该安排的，早已安排，该交代的，都已交代。剩下的，除了享受天伦之乐以外，就是玩了。想怎么玩怎么玩，该怎么玩怎么玩，他的身心，从此以后毫无羁绊了。就凭他这心态，这身子骨，还不活出一百开外去？

第二天一早告别的时候，我还是有点伤感，我爹坐上驾驶席，点火，挂挡，松离合，加油，义无反顾地离开了，连手都没跟我握一下，只有一个眼神，一个坚定的眼神。这父子间，有时候，一个眼神，其实已经足够。

我目送那辆车离开，我相信，我爹一定会从后视镜中看着我。从此以后，他有他更加遥远的远方，我有我更深的牵挂。

隐于括苍山

1

中国有两座苍山，说起来都跟武林有一点关系和渊源，但又并不怎么出名。位于云南大理的那座苍山叫点苍山，在金庸的笔下，家在点苍山附近的武林高手就归于点苍派门下，这一派的成名，更大程度上还要依靠大理段氏家族，还有金大侠的一册《天龙八部》。另一座位于浙江台州的苍山叫括苍山，这座山就没那么幸运了，大山周围既没出过什么名门大腕，也没有名篇名著歌颂过他，致使它到了今天，仍然默默无闻，孤悬在临海市和仙居县的夹缝中，但你若要正视它，仍然需要仰望，如果你恰好戴着帽子的话，作为地主，我这里需要提醒你一句，在仰望之前你需要脱帽，这倒并不是说到我家乡了，要你脱帽致意，因为山峰太高，我怕你一仰脖的时候，帽子从后脑勺掉到地上。

其实我也可以像金庸一样，杜撰出一本类似于《天龙八部》的故事，把地点放在括苍山，把主人公弄成我村子里那几个泼皮或者忠厚长者，把我暗恋过的姑娘写成女一号，把村长家的小五写成女二号，把天下武林大会设在括苍山的某座神秘山峰上，让丐帮的弟子们整日里在山下转悠，并把村长家养的鸡偷去做成香喷喷的叫花鸡。几年前我还真这么想过，虽然我们那里的地方政府并不需要我来为他们做什么宣传，但爱我家乡人人有责，想为家乡做点事的心情，想必父母官们都能理解。那本书写了个开头，有那么几千字，却因为种种原因，一直放到了现在也没有完成。

我去过云南的点苍山，并不像传说中的那么神秘，也结交了几位段姓朋友，却都是老实巴交的农民或者上班族，没一个人身怀武林绝技。有个在大理古城做买卖的段老六，嘴皮子相当地滑溜，把那些个外地人忽悠得一愣一愣的，挣了不少钱，如果非要找出一个什么绝技的话，段老六的嘴皮子勉强可算一个。难道传说中的武林早已消失？就连“渔樵耕读”也被世界潮流淹没了？只剩下赤裸裸的经济与钞票？

如果我不回到括苍山的话，我还真以为这个世界，只剩下挣钱与花钱两件事了，每个人之间的区别也仅仅是挣多少与花多少的区别，连我这样并无多少追求的懒人，每日里也在为五斗米折腰。括苍山作为逝去的武林的一个小小的分支，具本身在江湖上并没有特别高的地位，倒是隐没在大山周围或者深处的那些不起眼的村庄，每到夕阳西下，就会传来隐约的读书声……是私塾里传出来的抑扬顿挫的读书声。我进村的时候，正是傍晚时分，当那一声声略带稚气的《论语》飘进我的耳膜的时候，我的眼眶一热，仿佛时光迅速回到了我的童年，回到了我的私塾课堂上。

村子叫景山村，位于临海市张家渡镇，是进入括苍山的大门。

村口蹲着一个人，仔细一瞧，原来是杨康其，我童年的玩伴，按时髦的话说，我们俩是发小，从小一起玩大的。杨康其也一眼就认出我来，显得很兴奋，跑过来一把握住我，说多年不见，你胖了不少啊。我说：废话，中年男人没个啤酒肚什么的，还好意思出门见人吗？我俩就一起笑，彼此太熟悉，不用啰唆。我问他在村口是不是在等我？他说不是，在等一个广西朋友。我略显失望，杨康其说，你别皱眉，来得正好，晚上一起吃饭，明早九点钟看我跟他斗鸟。

“你还在玩鸟？”我有十多年没听说他玩鸟了。上次听说他跟人斗鸟，还是十五年前的事儿了。后来因为什么不玩鸟了？因为他养的鸟太过厉害，只要一斗鸟，对方非死即伤，绝无全身而退的可能。一开始那几年，附近几个省玩鸟的人都不信邪，十天半个月的，总会有几拨外地人一路打听着来找他斗鸟。到后来都不是来斗鸟了，简直是玩命了。

有个四川老头，养了只画眉鸟，甚是了得，据说打遍了西南三省乃至越南缅甸都无敌手，那只小鸟为老头挣了不少钱。杨康其从来不主动出去斗鸟，别人上门，也是推脱不了了，才跟对方立下规矩：我如果赢你了，不要钱，但如果你的鸟万一有个死伤，我也一概不负责。有些人还得签个生死状什么的，以免除后患。那个四川老头也是听说括苍山里有一只画眉，是鸟中之王，再加上西南夷地区净是些井底之蛙，赢了几回就觉得老子天下第一，那几个跟老头斗鸟输了的人也坏，就撺掇老头说：“你赢了我们不算本事，你要是能把浙江括苍山那只画眉都赢了，我们才服你，才认你的鸟为鸟中之王。”得，把老头刺激得不远千里，边打听边就找上了门。杨康其是客气，说你老人家远到是客，请先歇息。老头不干，狂妄地说："我倒是要先看看你的鸟是不是长了三头六臂了。"杨康其推辞不了，再加上老头是客，再谦让下去的话，有小瞧人之嫌，便带领一干人等，来到鸟笼前。老头一瞧那笼中之物，突然哈哈大笑，说："就这么一只瘦不拉几的鸟，也会打斗？"满脸的鄙夷之色。大家伙再一瞧老头带来的那只画眉，毛色锃亮，两眼炯炯有神，却并不正眼看人，嘴角微微一咧，竟有一点不怒自威之色。回头再看主人家的这只鸟，并无什么精神，鸟毛说灰不灰，说绿不绿，一小团缩在鸟笼的角落里，感觉好几天没吃饭似的，脚边还有几摊鸟屎，看上去都好几天没人管了，主人看起来并不怎么待见这只鸟。外人似乎也在替杨康其担心，这两只鸟乍一比较，根本不在一个水平线上。老头急着要开打，说，几分钟就结束了，打完了我们今晚还要往回赶，一副胜券在握的样子。杨康其说，你们旅途劳累，歇一晚，明天再说吧。那些起哄的也急着想看看，到底谁家的鸟厉害。就说，杨师傅，开始吧开始吧，既然老先生着急赶路，你就主随客便吧。杨康其有点无奈，说好吧，几分钟肯定能结束，只是万一老先生的鸟有个好歹，那可怎么办呢？老头听完后，这一次喉咙里发出的是几声类似于肺结核患者的干咳，然后慢悠悠地说："杨师傅，如果万一我的鸟有一个好歹，我就认了，我不但认输，我还把我成都和绵阳的两套房子输给你，只是万一你的鸟有个好歹，你要是输了呢？"杨康其不紧不慢地说："这样吧，我要是输了，从此以后我就不养鸟了。万一你老人家输了呢，你的房子我也不要，只是你的鸟要是有个好歹，别怪我就行。"众看官齐声叫好。

双方拉开架势，杨康其拿出一个一米见长，六十公分高的一个竹笼子来，这就相当于古罗马的斗兽场，双方同时把各自的鸟放进笼中，四川画眉先伸了伸脖子，然后打开翅膀扇了扇，接着在笼子中蹦跶了几下，算是赛前的准备活动，那只括苍山的画眉并没怎么动，只是拿眼睛斜着看了一眼主人，意思是说，怎么着？可以动手了吗？杨康其微微一点头，小声说了句：他们远来是客，你要让他头三招。括苍山的画眉刚想动手，闻见主人此话，把才抬起的脚后跟又放下了。四川画眉听不懂人话，眼见对方想扑上来，脚步又停住了，以为眼前这只小干巴鸟害怕了，便自作聪明，来了个先下手为强，突然扑上去，第一招猛啄对方眼珠子，第二招飞起来踢腿，使劲踹对方脑袋，第三招“呼”一下打开翅膀，这一招是跟一只鹤学的，人话叫白鹤亮翅，不知画眉他们那里怎么叫，动作要领就是打开翅膀猛扇对方鸟脖子。一般来说，三招过后，敌人无不倒地，天旋地转，俯首称臣。可这次不灵了，三招过后，对方还在那儿站着，这四川画眉就纳了闷了。心想，不对啊，我刚才明明对着他的脑门子出招的啊？对着他的脖子出招的啊？到底怎么回事啊？还没等他“啊”明白，他就感到自己脑袋上“铛”一下，挨了重重的一击，接下来一个趔趄，感觉有两只脚重重地踏在自己身体上，胸口一阵撕心裂肺的疼痛，只觉得身体一下子就被撕裂了，再接下来这只四川画眉就失去了知觉。他当然不知道了，因为括苍山画眉三下五除二，就撕开了他的胸膛，把他身上的肉一块一块撕下来，仰着脖子往肚子里吞呢。斗兽场里几片鸟毛在胡乱飘着，斗兽场外，剩下一堆人目瞪口呆，当然，合不拢嘴、对眼前这一幕最难以置信的人，还是那个四川老头。

玩斗鸟的人都有讲究，怎么选鸟，怎么喂鸟，怎么调教，每一个细节都是学问。一只鸟要是养好了，主人的脸上，那是无限的光彩。斗鸟其实就是一种赌博，只是说起来要雅一点而已，每赢一次，都会给主人增添不少财富。四川老头想必在这只鸟身上花费了不少心机，真心以为自己调教的画眉就是天下第一了，要不，怎么敢把自己的两套房子押上呢？每个人都有自己独特的调教手法，相当于独家秘诀，那都是秘不示人的。想必四川老头确实有一套方法。但是，谁都不知道杨康其是怎么训练他的画眉的，平时，也从没有人看见过他在训练他的画眉如何成为一只斗鸟，问他，他也只是笑笑，淡淡地说，这只鸟是天生的，不用训练。大伙都不信，但确实没人见过他驯鸟，慢慢地，大家就默认他的鸟是天生的斗鸟，有几个人心里还嘀咕，这家伙狗头运真好，我怎么就碰不到这么一只好鸟呢？心里愤愤不平一下，也就拉倒了。

2

括苍山周围的村子很零散，离城里都很远，小孩读书非常不方便，所以一直以来，这里民风很淳朴，私塾盛行，每个村子都会有一两个老先生带着本村或者邻村的小孩读书、习武。我和杨康其在同一张桌子上读了四年私塾，可谓手足情深，四年后我就出了远门，跟着表哥去贵州打工，他继续读书习武，所以他的古文底子及杨家拳都要比我高强很多。只有我知道，他养鸟，是跟我们的私塾老师、他的堂叔杨德生学的。这个杨德生可不得了，他的师父是当年上海滩杜月笙的贴身保镖，杨德生在上海滩也混了近二十年，那些年，我们村子里的年轻人但凡想有点出息的，都梦想着去上海滩淘金，大上海就是天堂。杨德生在天堂里厮混了许多年后，随着杜月笙失势，他的师父遭遇不测之祸，便心灰意冷地回了老家，从此气平心静，担负起教育年轻后辈的重任来。

我们都叫杨德生师父。虽然那时候师父年纪不大，也就四十多岁，但却是我们村子里最德高望重的人，师父对他的这个侄子杨康其甚是喜爱，对我也还行，因为我每日里和他的侄子形影不离，算是好朋友，对我也多了些关照。我在私塾的那四年，基本上没听说过师父睡过觉，他每天天不亮，就去山里练功、找草药，顺便抓几只鸟、掏几个鸟蛋什么的，中午回来便督促我们读书、练字，晚饭后他教我们练武，先是雷打不动的蹲马步，然后教拳术、棍术还有气功，但不让我们动兵器，那些刀剑匕首什么的，他不教，杨师父说，我教你们这些足够自卫了，兵器会伤人，弄不好会死人的，你们就别学了，省得在外争强好胜。有一次师父掏了一个鸟蛋，居然学着孵小鸡的法子，孵出了一只小鸟，长大了一看，竟然是一只画眉，把我们都乐坏了，这画眉一出生，天生地就跟人特别亲近，也许是把杨师父当成自己的父母、把我们当成自己的兄弟姐妹了。

师父是怎么悄悄地训练这只画眉的，只有杨康其一个人知道，因为师父有时候需要一个帮手，他的这个小侄子，就会派上用场。但我们却从来也没听说过这只画眉可以打斗，倒是经常看见杨康其进山里隔三岔五地抓几只小鸟来交给师父，但却从来没见过杨康其抓来的这些小鸟去了哪里。一转眼师父去世都二十多年了，想必老人家在去世前，把好些个我们不知道的独门绝技，都传给了他这个侄子。这个世界上，有血缘关系，总是天生地有一种情感在里面，血浓于水，这是一句非常正确的废话。

连我都不知道杨康其是怎么鼓捣他的画眉鸟的，那个四川老头，更是摸不清门道了。他的那只会不怒自威的画眉成了别人的盘中餐以后，老头的情绪一落千丈，听说回成都后，郁郁寡欢了大半年，竟然一病不起，呜呼哀哉了。消息传来，杨康其甚为自责，从此以后，再也不跟人斗鸟了，今天居然说要迎接一个广西人的挑战，真不知道，太阳从哪边出来了？

晚饭就在杨康其的家里，他媳妇炒了几个农家小菜，弄了一坛子绍兴老酒。广西老表带了一个女助手，两个人不时眉来眼去的，好像这世道，但凡挣了几个小钱的暴发户，出门都得带一个女秘书，既能装门面，还能解渴。老表一听说我来自北京，居然乐坏了，说，你们北京人平时牛逼哄哄的，雾霾一来，就牛逼不起来了吧？就不如我们广西了吧？口气有点幸灾乐祸，感觉以前是被北京人欺负过，听说我来自北京，就把气撒我身上了。我连忙解释，我就是这个村子的，在北京只是打工，混口饭吃，这才平息了他的怨气，一顿饭吃得不咸不淡，一小时后散伙，两个广西人去镇上住便宜的快捷酒店，希望他俩进去以后别太着急滚床单，因为快捷酒店的床单，实在是太脏了，玻璃杯子也得自己洗一洗，更别用酒店的毛巾浴巾，央视都曝光了，现在的快捷酒店，除了可以勉强一睡，其他所有用品都是可疑的、不卫生的、带各种各样细菌病毒的。我和杨康其久别重逢，送那两人去酒店回来后，他让老婆又去搬来一坛子绍兴老酒，把舍不得给广西人上的一盘麂子肉给下锅爆炒，哥儿俩开怀畅饮，回顾过去，展望美好的明天。

这一坛子酒有五公斤，大家伙都知道我爱喝酒，却不知杨康其的酒量，并不比我差，他状态好的时候，杯对杯可以把我喝趴下，当然结果是他自己也得趴下。他喝完酒以后，是个极其好玩的人，上私塾的时候，杨师父对他督促得最严，所以直到现在，他都是我们村子方圆一二十里地古文底子最好的人，书也读得最多，功夫也最好，身上最具古人之风。如果看他微醺后打一套醉八仙，那简直是一种享受。记得三年前我回来时，他的儿子正好初中毕业，中考成绩刚好出来，小孩考上了市里的回浦中学，这是临海市最著名的重点中学，高中考上了这所中学，就相当于百分之九十九能考上大学，百分之八十能考上全国的重点大学。杨康其很高兴，就这么一个宝贝儿子，眼看着就要有出息了，晚上就拉着我喝酒。那晚上杨康其带我喝疯了，喝到七八分醉的时候，他拿一杯子坐到地上，双脚一蹬，把鞋子踢出老远，就这么光着脚，然后把两条长凳子拉过来，扛在两个肩膀上，问他这是干嘛？他说，我这叫“囚饮”，你看我现在，像不像带着枷锁的犯人？我靠，还真像。一会儿又拉着我跑到院子里，光着脚“噌噌噌”三两步就爬上了树，蹲在一个树杈上，让我把杯子递上去，告诉我，他这叫“巢饮”，是跟鸟学的。树上下来以后，拉着我来到后院，从一堆稻子的秸秆中抽出五六把，往身子周围一围，让我找一根绳子，把秸秆捆在他身上，然后他蹲下去，问我能看见他吗？我说看不见，他把脖子往上一伸，问：现在呢？现在能看见脑袋和脖子？我说能看见。他说：那就好，现在你拿酒杯过来喂我喝酒。我就拿杯子过去，他喝一口，然后把脑袋缩下去，过一会又伸出脑袋来，张着嘴要酒喝，这人被捆在秸秆中，脑袋一伸一缩间，像极了乌龟，这周围的一圈秸秆，就像龟壳，他的脑袋，就是龟头。杨康其说，你说得太对了，我这就叫“龟饮”，这是跟乌龟学的。

从秸秆堆里出来后，他招呼我进了屋，对我说，现在我们两个人一起玩游戏。然后指着院子中的那堆秸秆，问我，看见有人影在那边吗？我仔细一看，说，没有。杨康其说，你再看仔细点，眼睛睁大点，看有没有？我使劲晃了晃脑袋，然后告诉他：连个鬼影子都没有。杨康其就说，对了对了，你这就对了，孺子可教也。你就把那堆秸秆，当成一个鬼影子，如果你觉得鬼影子没有了，你就跑过去喝一口，如果你觉得鬼影子出来了，就赶紧跑回来。他把杯子倒满酒，放在秸秆上，一会儿跑过去喝一口，一会儿又假装吓得跑回来，藏在屋子里，我问他，你这又有什么说法？他说，我这叫“鬼饮”。

那晚上，他带我疯了大半夜，后来我问他，你的这些花招，都是怎么来的？他说有些是偷学师父的，有些是自己琢磨的，还有些，是从沈括的《梦溪笔谈》中学来的。我纳闷，读私塾时，师父教我们读过《梦溪笔谈》，但我怎么也想不起来书里有喝酒这么一节。杨康其说，你回去仔细翻翻，在《卷九·人事》那一章，石曼卿就是这么喝酒的。嘿，读书认不认真，几十年后，仍然可以见分晓。

3

那一坛五公斤的绍兴老酒，不知不觉间见了底，再问他老婆讨酒，说没有了。我俩都还有余兴，怎么办好呢？酒虫一直在咬，弄得人心里直痒痒。杨康其大声把他老婆唤过来，说，把家里的醋瓶子给我拎过来。他老婆就拎来了醋瓶子，一看，还有大半瓶，杨康其就把半瓶醋倒在碗里，自己咕嘟咕嘟喝下大半碗，然后把碗往我手里一塞，说，剩下你喝，家里像酒的东西，只剩这半碗醋了。

醋喝完以后，就只有水了。就喝水，喝着喝着，杨康其头一垂，居然叹起气来，说，我在椒江租了三十亩地，这两天就要去那里种西瓜去了。我问，怎么会想到要去种西瓜？杨康其苦笑说，儿子刚收到录取通知书，九月份就要去北京读大学去了，我这是既高兴又发愁，考上北京的大学当然高兴，但是北京那么远，学费生活费那么贵，我们光靠在家种点地，钱不够啊，所以就跟老婆商量，出去种西瓜，做点小买卖，供儿子在北京读书吧。他还希望以后我在北京多关照他的儿子。那是当然，我心想。

两人沉默良久，其实我是在想，有没有稍微轻松点的能挣到钱的门路，虽然我没种过西瓜，但有多辛苦，是能想象得到的。我建议让他去开武馆，或者去找一个武馆当教练也行，他说这不行，师父在世时就有交代，在外面不允许说自己会武功，看来这条路是走不通了。我突然想起了那两个广西人，我说，你可以斗鸟啊？你的鸟不是很厉害吗？这挣钱多容易啊？杨康其看了我一眼，笑笑，说，你还不知道我不能靠斗鸟吃饭吗？我要是走上这条路的话，那天下斗鸟的人都没活路了。

天快亮的时候杨康其告诉我，一会儿广西人过来斗鸟，其实就是来给他的鸟送食物的，他的鸟已经饿了两天了。这是他最后一次斗鸟，斗完后他决定把这只鸟放飞，让它自生自灭，从此以后金盆洗手，再也不玩鸟了，他要踏踏实实地种西瓜，供儿子上大学。

我非常好奇，问了一个所有人都想问，但之前都没有答案的问题：你到底是怎么训练这只鸟的？杨康其使劲瞪我一眼，然后一笑，说，告诉你也无妨，反正我也不养鸟了。原来这都是从师父那里学来的。最好自己孵鸟蛋，一只小鸟从孵出来那天开始，就得跟他交朋友，稍大，喂食的时候，喂两天停一天，然后喂三天停两天，等他饿得不行了，杨康其突然问我一句：你还记得我以前去山里抓鸟给师父吗？我当然记得，杨康其就说，我抓的这些鸟，师父先把它捏死，然后剖开肚子，去掉内脏，再把新鲜的肉放进去，再缝合，然后拿一根棍子绑上，在这只鸟面前挑逗、引导，慢慢地，这只鸟就知道，要撕开对方的肚子，才有食物，才有饭吃，等这只鸟再大一点，等他饿到第二天，快挺不住的时候，师父就绑上处理过的鸟，跟他做调戏、搏斗状，把他惹怒了，他就会饿狼扑食般扑上去撕咬对方，撕开对方的肚子，因为那里面有他的伙食。对他来说这不是玩游戏，这是玩命，是生存，他必须要撕开对方的身体才能找到食物，不饿肚子。久而久之，只要饿上他一两天，他就知道美味就要来了。而对别的鸟来说，斗鸟是玩，给主人的脸上添彩，给主人挣点小钱，是娱乐。

两个广西人笑眯眯地进来的时候，能明显看见他们的黑眼圈，那也是娱乐后的印记。我不忍看他们那只鸟的下场。在这里我只想跟认识我的几位浙江朋友说一声，如果哪一天在椒江的街头看见一个戴着草帽、推着满三轮车的西瓜、身边跟着一个拿秤的中年妇女、说一口地道的临海土话的壮汉，那就有可能是我的哥儿们杨康其，请你们买他西瓜的时候不要讨价还价，他挣这两个小钱不容易，如果不是为了儿子的学费和生活费，他完全可以在括苍山下隐士般地过完他的下半生，虽然日子拮据一点，但也逍遥自在。

谢谢各位了。

在湄公河

1

年轻的时候，我去过湄公河的上游。其实也不是最上游，去过的，只是云南省境内大理、怒江、保山地区的那一小段，它真正的上游在青海玉树的杂多县。湄公河在云南境内叫澜沧江，“澜沧”这两个字，充满了神秘感，云南本身就吸引人，我们家从我父亲那一辈开始，就被吸引到了云南，按现在时髦的说法，我应该被叫作“云二代”，只是我这个“云二代”不大安分，骨子里，有着奔腾的血液和血性，“安居乐业”这四个字，在我身上基本找不着北，所以我从小就四处漂泊，居无定所，性格不但像“云二代”的“云”，更是像极了云南的另一条江：怒江。其实这不好，性格暴烈对一个人的一生有着难言的暗喻，甚至是致命的。怒江现在被拦腰截断，建起了许多大小不一的水电站，在很多地段，就奔腾不起来了。现在反过来了，目前的怒江倒是有点像中年的我了，跌倒过许多次以后，变得略显沉稳，得过且过，不那么愤青了。

刚提到了澜沧江和怒江，在云南，有三条江在并流，第三条江，才是一条如人生般宽阔壮丽的河流:金沙江。云南大地上有许多隐喻,金沙江就是典型的一例。澜沧江和怒江各有个性,冷暖自知。这金沙江的上游,也是暴烈和奔腾的,水土流失严重,每当雨季,泥沙俱下,巨石翻滚,就像我叛逆的青春期,但是流着流着,七拐八拐,渐渐地就温和了,温顺了,懂得节制了,这条河在过了四川后,大家觉得它实在是太长了,后来干脆就把它叫作长江算了。长江到了下游入海口,形成了富饶的三角洲和冲积扇平原,养育了几个亿的人口,就像一个人成功而德高望重的晚年。现在回过头来一看,如果没有上游的水土流失,哪来下游富饶的三角洲和冲积扇平原?如果没有反叛的青春期,哪来稳重成熟的晚年?从云南往下游流淌的,哪里是泥沙俱下啊,分明就是一粒粒的金沙。所以直到现在,云南仍然贫困,而下游,自从他们把金沙江叫作长江以后,那些人一个比一个有钱,那些地区的楼房一座比一座高。有几个地方有钱以后,就去云南搞扶贫,我心想,你们兜里的那几个钱,都是从金沙江流下去的,都是云南人民为保护长江源头而牺牲自己的发展换来的,你们好意思叫扶贫吗?正确的叫法应该叫"反哺"才对。

我从云南出来,一转眼就快二十年了,但心里,无时无刻不惦念着,那里有我的父母亲朋,还有我的初恋小翠,甚至我的几颗乳牙,也是抛在了昆明郊区的几座房顶上的。所以,当云南边防总队的同志给我打电话,问我愿不愿意回云南一趟,参加中国、老挝、缅甸、泰国四个国家组成的从西双版纳关累码头出发,然后沿湄公河流域经老挝、缅甸一直到老缅泰交界水域的老挝金木棉码头的四国联合巡航执法行动时,我毫不犹豫地答应了。

2

中老缅泰四国湄公河流域联合执法有一个缘起，就是2011年9月底10月初，以糯康为首的犯罪集团在金三角一带策划劫持中国船只、杀害中国船员、并在船上放置毒品栽赃陷害中国船员。2011年10月5号，糯康带着他的骨干成员桑康、依莱、扎西卡、扎波、扎拖波等在金三角附近设伏，持枪劫持了中国船只“玉兴8号”和“华平号”，捆绑控制了13名船员，并将事先准备好的8万多克毒品放置在船上，然后押运两船继续沿岸前行，他们找到事先谋划好的停靠点后，扎西卡等人向船员开枪射击，随后驾乘快艇逃离，按照事先约定，在岸边等候的泰国不法军人继续向两艘中国船只开枪，直到把船上的13名船员全部打死，并将这些中国船员的尸体抛入湄公河，造成了震惊中外的“10·5”湄公河惨案。

糯康原籍缅甸，年轻时曾在部队服役，是当年缅甸大毒枭坤沙手下的一个小兵，因长得像刘德华，在当地有个绰号，就叫“缅甸刘德华”。1995年坤沙投降缅甸政府军后，心狠手辣的糯康逐步收编了坤沙武装的残部，人员一度多达数百人，在泰国、老挝、缅甸三国交界的金三角地区长期横行，盘踞于湄公河两岸，从事制贩毒品、绑架杀人、抢劫商旅、敲诈勒索、收取保护费等犯罪活动。这伙不法分子均配备有AK冲锋枪、M16步枪、手枪、火箭筒、机枪、手雷等，自2004年以来，这片水域不知有多少人葬身于该团伙的枪口下，大量财物被劫。在“10·5”惨案发生之前，糯康团伙在湄公河上已经肆无忌惮，恶名远扬，缅、老、泰、中政府都曾经先后对糯康发出过通缉令。

“10·5”惨案发生之后，昔日繁忙的黄金水道一度停航，人心惶惶。为了维护国家安全，保护中国公民在境外的合法权益，中国政府迅速做出了反应，决定在公安边防部队中组建云南省公安边防总队水上支队，联合老缅泰三国执法部门，在澜沧江——湄公河上开展联合巡航执法行动，共同维护湄公河航运安全。2011 年 10 月 31 日，中老缅泰湄公河流域执法安全合作会议在北京举行，并发表了《关于湄公河流域执法安全合作的联合声明》，会议达成了广泛共识，一致同意加大联合办案力度，尽快彻底查清“10·5”案件案情，依法惩办凶手。

2011 年 12 月 13 日，依莱被抓获；2012 年 4 月 21 日，桑康被抓获。

2012 年 4 月 25 日，糯康在老挝被抓获，并于 5 月 10 日，依法移交给中方。

糯康犯案以后，自以为天高皇帝远，没人能管得了他，但中国政府惩办凶手的决心是不可低估的，几个月以后，糯康集团的主要犯罪分子全部被抓获归案。据当时办案的工作人员说，从糯康的眼神里，可以看到他仍然不相信自己已经落网。当 2012 年 11 月 6 日，昆明市中级人民法院对“10·5”案件作出一审判决，对主犯糯康、桑康、依莱、扎西卡四人数罪并罚判处死刑，另两名被告扎波和扎拖波分别判处死缓和有期徒刑八年时，糯康露出了绝望的神情。糯康有三个想不到，第一个就是想不到自己居然被抓获，第二个想不到是被抓获以后，居然被移交给了中国政府，第三个想不到当然是被判了死刑，其实这一点他的内心里应该想到了，只是不愿意承认罢了。2012 年 12 月 26 日，云南省高级人民法院作出终审裁定，驳回上诉、维持原判，并经中华人民共和国最高人民法院核准，糯康等四人于 2013 年 3 月 1 日在昆明被执行了死刑。这应了那句中国老话：多行不义必自毙。

这就是湄公河流域四国联合巡航的缘起。2011 年 12 月 10 日，首次中老缅泰湄公河联合巡逻执法正式启动，湄公河“黄金航道”全面恢复通航。2015 年 10 月 24 日，湄公河流域执法安全合作部长级会议在北京举行，会议通过了《关于加强湄公河流域综合执法安全合作的联合声明》。中华人民共和国国务委员、公安部部长郭声琨，老挝人民民主共和国公安部长宋乔，缅甸联邦共和国内政部副部长昂梭，泰王国国家安全委员会秘书长塔威分别率团出席，各方一致认为，过去四年来，中老缅泰构筑了前所未有的执法合作关系，开展了四十次联合巡逻执法行动，坚决遏制了流域跨国犯罪猖獗态势，有效保障了湄公河国际航运安全，积极促进了湄公河沿岸社会经济发展。在执法安全合作面临新的挑战的情况下，流域各国有必要进一步加强合作，不断扩大合作范围，提高合作水平，推动湄公河流域执法安全合作向综合执法合作升级转型。

这湄公河流域四国联合巡航执法，有时也会邀请一些媒体及像我这样的自由写作者参与，一起见证巡航成果，感受沿岸百姓生产生活的变化。我参加的就是第四十六次中老缅泰四国联合巡航。

3

飞机从北京起飞，经停昆明后，继续往西双版纳飞去。在首都机场候机的时候，天空灰蒙蒙的，大地一片昏暗，首都人民正在经历他们越来越习以为常的雾霾天，这样的天气甚至都看不清不远处飞机上航空公司的徽标。我乘坐的是南方航空公司的飞机，边上一位老大娘一指机尾，问我：同志，那里画的是什么动物啊？很多人都以为航空公司的徽标都是燕子啊海鸥啊大鹏啊什么的，以为都会飞，都长翅膀，我告诉她那不是动物，只是南航的一个稍具某种象征性的徽标而已。老大娘自言自语道，我怎么看着像是我菜园地里种的白菜呢？现在白菜是越来越便宜了，坐飞机却越来越贵了。还真是，这老太太，说出了我的心里话，只是我家方圆几十公里，都是钢筋水泥的丛林，种不了白菜，所以我无法把飞机与白菜以及飞机票与白菜价联系到一起。

飞机与白菜、飞机票与白菜价，多么深的暗喻和反讽。如我般读过几年书，但平时又不求甚解的人，是理解不了其中的深意的。如果老太太不点拨这么一下，我至今也还稀里糊涂的，说句实话，即使点拨了，我现在也还是有点懵懂，不明白这航空公司的葫芦里卖的是什么药。是不是在拿老百姓开涮啊？你们动不动就晚点、延误，为什么你们的飞机票卖那么贵，却在飞机上画一棵白菜呢？难道你们以为自己卖的机票就是白菜价吗？

飞机到西双版纳上空的时候，空姐让大家系好安全带，说开始下降了，一会儿就落地。扭头往窗外一看，有一片白云就贴在舷窗上，像在给飞机伴航。有一位叫乌青的年轻人，前几年曾写了一首被全国诗人们痛骂的诗歌，其中有两行就是写白云的："天上的白云真白啊，真的很白很白。"看着窗舷上的这朵挥之不去的白云，我似乎慢慢理解了乌青的内心，面对这么洁白的云朵，唯有直抒胸臆，才能彻底表达自己的情感，那些骂乌青的诗人们，大多应该都生活在雾霾中，没见过云南的白云。

其实不止一朵，窗外，成群的云朵像在空中漫步似的，东一堆西一群，也有单独作沉思状的，它们共同的特点就是白、透明、清澈、不紧不慢、无拘无束。云朵下面是山峰，在群山之间，有一条河蜿蜒而行，我猜想，那应该就是我的目的地。飞机越来越接近大地，我知道，我马上就要掬到澜沧江的江水了。

在机场接我的战士姓王，小王对我说，还要辛苦一下，我们接下来还有三个半小时的车程，才能到关累码头。我今天一早就去了首都机场，然后经昆明转机，到西双版纳已经下午三点了，下飞机后还要坐三个多小时的车才能到达目的地，这么一折腾，今天一整天，就都在路上了。不过一想到明天就参加巡航，这点累就不算什么了。小王说，其他媒体的同志都已经到关累码头了，你是最后一个。我问都有些什么媒体？小王说有《人民日报》《边防战士报》等等，还有云南本地的电台、电视台、网站，作家就你一个。路上有一搭无一搭地聊天，其实是想打听一下巡航的细节，因为没有经历过，所以还是有些好奇的。比如说，光这"巡航"两个字，平时就很少听到，更别说马上就要亲身经历了。“巡航”有着浓重的官方色彩，代表部队，甚至代表国家在行使主权，想想就觉得高大上，整个人顿时就振奋起来，疲惫感瞬间消失。大家琢磨一下，如果是自己组团或者跟团出去，那叫旅游，如果是自己一个人背个包去玩，那叫旅行，只有跟随部队行使执法权，才叫巡航。

到关累码头已是晚饭时间，果然见到了十多位媒体的朋友，大家互致问候，喝了点啤酒，算是解解乏。一夜无话，半夜下起了阵雨，打在屋顶及窗台上，噼噼啪啪的，声音很是响亮，估计当地人习惯了雨声，而对于我，很少半夜听见雨声，再加上心里有事儿，根本睡不着，睁眼熬到了天亮。

4

六点半天已大亮，洗漱，集合，早餐，七点半到达关累码头，随小王上了我要跟随的 2 号船。他把我交代给船长以及指导员，转身下船。一问，才知道还有一个出征仪式，还有有关方面的领导要讲话，媒体要采访，电视台要录像，电台要录音。仪式简约而不失隆重，部队首长们举手投足间，气场十足，我这样在地方上吊儿郎当惯了的，乍一面对这么庄重的场面，那么多军人，内心里，还是有些震动的。

就在心里，为他们鼓了鼓掌，约等于在朋友圈给他们点赞吧。

仪式结束，鸣笛，起航。船上的与船下的一起抬手，面对面敬礼，士兵们全副武装，荷枪实弹，在船舷上保持警戒。这次巡航一共五艘舰艇，依次出发。岸上的官兵一直在举手敬礼，为巡航部队送行，直到最后一艘船离开视线。

这时才有工夫细细观察身边的人和事儿。我乘坐的是 2 号船，前面的 1 号船体积庞大，汽笛声格外响亮，每鸣一次笛，澜沧江两岸的群山都会大声回应，我们的船也会跟屁虫般的拉响汽笛。我们后面还有三艘舰艇，大家鱼贯而行，依次鸣笛。我猛然发现这五艘船汽笛声的大小不一，船只本身的大小也有很大区别，有一艘老挝的巡逻艇跟我们的不一样，这我能理解，但是我们的四艘船却是四个模样，四个尺寸，我就去问指导员。指导员说，自从“10·5”惨案发生后，云南省公安边防总队水上支队遵照党中央、国务院和公安部的战略意图和建队原则，以超常的决心、气魄和力度，仅用了二十天就完成了人员集结，二十五天完成了通信网络联接，三十天完成五艘执法船改装，三十八天完成临时营房建设，五十天完成水上支队组建，原来我面前的这几艘执法船，都是各类型的渔船货船改装来的，怪不得长得不一样呢。指导员说，如果要按常规去船厂定制的话，这些船只最快也得一两年后才能到位。

刚上船的时候，指导员给我拿来一件防弹救生衣，橘黄色的，放手上一拎，挺沉挺厚的，得有三公斤吧。他说，全程都要穿上救生衣，我就一直穿在身上。在船上站了一段时间以后，我就觉得后背湿漉漉的，出汗了。昨晚下了一整夜的雨，澜沧江上显得闷热，整个船舱除了执勤的全副武装的战士以外，就我一个人在甲板上晃荡，战士们也都穿着橘黄色的防弹救生衣，十分醒目。其他人呢？对了，其他人呢？我就去问指导员，我指的其他人是昨晚跟我在一起的那十几个媒体的朋友。指导员说,他们不参加巡航,他们只是参加陆上的活动,这次巡航活动,除了我们四国的执法人员以外,就你一个外请的作家。上船的时候我已经注意到了,有六位泰国警察也一起上了我们的2号船,他们也同样穿着橘黄色的防弹救生衣,救生衣的后背上,用中英文分别标着“泰国警察”字样,但是没有看到缅甸警察,也许他们在另一条船上吧。

居然有一丝孤独感袭来。我一个老百姓,跟五艘巡逻艇上的四个国家共一百六七十个军人,要在一起度过四天三晚的巡航执法活动,我平时是个很木讷的人,一贯不会主动找人交流,如果战士们也都不主动搭理我的话,这段日子可不是好熬的。

我们去的路程是顺流而下,由于下过雨,水流略显浑浊。当船至勐腊县中老缅244号界碑时,指导员一指不远处河道中的界碑,说,从这里开始,澜沧江就叫湄公河了。

敢情我前面唠叨了这么半天,都还没有进入正题,离我要写的《湄公河巡航散记》,一点都没沾上边,那么好吧,振奋一下心情,现在开始正式进入湄公河。

5

船过244号界碑以后,就出了国境了,以湄公河为界,左边是老挝人民民主共和国,右边是缅甸联邦共和国。河水沿老缅边境继续往下,就到了老挝和泰国的边境。河水一路穿过老挝南部,再穿过柬埔寨中部，进入越南，在胡志明市的南部注入太平洋。一路下来，从它叫澜沧江开始，到它改叫湄公河，直到注入太平洋，这条河流全长四千八百八十公里，而我参加巡航的这一段，也就是从勐腊的关累码头到老缅泰交界的老挝金木棉码头，全程是两百五十六公里。

河水在中国境内流得还是比较急，暗礁林立，稍有不慎，就有可能遇到麻烦。出境以后，水面渐渐变得宽阔，水流也平稳了许多，沿途两岸，森林茂密，跟国内所见并无二致。老挝这边，也种橡胶，也放火烧山，沿途能看见村庄和炊烟，有村寨的水边，经常能看见成群的孩子在湄公河里游泳，七八岁十来岁的小孩，一律光着屁股，看见船只一律尖叫，挥舞手臂，声嘶力竭。我很多年没有见到这么纯粹的无忧无虑的童年了，老挝的孩子们似乎不懂得什么叫起跑线，没有升学的压力，没有交不起学费的压力，没有奥数的压力，没有排名的压力，没有小升初的压力，没有要托关系进入名校的压力，只要晚饭前能回到饭桌上，一家人就其乐融融，这才是正常的日子，这才是正常的童年。老挝境内的湄公河，每隔几十公里，就会有一个边防哨所，当我们的执法船经过这些哨所时，执勤的战士们就会列队敬礼，所有的船只也会依次鸣笛向他们致意，而这些士兵，会回敬长达十多分钟的军礼，目送这些船只离开、走远。

晃荡到船的右舷，看见的便是缅甸的景色，这里的原始森林要更深一些，更茂密一些，人间的烟火味更淡一些，那是因为很少看见有人活动。船拐了一个急弯以后，眼前更加开阔，水流也更加平稳，不远处的河岸边，出现了牛群，十多头，大小不一，像是一个家族在漫游。船只靠近了再看，这些牛的毛色并不是国内常见的黄色或者灰褐色，却是灰白色的居多，有几头，直接就是肉色的。有一头稍壮实一点的成年牛，突然冲向一头小牛，因为刚才船在拐弯，我并没看见它们因何起了冲突，大牛对这只小牛紧追不放，离近了就拿脑袋顶和撞，小牛一跑它就追，追上了又顶，两头牛似乎有解不开的结。按照我的经验，觉得这两头牛为感情争风吃醋的概率很小，因为这头小牛根本就是个孩子，都还没开始发育呢，却想不出这般纠缠到底是为了什么。眼看着小牛被迫退到了湄公河的水边，再退，就掉河里了，心里正在暗暗焦急，不知从哪里突然就冒出了一个放牛小哥，紧追几步，抡起鞭子就朝大牛抽了过去，只听见他嘴里嘟嘟囔囔的，没听太明白，似乎在用带有铁岭口音的缅甸普通话教训那头大牛："干哈呢干哈呢，一个大老爷们尽拿小孩子欺负，快给老子滚。"一鞭子下去，不管是抽没抽着，小哥口中的大老爷们也是吓得四蹄离地，一蹦老高，乖乖地回头，一声不吭地追上牛群，老实了。

我一颗悬着的心，放了下来。

6

严格来说，甲板上除了执勤的战士，是不允许有闲杂人员随意活动的。我能够一个人在甲板上自由晃荡，得益于指导员的特意交代，战士们才放任我想靠在哪儿就靠在哪儿，想在哪儿探头探脑就在哪儿探头探脑。本来觉得"探头探脑"这个词，是个贬义词，不适合用在自己身上，但回忆了一下，当时我可不是就在甲板上探头探脑么？对什么都感到新鲜，最想摸一摸的是前舱架在船头的重机枪，但我知道，那是禁区，不是我想去就能去的，不能给部队的同志找麻烦，这是我对自己提出的最低要求。所以我一直忍住没去前舱，看着这些年轻的战士们胸前挎着冲锋枪，雄赳赳气昂昂地执勤警戒，便也伸手摸了摸前胸，发现自己的胸前什么都没有，为了不让自己太尴尬，便装模作样地整理了一下防弹衣，假装自己的胸前，也有一把钢枪似的，腰杆悄悄地挺了起来，近视眼睁得大了些，心里告诉自己，这是在“巡航”，即使没有配备武器，也要装出一副巡航的样子。

果然让我在水中发现了异样。

在船的左侧，也就是老挝境内的水域——如果老挝和缅甸的国界以湄公河的中心为分界线的话，确实是在老挝境内，有一只空的苹果箱，一直伴随着我们的船只，随着波浪一起一伏，却并不沉，我们的船快，它也快，我们的船平稳，它也平稳，我们的船躲过一个波浪，它也躲过一个波浪，它应该把自己也想象成一艘巡逻舰艇了吧？如果它加入我们的巡航队伍的话，我们就有六艘船了。它随我们航行了三百多米后，渐渐地就落后了，它可能还没有明白自己为什么会落伍，作为局外人，我当然知道其中的奥妙，它跟我们最大的区别，是少了一个发动机，没有发动机的苹果箱，不一会儿就被我们抛在了身后，看来，它只能与水面上的一些漂浮物为伴了。

再见，苹果箱，再见，没有发动机的小纸壳船。

7

下午六点，船队到达老挝、缅甸和泰国接壤的金三角地区。这一片水域更加开阔，船的右前方，是泰国的清盛县，一尊金碧辉煌的佛像立在岸边，夕阳照在佛像身上，再反映在水面，波光粼粼，像在给大佛开光。这里是我们巡航的终点，我们的船队在这里掉头，1号船拉响了汽笛，紧随其后的，是2号船、3号船、4号船和5号船，依次掉头，船头调过来后，便看见了老挝的金木棉特区。指导员告诉我，这是老挝比较开放的一个特区，赌场和其他一些娱乐场所一应俱全，现在有些不景气了，前几年鼎盛时期，二十四小时灯火通明，人声鼎沸，来自世界各地的赌徒、冒险家、皮条客、杀人越货者、通缉犯都聚集在这里，包括糯康及他的部下，都是这里的常客。其实这里以前也是糯康的地盘，在这里做生意的人都要给糯康集团交保护费，不然的话，就会遭到威胁，轻则走人，重则丢掉性命。

船往回走，是逆行，又过了半个多小时，便到了中方驻老挝的一个哨所。这个哨所是中方跟老方共用的，进了驻地以后，看见有两排营房，这一排是中方的，另一排是老方的。后院里，大家的菜地也都连成了一片，不分彼此，甚至双方养的家禽，外人也分不出谁是谁的，只有负责后勤的战士，才能分清。老挝的战士因为地缘的优势，从附近的寨子里弄了三只土狗，养在哨所里，两大一小，每天都在营房内外撒着欢打滚嬉戏，中方的战士们看在眼里，痒在心里，心想，要是我们自己能养一只狗，那该多好啊。有一位部队的首长来哨所视察后，把这一幕看在眼里，记在了心里，不久，就从国内给这个哨所送来了一只军犬。这头犬，高大威猛，仪表堂堂，前腿抬起来站立的时候，都有战士的肩膀高了。这可把战士们乐坏了。以前，他们有事没事，总爱逗一逗老方的那三只土狗，每当周末改善伙食的时候，炖的排骨都舍不得啃干净，总要留点肉屑在骨头上，来讨好那几只狗。目的就是为了换来那几只土狗见了自己可以有一搭无一搭地摇一摇尾巴，并偶尔趴在地上，让他们摸一摸那一身脏不拉几、黄不溜秋的狗毛。

自从军犬来了以后，那三只土狗突然间发现自己失宠了，一夜之间就成了丧家之犬，因为平日里，都是中方的战士在宠着它们，老方的战士基本不搭理它们。土狗们一头雾水，就学着人样，聚在一起开会、商讨对策。小狗问两只大狗：难道见异思迁是人的本性吗？他们的良心说变就会变吗？这也太可怕了吧？还是大狗经历的事情要多一些，它们捋了一下这些天战士们对它们态度变化的经过，突然就醒悟了过来，原来自己的失宠，跟那只新来的庞然大物有关。三条狗内心里就炸开锅了，就开始酝酿寻衅滋事了。

第二天三只土狗开始按照事先商议好的策略动手了。它们先是轮流围着军犬转圈，这里嗅一嗅，那里闻一闻，偶尔挑衅地叫几声，几天下来，见那军犬纹丝不动，眼里根本没有它们，几只土狗的脸上就挂不住了，越发地恼羞成怒，心想，你也太看不起我们哥仨了，别看你是个大个子，一对一可能我们不是对手，但我们如果一起上的话，还真不知道谁输谁赢呢！狗与狗之间斗心眼，跟猴子一模一样，狗是跟猴子走得最近的动物，两者的智商，都更接近于人类，所以人类的那点小聪明，它们也学了个六七成。

8

试探了几天以后，土狗们决定动真格的了。它们利用这几天的空闲，为自己设计了战术板，中狗在前面负责挑衅、佯攻，大狗在后面，作为主力部队负责进攻、摧城拔寨，小狗作为游击部队，打一枪换一个地方，前后左右不断地骚扰，以分散敌人的注意力。还别说，这一套战术还真管用，这只军犬只是一味地躲闪，却并不还击，但是，也不后退，更别说转头就跑了。在军犬的词典里，没有"落荒而逃"这个词，它们的词典里除了"浴血奋战""旗开得胜"，就是"战死沙场""马革裹尸还"。但是面对这几只土狗持续的进攻挑衅，军犬显得有些无奈，它的词典里，跟人类还是有不一样的地方，最起码没有"互相残杀""煮豆燃豆萁"之类的句子。土狗就不一样了，为了达到目的，什么下三滥的手段都使得出来，跟人渣似的。这军犬就像谦谦君子面对几个耍浑使泼的地痞流氓，还真不能还手，一还手，不就把自己等同于流氓下三滥了吗？但是不还手吧，这几只土狗得寸进尺，没完没了。这让军犬心里很不是滋味。这样的状况持续了好几天，有个小战士发现军犬的身上这儿掉了一撮狗毛，屁股上被挠了几道血印，身上还被咬掉了两块皮，就很纳闷，就去问连长，说咱们的军犬这么高大威猛，怎么连这几只土狗都对付不了啊？这军犬是懂人话的，听完后心里就觉得很委屈。连长说：这是一只训练有素的犬，没有主人的命令，它是不会随便发起进攻的，但是如果主人发口令，命令它出击，那就是一招制敌于死命，绝不拖泥带水，绝不空手而归。这军犬是用来对付敌人的，不是用来对付这几只流氓土狗的。

这军犬一听，眼泪都下来了。心想，这异国他乡的，居然还有人懂自己，还有知音，前几天被那几只土狗不疼不痒地咬几口，也就值了。

虽说不与土狗一般见识，但时间一长，这军犬外形上就不像样了，本来威风凛凛，毛色锃亮，来哨所几个星期以后，身上硬是被那几条土狗给咬成了凹凸不平的瘌痢狗，伤口也添了好几道。战士们看着心疼，但又不能下令还击，一旦还击，不出三分钟，那三条土狗肯定血溅军营，更关键的是这里是老挝的国土，事关两国人民的友谊。后来战士们实在想不出更好的办法，因为这是在老挝，中老两国人民的友谊长存，充满了兄弟般的情谊，军犬根本用不上，它唯一的作用就是给战士们解个闷。大伙一商量，算了吧，别光为了自己的这点小乐趣，牺牲了军犬的尊严，不值得，就忍痛把军犬送回了国内。许多战士为此闷闷不乐了好长时间。

那三只土狗一连好几天没看见那只被它们欺负得“毫无还手之力”的大狗，一开始还有点纳闷，后来当它们确认这只狗再也不会出现了时，便欢天喜地地举行了庆功大会，三条狗在草地上又搂又抱，又唱又跳。小狗眼睛尖，它猛然间看到了另一双眼睛，在中方营房的一个角落里闪烁，紧盯着它们。当两条狗的眼神对视的时候，小狗不禁打了一个激灵，内心大叫一声“不好”，又来了一条新狗。

原来是那个小战士，就是怀疑军犬打不过土狗、被连长教育了一番的那位同志，后来一直很内疚，觉得自己错怪了军犬，军犬送走后，最自责的，就是他了。他一直想着要做点什么，才能弥补自己的错误。于是他就通过朋友，要了一只土狗来养。这是一只成年狗，因为不是从小养大的，见了生人还有敌意，嘴里呼呼地发出警告声，让大家离它远点。开始那几天，小战士用狗链把它拴在营房的一个角落里，每天都无微不至地照顾它，给它好吃好喝的，渐渐地熟悉了以后，便放开狗链，让它自由活动了。那三只土狗在草地上庆祝，小狗的眼神遇到这只狗的眼神那天，恰好是这只狗解开链子的第一天。

本来以为那只大狗走了以后，又能恢复以前被人宠着的日子了，可当这三只狗慢慢地看出了苗头，战士们再也不搭理它们，尽围着新来的那只土狗转时，心里就开始冒火了。再一瞧那只狗，瘦不拉几，黑不溜秋，其貌不扬，气就不打一处来。三只狗一商议，得，如法炮制，咬死它，咬不死也得把它赶走。

9

这三只狗早已熟悉部队的作息时间表，它们找了一个清晨，趁部队出去拉练的时候，慢慢地围住了新来的土狗，转圈、佯攻、骚扰、突袭、强攻。按理说这套战术已经经过了实战的考验，而且效果也不错，再次运用应该不会失手，但是这一次好像遇到了麻烦。老方这三只狗的战术是使敌人首尾不能相顾，待敌体力耗尽后一举拿下，中方的这只土狗原来却是在村子里身经百战的老游击队员，也是江湖上混出来的，说不定它学过《孙子兵法》，关注世界局势，不仅深谙“先下手为强”“擒贼先擒王”等成语的奥妙，还深深佩服普京作为世界优秀领导人的处世原则：“如果一场战争避免不了的话，一定要先动手。”这只狗一边观察局势，一边思考对策，只见它瞅准时机，一跃而起，猛扑向那只大狗，一口就咬住了大狗的下巴。只听见“汪汪汪”几声惨叫，大狗被死死地摁倒在地。这一招太过突然，吓得另两只狗抱头鼠窜，远远地躲到十米开外的树下，哆嗦不已。

其实这三只狗并没有做好打硬仗的准备，以为狗多势众，欺负个外地狗，不费吹灰之力。事实证明，狗与狗的境界和大局观还是不一样的，在外面混过社会、见过世面的狗，动手能力就是要强些，格局就是要高些。

不一会儿，被压在身下的那只大狗再也发不出汪汪声了，只剩下了喘息声与呜咽声，这明显是认㞞的声音。这时你如果能听懂狗语，它们的对话应该是这样的：

“狗日的，你丫服不服？”

“老大，服了，服了。”

“真服还是假服？”

“真服，真服，真的服了。”

“你狗日的肯定口服心不服？”

“不敢不敢，小的们有眼不识泰山，我回去后一定让我们家那两位也一并归顺老大，以后这座营区方圆两公里之内，都归您管，有事儿您只管吩咐，孩儿们愿服其劳。”

“此话当真?”

“军中无戏言，愿立军令状。”

“好，击掌为誓，只要尔等归顺于我，以后每到周末，包管尔等啃上带肉的骨头。”

……

一场硝烟弥漫的战争，就这样被轻易地化解了。中方的狗一松嘴，“呸”一声，吐出一嘴狗毛。

再后来，中方的这只狗，就被战士们叫成了“老大”。说也怪，这老大，只要见了中方的人，哪怕穿着便衣，也是低眉顺眼的，尾巴摇得十分欢实，但凡见了其他人，不是怒目圆睁，口中发出“呼呼”声，就是鼻子里“哼”一下，表示看不上。战士们都觉得纳闷，这只狗，是凭什么区分中方与外方人员的？说实话，如果都穿着便衣的话，让我光凭长相，我根本就区分不出来，谁是中方的人员，谁又是外方的人员。

10

晚餐就在中方的食堂，便餐，先前在我们 2 号船上的六位泰方人员与老方的领导们一起，都在中方餐厅用餐，仍然没有看见缅方的朋友。主食上的是饺子，泰方与老方的朋友们筷子用得都很顺溜，看来没少吃中餐。晚饭后一夜无话，第二天一早起来，参加中老缅泰四国联合巡航的指挥员们在哨所会议室就某些话题进行了商讨，并就一些科目的演习进行了推演。因为这涉及一些军事秘密，我就被一位宣传干事带领着远离会议室，出了哨所，沿江边毫无目的地散散步，聊聊天。脚踏在老挝的土地上，往这边看是缅甸，往那边看是泰国，其实跟待在中国的一个寨子里往外看，没任何区别。滔滔湄公河波澜不惊，有几只云雀一闪而过，等我抬头看去，鸣叫声已从老挝，滑过了泰国的清盛。

十一点半，会议结束，泰方和缅方的代表跟大家握手告别。只剩下中方跟老方的代表，午餐仍然在中方的餐厅，由中方领导宴请老方的朋友，因为下午就要返航，这顿午餐就算是中方举行的告别午宴。代表中方致辞的是云南省边防总队的一位领导，这位领导以前就是云南省边防总队西双版纳支队的支队长，这支水上支队，也是由他组建的。领导眉宇间英气逼人，戴着一副眼镜，很是儒雅，他一说话，颇有外交家的风采。他端起酒杯，对在座的老方代表说："我们两国都是社会主义国家，我们所做的一切，都是为了两国人民能更好地安居乐业。通过这四十六次的联合巡航，中老两国官兵已经建立起了兄弟般的感情，让我们举起酒杯，祝两国人民的友谊万岁！"老方的代表也很动情，回敬说："我们受惠于中方很多，我们在联合执法的过程中，向中方学习了许多先进的经验，在这里我表示深深的感谢，希望我们的友谊世世代代地保持下去，来，祝中国的朋友们身体健康，为了友谊，干杯！"

午餐后，上船，各就各位，鸣笛，返航。

11

回程是逆行，速度明显慢了下来，因为沿途还有中方的哨所需要慰问，有些科目还要进行实地演习，因此在船上还需要住两个晚上。指导员对我这个外来人很是照顾，晚上抛锚后，安排我跟船长住一个房间，其他战士可都是睡在后舱的大通铺上。指导员的本意是希望我能好好跟船长聊聊天，因为这位船长有着极为丰富的经历，颇为传奇，他的传说已经与湄公河融为了一体。可能是因为白天太过劳累的缘故，船长一沾到床沿，就传来了轻微的鼾声，我不忍打扰他，便悄悄起身，一个人来到了甲板上。船身随着江水的波浪来回摇摆，前舱有一个人影，那是执勤的战士。

远方无声，万籁俱寂，能听见自己的心跳。偶尔一个波浪涌来，“哗”一声打在船舷上，随即又退了回去，天地重回寂静。

其实返航的途中，我已经没有太多的好奇心了，新鲜感也渐渐退去。人回到正常心以后，才想到了这次巡航的目的。自从四国联合巡航机制建立以来，执法部门之间的交流和合作日益增多，不但增进了友谊和互信，也凝聚了合作共识，充分展示了四国维护湄公河航运安全、促进区域经济发展的意愿。通过四十六次联合巡航的实践证明，湄公河联合巡逻执法是解决湄公河流域突出治安问题、维护航运安全的有效手段。

晨曦初露，战士们没等起床号吹响，就三三两两地出现在了甲板上。洗漱完毕，各就其位，各司其职，有条不紊，新的一天又开始了。

船只上行的时候，江水越来越浑浊，指导员告诉我，这是因为我们出发的时候，西双版纳在下雨，这浑浊的水流现在才流到这里，比我们整整晚了一天。回程的第二天，给我们伴航的，是老缅两国边境上的几只蝴蝶。还有一只蜻蜓特别的执着，它一直停在我们的船舷上，身体几乎可以与船舷混为一谈，当有人经过时，它就飞起来，半悬在空中，稍作停留，一旦人过去以后，马上又停在刚才的位置，似乎那里是它的初恋之地，似乎它在等待一个约定，并且相信，对方不会失约。动物的世界里，除了遭遇到死亡，否则不会失信于他人。

天气仍然闷热。湄公河在身后，愈去愈远，澜沧江在前方，越来越近。心情很复杂，一会儿是急于回家，一会儿是有点留恋，手扶船舷，望着浪花溅起、跌落，竟然无语。对于这次巡航，从满怀期待来，到匆匆忙忙走，短短的几天，却像是过了好几个月，我发觉自己最起码某些小地方有了一些不经意的变化，比如腰杆要比以前挺得更直了，比如可以近距离观察部队首长以及战士们的日常生活了，以前没有这样的机会。还有一点最明显的感受，就是中国的国力和在周边国家的影响力，确实巨大，很多地方都彰显出了老大哥的风范。要说收获么，我发现自己经常被一些琐碎的细节所感动，比如几条狗给我留下很深的印象，还有那只苹果箱，几个戏水的孩子，一群牛，三只蝴蝶，一只蜻蜓……当然，这一切的背景，是威严的巡航舰列，是那些言行整饬的军人们。

丽江一日

1

我是选择在一个雾霾天，逃离北京的。

很多时候，北京人都有一种莫名其妙的优越感，但是冬天一来，这种优越感就会消失，北京人民就会觉得云南真好啊，西藏真好啊。为什么？这两个地方，没有雾霾呗。

云南是我的第二故乡，远离雾霾，云南是我的第一选择，我在一个重度污染的伸手不见五指的雾霾天，直接从北京，飞到了丽江。

到丽江后，我迫不及待地要往玉龙雪山去，因为只有玉龙雪山上的空气，才能洗涤我身体里的污浊之气。其实，在从机场往丽江市里走的路上，就已经远远地看见玉龙雪山了，那股清凉的气息，从什么时候开始往我的肺腑里奔跑，我居然一点感觉都没有。“沁人心脾”这个词，居然是个实词，居然是真有这么回事儿，想想古人造句，不曾马虎过，或者那时造句，随手拈来，皆为实词，因为那时，没有造假一说。

小和是我的司机兼向导。在丽江，姓“和”的人，基本上都是纳西族，小和也不例外。还有姓“木”的，也是纳西族，但这个姓氏只有贵族才拥有，姓“木”的一般都是头人和土司，“木府”就是以前管理丽江的头人办公以及居住的地方。我们出了丽江城，往北 13 公里左右，是一片开阔地，大概有一万亩吧。因为是冬天，地上显得萧瑟而冷清，小和说，这里以前是飞机场，抗战时期，这里是飞虎队的中转站，是驼峰航线的一个重要联络点。再往前，是一个岔路口，小和问，怎么走？我说随便，哪条路能到雪山脚下，就走哪条。小和说两条都行，找一条好玩的走吧。于是便往右，走不多远，就看见一个村子，村口立着一块水泥的标志牌，两行大字：“沿着洛克的足迹，走进香格里拉。”

我知道洛克这个人。其实，洛克这个人我并不讨厌，相反还有点喜欢。我讨厌的是那些与我的内心极不相宜的口号。动不动就沿着某人的足迹，搞得像考古似的。让一拨游客去考古，还不如给他们沿途建几个旅馆，多搞几张结实的大床，来点露天烧烤，表演表演汉化了的少数民族歌舞，以遂了这些内心里充满一夜情、婚外恋、露水夫妻、苟合的男女们的心愿，这比什么都好。真有几个背包客能沿着洛克的足迹，走上十天半个月的，采集植物标本，写探险游记，考察沿途风物，收集前人随地丢弃的塑料袋、矿泉水瓶、卫生纸、避孕套、泡沫盒吗？想想，都是扯淡。既然是扯淡，为什么还要把这些废话弄到坚硬的水泥上，抹都抹不掉呢？为什么满世界这么多口号呢？

小和不知道我内心的感受，见我有点闷闷不乐的样子，忙解释说，他的爷爷以前是洛克的保镖，他的叔叔还在这个村子里住，所以，他习惯了走这条路。听得我一愣，忙问，这个村子叫什么？小和说，你们汉族把她叫作玉湖村，我们叫她欧鲁肯。

欧鲁肯。我知道这个地名，洛克在中国生活了 27 年，大部分时间，都居住在欧鲁肯，这个村子还有一个诗意的名字——雪山第一村。意思是再往上，就没有人居住了，就是玉龙雪山了。

从欧鲁肯出发，不管往东南西北哪个方向走，不管我愿不愿意，刚开始的这几步，我还真都得沿着洛克的足迹走，因为不管我怎么走，脚下的这几步路，洛克都走过。

我的内心有了点兴奋，我鬼使神差地来到了欧鲁肯，这真是一个意外的惊喜。欧鲁肯的房子外观很有特色，全是用大小不一的石头垒起来的，这些石头都是历经玉龙冰川几千万年的磨砺打造出来的沙烁石，整个村子的墙体和路面显得非常的干净，有几个妇女迎面走来，对我们羞涩地一笑，衣服上，是纳西人的披星戴月装饰，小和跟她们打招呼，用的是方言，我听不懂。

十九世纪末二十世纪初，地处边疆的云南也涌进了不少老外，他们中有传教士、官员、猎奇者、冒险家，其中有两个老外在云南旅居并生活过，至今仍然深受云南人民欢迎，他们是方舒雅和洛克。方舒雅是晚清时法国驻云南的外交官，他当年拍的一些照片，是云南，尤其是昆明人民在晚清生活的真实写照，那些照片独一无二，因此显得非常的珍贵。而洛克，这个美籍奥地利人在云南的经历则更为传奇和丰富，他在中国的足迹虽然遍及了云南、西藏、甘肃、内蒙古、青海、四川等省份，但他更多的时候，是把丽江作为自己在中国的大本营，他在丽江住了二十七年。其实，洛克这一辈子，如果没有在丽江的二十七年，并没有太多的事迹值得书写的，丽江成就了洛克，而丽江的本土民族纳西族，尤其是纳西文字和纳西文化，也因为洛克的宣扬和研究，得到了很好的保护并发扬光大。

2

一个人和他原本不相关的国家和民族发生关联，总得有个起因。洛克 1884 年生于维也纳，父亲是个仆人，古板而谨小慎微，他希望儿子长大后成为一名牧师，洛克 6 岁时，母亲就去世了，洛克从小不爱读书，经常幻想着远走他乡，甚至梦想过去古老而神秘的中国探险。因此在终于把大学预科熬完后，再也不愿意在学校里待着了，他果断地逃离了父亲的视线，在欧洲四处流浪，并干一些杂活以维持生计。1905 年，他找到了一份在一艘开往纽约的客轮上当仓管员的活计，并和船长签了合同。船到纽约后，他在制服外面套了一件便衣，下船后再也没有回到船上，他找到了一个当铺，把那件船上穿的制服当了几个小钱后，便在纽约落了脚。他才不管什么职业道德，当一个人终于有机会离开讨厌的生养之地，他的第一个举动是庆祝，而不是内疚和依依不舍。

洛克在纽约过得并不舒心，他只能干一些诸如洗碗这样的脏活累活，不久就染上了肺结核。1907 年，他来到了夏威夷，只身一人，身无分文。可他不久居然在檀香山中学找到了一份教拉丁语和自然发展史的工作。洛克极富语言天赋，他这一生掌握了包括汉语和阿拉伯语在内的十来门外语。教拉丁语对他并无困难，可要教自然发展史，则很痛苦。他必须让自己走出教室，去土地上研究动植物的生长状况。洛克是个好动的人，他觉得户外生活更适合自己，于是有一天，他突发异想，径直走进了美国农业部林业厅的办公室，说自己是一个植物学家，可以帮助他们搞到需要的一些植物标本。这样的自信只有思想没受过束缚的人才能拥有，在教室外面观察了几天植物的生长，就号称自己是个植物学家，不知那些农大的、农科院的植物学家们有何想法？林业厅的官员们居然就信了，此后，洛克除了采集更多的标本外，还花大量的心血投入到植物学的研究之中，植物学家总得有点行动才对。通过几年的努力，洛克一不小心就成了夏威夷群岛土生植物研究方面无人能及的专家和权威。看来成为某个方面的专家并不是太难，花个几年时间，认真研究专业就行。

1911 年洛克被夏威夷大学聘请担任植物学教学工作，直至 1920 年，期间他完成了五部著作和大量的论文，其中至少有两部著作至今仍可称得上植物学方面的经典之作。1920 年，他对学校的一些决议不满，便像当年他从船上下来，再也不回去一样，走人，甩手不干了。他又一次找到农业部，这一次美国的农业部不仅没有让他失望，还给了他惊喜，他们以农学探险家之名雇用了他并派遣他到远东工作，目的是到泰国、缅甸等国家寻找抗病毒的栗子树种。1922 年洛克从缅甸进入中国云南，并获得了国民政府颁发的“美国农林部专员”头衔的通行证。5 月 11 日，洛克到了丽江，为方便采集植物标本，他在玉龙雪山脚下，离市区十三公里的欧鲁肯村，安营扎寨，开始了他长达二十七年的丽江之旅。

洛克在丽江的日子可谓风光无限。洋人在中国，总会有些莫名其妙的优越感，这样的感觉，是从什么时候开始有的呢？唐宋时期是不可能的，那时老外还以到中国留学为荣呢。元朝更不可能，如果有洋人对马背上的国家稍有不敬，成吉思汗的弯刀马上就会砍下他们的脑袋，明朝呢，似乎和洋人相处得也挺和谐的，坏就坏在清朝，晚清以后，中国人的脑袋在洋人面前，忽然就抬不起来了，给人做孙子，人家都不要，不是割地，就是赔款，弄得好好的一个国家，支离破碎，人民毫无尊严可讲。洛克也是老外，洛克也有排场，虽然在美国，他只是一个不起眼的小人物，但是到了中国，牛逼可大了。时任美国《国家地理》杂志编辑的迈克·爱德华兹在一篇名为《洛克在中国》的文章中，对洛克在中国的行为，做了详细的描述："……由17名男子、26匹骡马组成的队伍，外加190名持枪士兵护卫，其领头的举止傲慢、穿着讲究、头盔加马裤配长靴，与那些衣冠不整的士兵形成了鲜明的对比，而且他还是个白人，这不是什么兵马进犯，而是洛克的一次马拉松式的探险，洛克涉足了近代中国尚无地图可考的山地王国。"再看看洛克在旅途中都带了些什么："洛克的旅行有如贵族出行，他的行李包括帐篷、折叠行军床、椅子和桌子，自然，还有亚麻台布及一些瓷器，甚至还带上一台用电池的留声机。有时，他在一座佛教寺庙里放些歌剧给那些僧侣和游牧民听，他们会听得惊讶不已。对了，洛克还带去一只便携式橡皮浴缸，购于纽约著名的艾伯克拉比菲骑野营用品商店。"

关于洛克在云南的一些举止，在著名的美国记者埃德加·斯诺的文章里也有记载，1930 年斯诺曾和洛克一起从昆明走到了大理，最终因为脾气各异，闹得不愉快，而分道扬镳。斯诺认为洛克呆板和待人苛刻，而洛克却认为斯诺很幼稚，并对中国人“滥用感情和甜言蜜语”。斯诺在文章里说，那次旅行，洛克把他的侍从人员分成先遣队和后随队：“在先遣队中做领导的有厨师、厨师助理和男管家各一位，他们能够慧眼独具地选择一个遮风避雨的驻扎地点，而且能够娴熟地在豹皮地毯上准备桌子、椅子、桌布，摆放银制餐具和餐巾等，当我们到达之时，晚餐已差不多准备好。用餐时，他们还有茶叶和酒。洛克还教他们的厨师准备正宗的澳大利亚菜式，因为在省级政府官员和各地头目的款待中，他已品尝过很多中国菜肴。当他吩咐他的侍从用轿子抬着他进城参观的时候，给当地居民留下了深刻的印象，很多农民以为他是一个外国王子。”

中国的农民就是太好蒙骗了，我身上至今未改农民印记，所以，直到今天也还在上当受骗，一条短信就能把我给骗了。想来，这事儿并不能完全怪我，这是祖上落下的毛病，是直系遗传，我很庆幸，我的祖上并没有串种，我是个纯种的中国农民的后代。我们的农民，有的受几回骗上几回当，便学乖了，甚至如法炮制，琢磨着如何去骗自己的同胞了，另一些，到死都不知道自己在上当受骗，或许，这些貌似弱智的农民，他们的一生，还是幸福的呢。他们一直生活在自己编织起来的花环里，他们的生命也有着各种各样的色彩，他们乐在其中，看见太阳升起来，就高兴得活蹦乱跳，手舞足蹈，看见太阳落下去，就感慨时光的短暂，晚饭后早早地熄灯上床，生儿育女，他们很少上错床，从来没听说过亲子鉴定什么的，他们把自己朴素和平庸的品质，一代代传下去。反正这样的品质我是不想再传下去了，我生了一个闺女，我要把她嫁到城里，嫁给皇帝，我要做皇帝的老丈人。

小和的爷爷，就是洛克当年的护卫之一。因为洛克觉得他诚实可靠，所以只要他在丽江，都会雇佣小和的爷爷。洛克的每次出行为什么要弄出那么大的动静呢？小和听他爷爷说过，洛克有一句生存的名言："如果你要想在那些深山野地里生存，就必须让人们相信你是某个重要人物。"洛克不仅是这么说的，也是这么做的，他在中国，一直把自己当成一个重要人物，如果他觉得自己没有得到想要得到的尊重和礼遇，他就会大发雷霆。有一次，有个商人去他的住所找他，进了门不等主人招呼，自己先坐了下来，刚想开口说话，就被洛克扭着衣领子推了出去。"我无法容忍一个鲁莽的中国人"，洛克说。当中国式的串门遇上了所谓的西方的礼貌，老外占了上风，而如果梦回唐朝，去串门的应该是洛克，他会得到主人热情无比的款待。

洛克在中国的经历引起了格拉斯瓦纳的注意。格拉斯瓦纳当时正在美国为《国家地理》杂志寻求一些男于在世界各地生存、并能亲临第一线的探索者。洛克成了他们在远东的最合适的派驻人选。1923 年开始，洛克被《国家地理》杂志社派驻中国，并给了他一个能满足他虚荣心的头衔："美国地理学会赴中国云南探险队队长。"这让洛克很是受用，他经常使用这个头衔，并为之骄傲。

洛克在云南的探险工作从此开始，这比寻找树种、做几个标本刺激多了，这个活儿是既跟大自然打交道，又和人打交道，既要适应恶劣的天气和环境，又要与当地的土匪、官员斗智斗勇。当他终于有一天走到青海省境内的黄河入海口时，面对奔腾的河水，自豪地说："有史以来还没有一个白人曾在这里驻足。"这句话他曾多次在多个地方说过，他当然是第一个到达的白人。

现在中国也有不少的地理类杂志，可我们的许多编辑和记者，只会从网上下载文章和图片，抄袭、剪贴、杜撰构成了这些杂志的全部，他们真应该学学美国人，美国人一百年前，就知道要得到某条新闻，就必须深入到那里。对这么简单的道理，我们的有些主编和编辑们居然视若无睹、装聋作哑。是美国人的聪明才智比我们领先一百年吗？我看未必，他们重行动，我们重臆想，他们看似笨拙，我们貌似聪明取巧，但要是把中国人和美国人做的两本地理杂志放在一起，即使再过分的黑哨，也能立马判出输赢来。

3

洛克是个工作狂，是个天生的冒险家，或者说亡命徒。来云南他算是来对了，别说是外国人，就是中国内地的人，或者昆明人，都很少甚至没有深入过丽江与四川、西藏、青海交界的那一大片神秘的土地。1930 年 10 月，洛克在《荣耀归于明雅贡嘎》的文章中记录了他在暴风雪中的高山生活："我们在帐篷中挤作一团，捂着冻麻的双手入睡……离开宿营地时风雪更疯狂地肆虐起来。"洛克经常在海拔超过三千米的地带活动宿营，有时不得不把那些精疲力竭的骡子换成更为适应高海拔的牦牛。而有些牦牛就像它们生活中的土著民族一样，自由放荡惯了，不像汉族那么听话，因为这些牦牛的心灵，是自由的。有一次，有一头野性十足的牦牛，走着走着，毫无缘由地，就把一头骡子顶到山沟里去了。它可能看不起骡子，跟骡子比起来，牦牛的骨子里也有着莫名其妙的优越感，就像洛克在中国的土地上一样。人分三六九等，在动物的世界里，可能也是一样的，互相间打架斗殴，甚至发动战争，无非是为了争夺交配权，多睡几头母牦牛而已，或者，睡睡牦牛之外的其他种类的异性，这相当于跨种族跨种类性交，想想就让牦牛们兴奋。牦牛想睡一头母骡子，就把那一头假想敌公骡子顶到山沟里，想把它干掉。它当然不知道骡子不分公母，这么糊涂的牦牛，让人哭笑不得。洛克费了九牛二虎之力，把那头骡子从山沟里给救了上来，并给它消毒、缝合、包扎，让它艰难地活了下来。洛克也是有闲情的，不管他平时对人多么古板，可对一头受伤的骡子，足以看出他是一个并不缺乏情趣之人，只是他的情趣，并不经常施展而已。

洛克的探险之途每一刻都充满着意外和险情。因为他要去的地方，很少有人涉足，这里有着连绵的冰川和最强悍的土匪。有一晚，他和雇佣的队伍住进一所寺庙，半夜时分有卫兵来报告说，附近有一股杀人不眨眼的土匪，卫兵们都有点害怕，洛克尽快把枪弹装好，准备逃走或拼命抵抗，他在日记中写道："我把箱子打开，把银币统统分给手下人，裹上一些保暖的内衣，随手捡起条毛巾、几瓶炼乳和一些巧克力……我想着随时可能交火。"然而那一晚土匪并没有进攻。可在接下来的另一次探险中，他的好运并没有延续："冒着枪弹我们尽可能迅速前行，卫兵也进行了还击，好在那些土匪枪法差，我们只有一个卫兵被打死。”其实在洛克的探险中，他应该感谢他的纳西族的卫兵们，这其中之一就有小和的爷爷。他在一篇《贡嘎，里松贡巴》的文章中，发自内心地称赞了他的纳西卫兵，并称自己在中国探险的成功，都应该归功于这个英勇无畏、坚忍不拔的山地民族：“就在我们被六百多名穷凶极恶的汉族匪徒包围的那种极为危急的关头，他们却没有丝毫的胆怯。回头想想，他们的勇气和胆略在其他几次历险中已得到充分的考验：在甘肃的塔布地界，我们遭到了一群肆无忌惮的暴徒的袭击；还有一回是在松潘北部的无人区，他们协助我解除了那一帮 18 个土匪的武装，要是我们动手稍晚点，我们或许已被他们解决掉。”洛克在安全地返回欧鲁肯村时，颇有感慨地写下了这么一句话：“一切有价值的东西，都要付出代价才能得到。”

在他的著名的《中国西南古纳西王国》一书里，有一段文字吸引了我，读来真有身临其境之感：“……在不远处的一个小庙里，一条小径蜿蜒而上，通向一座长满橡树、华山松、云南松、杜鹃、月季的红色山峦，在更高处有一石灰岩构成的山峰，穿过一片橡树林，就可到达一个仅两三栋房屋的驿关，称作‘臭水井’，这里经常发生拦路抢劫和凶杀事件，那是张结巴为首的匪帮干的，他把落入其魔掌的遭难者的拇指用绳索绑住，吊在树上并在他们的脚上绑上石头，再在下方烧一把火，是死是活就看他们的运气了。对于马帮，这儿始终是个令人毛骨悚然的关口，在山的顶端有大片的松树林簇拥着……”

洛克把脑袋拎在手上去冒险，是为了什么呢？仅仅是为了新闻工作者的职业道德吗？此时的洛克，已经是《国家地理》杂志社历史上为数不多的身兼撰稿人和摄影师双重身份的佼佼者，同时还得到了美国农业部和哈佛大学植物研究所的资助，因而具有其他西方探险家无法比拟的优势。作为一位眼光敏锐的摄影家，他能用玻璃片和胶片进行创作，短短的几年间，洛克就已在云南一带收集到了几千份植物标本，七百多种鸟类标本，拍摄了243幅当时在世界上算是第一代的彩色照片以及503张黑白照片，他这一生一共为我们留下了两万多张关于中国西南的照片。洛克将自己探险过程中的所见所闻和所经历的一切，写成了长篇纪实散文发给《国家地理》杂志，杂志社再配以洛克同时发回来的照片，几年间连续发表了9篇洛克的文章，这些作品生动地反映了以丽江为中心的云南西北部及其周边地区的地理状况和风俗民情，把那些鲜为人知的雪山冰川和世外桃源般的仙境介绍给了西方的读者。1933年，英国作家詹姆斯·希尔顿发表了蜚声全球的小说《消失的地平线》，1937年，电影导演弗兰克·卡普拉把小说搬上了银幕，以致全世界人民都为之倾倒。《消失的地平线》的创作灵感就是来自当年洛克在《国家地理》发表的文章，文中“香格里拉”一词，源自丽江迪庆一带的方言“香巴拉”。据英国《不列颠文学家词典》特别指出，希尔顿创作的《消失的地平线》一书的功绩之一，就是为英语词汇创造了“世外桃源”(即“香格里拉”)这一新词。

4

至此，洛克已经出色地完成了自己的任务，他已经成了集植物学家、作家、摄影家、记者、探险家于一体的复合型人才。在那个年月，没有哪个西方人在中国比他做得更好，他的手中珍藏着一张特别的名片，那是他在木里王国探险时，木里国王雀德强巴送给他的。名片上的国王的全称是："西番族的陈查瑟，指定活佛，民池，呼图克图或活佛，花斑老虎传令的首席所有人；在高级官员中他是前任活佛的领导，对相关野蛮部落事务事的实际调查者，军队名誉总指挥，木里的世袭长官。"这让我想起我也曾经收到过一些名片，写满了各种头衔，以至于一张小小的卡片，无法容得下那么多头衔，只好用小得看不清的六号字来排版，罗列出这么多头衔，也是想当一方诸侯，要不，就是自认为是某个行业或者行当的掌门人，总不至于是心虚，印出来唬人的吧。

如果仅仅是完成任务，洛克已经是做得够好够出色的了。拿钱就得干活，吃空饷的怪事只有在某些制度不健全的国家才能出现。完不成，或者任务完成得不够好，才是要批评的，要追究的。洛克是一个好员工，一个在工作上勤勉、踏实的好榜样，年终时单位评"先进工作者"非他莫属，年终奖也应该多给他点。

有个电影叫《好奇害死猫》，有时候，好奇也能让一只公猫遇上它心仪的母猫。好奇之心，猫皆有之，况人乎？1923 年的一天，洛克正在他的住处捣鼓他的那些标本，邻居家的一些动静慢慢引起了他的注意，他听到了一些奇怪的声音，他循着声响走了过去，眼前的一幕，让他十分震惊："在院子里，三个穿着宗教服饰的男巫，建起了所谓的花园，用冷杉和栎树的细枝插在地面，周围围上深绿或黄色的松树枝，这些松树枝紧挨着里面的冷杉枝。在这个四方形的花园后面，有一张铺满麦粒的桌子，上面摆放着鸡蛋、干豆和各种形状的干面团，其周围还插着黄色、白色和紫色的旗子，上面写着祈祷者的名字。巫师们还用生面团捏造了一个兽栏，里面有蛇、山羊、绵羊等。然后他们围着这个兽栏跳舞，其中一个打着铜铙钹，第二个用长剑敲击铜锣，另一个则打着铜鼓，旁边站着一个被病魔缠身的妇女，眼睁睁看着这一神秘的场面。"显然，洛克被这样的场面给迷住了，后来他得知，这些男巫叫"东巴"，他们通晓一些奇特的象形文字，"东巴"使用的经书，都是他们的祖先一代代传下来的，外人看不懂。洛克异常兴奋，他觉得自己好像触到了某些不为人知的东西，他自己花钱，雇了几位"东巴"给他表演并请他们详细解释书中的各种符号和相关的道场仪式。就这样，洛克开始了他的纳西文化的研究，他利用探险的间隙，深入地探究和考察纳西族的文化、宗教和语言。他在后来花了毕生的心血完成的《纳西语英语百科辞典》的前言里，对这段时间给予他帮助的人，作了发自内心的感谢："我真正要感激的是那些纳西祭师，正是他们慢慢地打破了其隐匿的古传统，耐心地开始教授我，在长达二十年的时间里，让我进入他们神圣的祭仪，进而揭开了存储在经书中、宗教内涵中的珍贵价值。用这种文字，纳西人勾画出了他们的内部生活：自然的力量激发着他们的情感，生与死的永恒主题，浪漫的爱情故事，他们对自然界的态度。他们与神灵息息相通，并与激发出他们想象力的大自然和谐相处。”作为当时全方位地研究纳西文化的唯一的西方学者，洛克预感到了他研究的纳西文化，是全人类共同拥有的文明，洛克这一生真正的价值，就在于此，此时的洛克，已从植物学家和探险家，慢慢地转变成了人类学家，他后来被西方学术界誉为“纳西学之父”。

洛克第一部研究纳西文化的著作是《中国西南的古纳西王国》，这是一部自然地理和民族历史的实录，有着重大的学术科研价值。这部著作应该是从洛克 1922 年进入丽江开始，他就着手准备资料了，他准备了十二年，于 1934 年开始写作，写作的过程也花了 12 年，1947 年由美国哈佛大学出版社出版。他的第二部著作《纳西语英语百科辞典》的出版则更为曲折，花费的精力也更多，差不多要了他的命。

这本书的写作时间要稍早于《中国西南的古纳西王国》，是在 1932 年 6 月 30 日开始动笔的，全书共分两卷，第一卷直到 1963 年才得以出版，收词 3414 条，照片 28 张，而第二卷则到了 1972 年出版，收词四千六百多条，照片 29 张。词典里的每个字形除了表意表形的意义外，如果用作表音，则还会有多达十种甚至更多的意思。这是一部涉及纳西族传统及濒于灭绝的纳西语言文化的不朽的巨著。这部书本来可以提前几年出版的，但因为随着 1940 年太平洋战争的爆发，洛克也被牵了进去。当时，日本为了全面控制中国战场和整个东南亚局势，对空中航线和海上航线进行了铁壁封锁，妄图割断盟军对中国战场的后方补给。以美国为首的盟军需要避开日本人的锋芒，在喜马拉雅山南麓的横断山脉上空，重新开辟一条航线，这条新航线的起点是从印度的阿桑出发，途径高黎贡山、碧落雪山和玉龙雪山，跨过怒江、澜沧江、金沙江深邃的大峡谷，飞跃无数像驼峰般起伏的山脉，最后到达昆明、成都和重庆。要在如此复杂的地形中开辟新航线，必须找一个熟悉地形的人绘制地图。美国人想到了洛克，这一片神秘的山脉，正是洛克的探险之地，经过十多年的游历，洛克对喜马拉雅山脉及滇川地貌了如指掌，而且，在1936年2月3日，洛克曾从昆明租了一架飞机，降落在离丽江十三公里处的一片牧场上，也就是欧鲁肯村附近的那片草甸。这是丽江人第一次看见飞机，当时欧鲁肯村的村民全都跑到了牧场看飞机，有一位老奶奶的家里还煮着一大块肥肉，因为看飞机，回去后肥肉被狗叼走了，最后懊悔不已，因为这块肉，老头还和她闹了半年多别扭。美国人把洛克接回华盛顿的美军军事地图供给部，洛克凭着他非凡的记忆，参与设计了这条后来被称为“驼峰航线”的生命线。

在整个抗日战争期间，驼峰航线起着至关重要的作用，数千名盟军飞行员不畏牺牲，飞跃高山深谷，将战略物资送到中国，有几百名飞行员最后牺牲在驼峰航线上。现在如果坐飞机飞跃喜马拉雅山上空，向下俯瞰的话，有些闪闪发光的碎片，就是当年盟军飞机的残骸。美国人用飞机将洛克接走，而洛克的行李和他在丽江积攒的各种学术资料，就没有这么好运了。美军承诺用船将他的所有东西运回美国，而这艘船却在太平洋被日本人的鱼雷击沉，船上装有洛克的所有家当，最重要的是还有他呕心沥血几十年搜寻收购的大量东巴经书和翻译的手稿，还有那部《纳西语英语百科辞典》的原始手稿等重要资料，洛克得到如此糟糕的消息时，几乎崩溃了，因为他不可能仅凭记忆，就能重写失去的著作，他曾经想到了自杀，他觉得活下去，已没有任何意义了。

1944 年，当他在哈佛大学把他的悲惨遭遇告诉他的朋友艾力瑟夫时，他的朋友马上答应为他筹集款项，让他重返丽江，终于在植物学家迈尔等人的帮助和资助下，洛克于 1946 年重返丽江，这一次他直接住在了丽江城里，他除了继续四处收购东巴经以外，还请了当地的东巴为他夜以继日地进行翻译、抄写，他凭着惊人的记忆和坚忍不拔的毅力，从头开始了《纳西语英语百科辞典》的研究和撰写，通过三年艰难万分的努力，终于重新完成了因战争动乱而历经坎坷的这部皇皇巨著。

这两部书的出版，代表着纳西文化研究的顶峰，从此也奠定了洛克在纳西文化研究方面的不容置辩的权威。我问小和，你看过洛克的书吗？小和说没有。我逗他，你们纳西语的“电脑”怎么说，小和说，就是“电脑”啊，和你们汉族一样的发音。我又问，“手机”怎么说？小和说，只要是新中国成立后出现的新事物，都和你们汉族一个发音。我当然知道，洛克的词条里，不可能收这些年新出现的名词和新事物。后来小和把我带到他的叔叔家，让我看他叔叔家珍藏着的洛克送给他爷爷的一把钳子，这把美国产的钳子，用了八十年了，现在还能照常使用。小和的叔叔说，洛克是在 1949 年 8 月离开丽江的，1962 年在夏威夷去世，享年七十八岁。在欧鲁肯村不知不觉就待到了晚上，抬头看看天，瓦蓝瓦蓝的，即使下午六点多了，还是那么的蓝。虽说在丽江才待了一天，但给人的感觉，仿佛过了好多年。离开欧鲁肯的时候,我的脑子里已经没有“北京”这个概念了,对于历史来说,雾霾只是一个阶段的产物,而具体到某个事件,则是会影响这个世界前进的步伐。

茶人王二与他的古六大茶山

1

我对云南有着深厚的感情，作为曾经在云南生活了近二十年的异乡人，我对云南的一切，既熟悉又新鲜。我怀念着那些吃着云南过桥米线的日子，怀念着那些听着云南花灯小调的日子，怀念着那些喝着云南普洱茶的悠闲惬意的时光。

不知不觉中，普洱茶成了云南人的最爱。不知不觉中，普洱茶也成了我生活中不可或缺的一部分。

我爱喝生茶，也就是人们平常所说的“青饼”。因为青饼是自然的，原生态的。我觉得，青饼就像是素面朝天的少女，清纯而动人。而熟饼，也就是人工发酵后的茶，就像那些油腻的少妇，脂粉气太重，有时经过一番处心积虑的打扮之后，你根本猜不出她的真实年龄。

那些出自于古六大茶山的手工茶，尤其是我的最爱。每当收进一批好茶，我都会与它们单独呆上一段时间。那些茶，百花的芬芳聚集在每一片叶子上，那一阵阵逼人的茶气，在笋壳里隐而不发。

他们与人沟通的愿望，并不是那么强烈。如果你是一个真正懂茶的人，他们可以等你十年，三十年，五十年，甚至一百年。

古六大茶山中的每一座山，都有自己独特的性格和香型。你只有与它们亲密接触以后，才能知晓隐藏在其中的秘密。

古六大茶山都在西双版纳境内，一座在景洪市，另五座在勐腊县。“勐腊”这个名字很有点意思，这是傣语的发音，“勐”的意思是地方，“腊”的意思是茶树，整个意思就是生长茶树的地方。在西双版纳，布朗族、基诺族也把茶树称为“腊”。布朗族和基诺族都是世界上最早种茶的民族之一。这六座茶山在当地茶农中有个顺口溜，叫做：一攸乐，二革登，三莽枝，四倚邦，五曼庄，六曼撒。我怎么都读不顺口，也许这得按当地土话发音才能念得顺口吧。

在景洪市境内的是攸乐山。攸乐山即基诺山，为基诺族世居地。据说他们的祖先是随诸葛亮南征的士兵，诸葛亮班师时，把一部分士兵丢落在这里，他们就是那些被丢落的士兵的后代。所以外面也把他们成为“丢落”“攸乐”“卡罗”，还有叫他们“三撮毛”的。道光年间的《普洱府志》卷十八《人种志》解释了三撮毛的来历：“……男以黑藤篾缠腰及手足，发留中左右三撮，以武侯曾至其地，中为武侯留，左为阿爹留，右为阿嫫留。”所以基诺族把诸葛孔明奉为祖先，把基诺山的最高峰，叫做孔明山。自明清以来，攸乐就被列为六大茶山之首。基诺族种茶，历史悠久，自三国时代被诸葛亮丢落在基诺山时，就开始种植茶树了。因基诺山“系车茶咽喉之地”，又“以高瞰下”，清末，云南总督鄂尔泰奉请天朝于“攸乐设右游击一名，带千总一员，把总两名，马步兵丁五百名驻扎防范”。

曼撒茶山属勐腊县的易武镇，明清时期，有大批外省人及云南石屏人来此种茶、采茶。现在许多闻名的大茶庄、大茶号，都是从这里走向世界的。普洱茶能有今天的影响，跟这些前赴后继的外地人有着直接的联系。他们中有的见过世面，有的饱读诗书，他们跟当地的少数民族通婚、通商，把文化和商业的种子深深地埋在了边陲茶山。另四座茶山革登、莽枝、倚邦、曼庄都在勐腊县的象明乡。这四座大山与曼撒几乎是相连着的，他们就像你伸开巴掌后看到的五根手指，各自生长，又各有特色。

倚邦是给我留下印象最深的茶山。我到达倚邦老街上的时候，早晨八九点钟的太阳正照在古道两旁的小平房上。迎面而来的是清朝在此设的茶官土把总曹当斋的府宅废墟。土把总是多大的官我不大清楚，估计按目前的级别，应该是乡长这一级的吧。几块圆的石墩子坚定地立在地面上，相互间的距离都不窄，看得出当时的场面颇为宏大。现在，废墟上，有一匹马和它的毛驴正在安静地做爱，有一头小骡子在边上自顾自地打盹，一切都显得那么地从容。顺着街道往前走，一位缠过足的老太太安详地在门口呼吸着从茶山上空飘过来的清香。老人的儿子，六十多岁的另一位老人，从厨房里端出一个大茶缸，请我们喝几口他自己泡的“大黄片”。“大黄片”是当地茶农自己喝的茶，味道很浓烈。茶缸上的“为人民服务”几个红字已褪得差不多了。老人说，去年，有一个台湾人来到他家，一看见他喝了五十年的这个大茶缸子，马上就喜欢上了，说愿意出两百块钱买他的这个茶缸。老人家很是高兴，转身就去了厨房，把茶叶倒掉，并把茶缸给刷得干干净净。要知道，这几十年间，他可从来没有刷过茶缸，茶垢比茶缸本身还要厚。等他从厨房里出来时，台湾人看了看茶缸，忽然说不要了。老人很是不解，自言自语道："我给他刷干净了，他怎么就不要了呢？"

顺着小道进了茶山，以前在书上看到，云南的普洱茶，都是以大叶种晒青毛茶为原料制成的。可我眼前看见的，却是些比其他茶山叶子小得多的茶树。有一棵一千六百多年的老茶树，树高不过十来米，叶片只有其他山上的二分之一大。在成片的几百年的古茶园里，小叶种的茶树不时被风拨楞出几声和弦。我忍了又忍，终于怯怯地问当地的一位茶农："您这儿的茶叶是做普洱茶的吗？"我得感谢这位茶农大哥，他并没有给我难堪，他平静地说："是的，我们倚邦茶山都是纯小叶种的，我们老祖宗当时种下的茶树，就是小叶种的。"在接下来的那段日子里，我还看到莽枝和革登茶山里的很多茶园，都有小叶种茶树的身影，有些地方还有中叶种的。当地人对茶树的分类，并不是以叶子的大小来分的，他们基本上是以年代来分的。他们把最近一二十年种的茶，叫做台地茶，把上世纪五十年代前后种的茶，叫做生态茶，那批茶因为各种原因疏于管理，也叫作荒山茶。而把树龄在一百年至五百年间的茶树，称为古树茶，把六百年以上的茶树，称为千年古树茶。

台地茶与古树茶的品质，是天差地别的。台地茶的芽头尖，叶子薄，瘦。古树茶的芽头肥，叶子厚，壮。口感也不一样，茶叶本身都带有苦涩味的。古树茶喝下去以后，苦涩味马上就化掉了，口腔里立刻就能生津，回甘绵长，而台地茶的苦涩味会一直留在口腔里，即使有一点点回甘，也会马上消失。一般人是区分不出这么复杂的口感的。我个人区分这几种茶叶的经验有两点。一是看，二是摸。看就是看一饼茶表面的光泽度，暗中带亮，条索分明的，一般是好茶，只有白纸光，而没有泽度的，次之，完全没有光泽的，发黑，甚至连饼形都不端正的，品质最差。另外就是看杆，如果杆是三角形的，那是古树茶，如果是圆形的，则是台地茶，当然这样的判断不一定全都正确。在茶叶还没有压成饼的时候，用手摸，也能分出好坏来。一般来说，台地茶摸上去，像手在麦芒上拂过，不但扎手，还没有体温，像摸到了赵飞燕的肋骨。而古树茶摸上去，就像手放在棉花上一样，有一种温暖，柔软的感觉，就像摸在杨玉环的身体上，丰腴，饱满，有吸附力，并且具有较好的弹性。而生态茶的手感就像摸自己的老婆，既没有了激情，但又得保持一定的热情。我们平常接触到的，大多是赵飞燕，或者自己的老婆。而杨玉环不常有。有幸能品尝到杨玉环这等品质的人，完全可以把自己想像成唐玄宗了。

倚邦出贡茶。据《普洱府志》记载，从雍正十一年开始，普洱贡茶就由倚邦土司负责采办。倚邦的曼松茶被指定为皇帝的专用茶。以前从象明乡政府到曼松，除了一小段可通公路以外，还要走整整六七个小时的山路，才能到达。现在不用了，公路通了以后，好多事情似乎都发生了变化，仿佛迅速进入了另一个时代，人们的思想、行为方式全都变了。曼松的贡茶，也是小叶种的，现在摆在故宫的清朝的金瓜贡茶，就是用曼松的小叶种茶箐做成的。我不知道云南的那些专家们，为什么非要把普洱茶定义为“云南省一定区域内的大叶种晒青毛茶”。其实，倚邦的小叶种比其他地方的大叶种茶的品质，要好得多。

当年清政府对六大茶山的政治统治、军事防卫和茶叶发展历来都非常重视，乾隆皇帝两次亲颁敕命给管理茶山的土司，光绪皇帝两次赐金匾给茶山的茶号。有一块“瑞贡天朝”的匾挂在了易武的老街上。当然，我们现在看见的“瑞贡天朝”是复制品，关于这块匾的故事已经很多了。还有几块碑匾在倚邦，且都是真迹。在原土把总曹当斋府宅废墟的边上，有一间新盖的平房，墙壁被石灰粉刷得雪白，房顶上高高地飘着一面国旗，这是村公所。村公所主任拿出钥匙，带我来到对面的一间破草房里，随着大门的开启，里面灰暗的光线中，隐隐有三块石碑，因为背着光，一开始看不清碑文，后来发觉，这三块碑碑文的意思其实是差不多的，上面都横着四个大字——“永远遵守”，下面竖排的是正文，大概是说来此山采茶的茶农要遵守的一些规定，最重要的就是要把最好的茶采下来上贡给朝廷，不准私自采摘等等。这三块碑分别立于乾隆二十年，道光二十八年和光绪十三年，三朝皇帝各立了一块，均表示重视。这三块石碑，其实应该算作一块。还有一块匾锁在倚邦街上的一间砖房里，村公所主任打开房门时，房间的地上还打着地铺，墙壁上方挂着一块“福庇西南”的匾额，字迹圆润、端正。我还没有看清题款，他便匆匆锁了门，说是皇帝赐的，一脸的神秘。

“瑞贡天朝”、“永远遵守”、“福庇西南”三块碑匾，我均匆匆一瞥，未及细看。让我久久不愿离开，唏嘘不已的，是一块已经倾斜了的龙头大碑，当地人称之为“乾隆大碑”。

“乾隆大碑”碑高 2.35 米，宽 0.73 米，碑顶和两边刻有龙头龙身，龙头中间刻有乾隆皇帝的大印。碑文是乾隆二年给倚邦土把总曹当斋的敕命，敕命中乾隆皇帝褒奖曹当斋才勇著闻，军政修明，治邦有方，授封曹当斋为昭信校尉，鼓励他继续努力，再建功绩。并封曹当斋的夫人叶氏为安人。从碑文中可以看出，乾隆皇帝对六大茶山是十分关注和熟知的，还可以看出乾隆皇帝知道普洱茶由倚邦送出。当时的曹当斋在六大茶山安抚夷民，打击奸商，整修道路，新辟茶园，他以自己卓越的管理才能和施政能力，为六大茶山的发展，作出了巨大贡献。他把自己的一生，都贡献给了茶山。据史书记载，六大茶山鼎盛时，“入山做茶者，数十万人。”站在山顶上想象一下，眼皮底下数十万人在采茶、劳作，那是个什么景象啊！

曹当斋死后，葬在了他热爱的茶山上。在他的墓后十多米处立着的，就是朝廷赐给他的这块龙头石碑。为了找到他的墓和碑，我一路寻找，因为没有路，只能在荆棘丛中，乱石堆里，顺着山梁往前走去。从小路走到他的墓碑，花了半个多小时，当看到他那倾斜的碑在乱草丛中出现时，我凝神屏息了。这是一种发自内心深处的情感。我想，每一位茶人，每一位热爱普洱茶的人，都应该在内心，默默地感谢曹当斋，没有他的辛苦经营，绝不会有今天这样的普洱盛况出现。

再往前几步就看见曹当斋的墓了，他的墓已也残败不堪，像随时要倒塌的样子，而在坟背上，有一个杂草丛生的大坑，这是个很大、很明显的盗坑，至今也无人修葺。听说他的后人现在仍在西双版纳工作，也许另有隐情吧，不然，先人的墓，每年清明，是应该来锄锄草、上上香、添添土什么的。

在这六大茶山中，易武的名气似乎要更大些，我觉得，这并不是易武的茶叶品质要更好，而是他们那里来了一大批懂市场，会经营的外地人，尤其是那些石屏人。石屏在云南的红河州境内，历史上，红河州的人就以经商闻名。目前在市场上叫得响的普洱茶老字号，大部分出自易武，而这大部分茶号中的大部分老板，就是石屏人。走在易武的老街上，路边的饮马槽已长满了荒草。这条老街，就是茶马古道。在老街两旁的屋檐下，能看到整排整排结满了蛛网的马鞍子和铜铃。马呢？古道还在，而马帮远去了，一阵微风吹过，它们已摇不响那些铜铃。古道上一些古老的条石，有些被村民撬去盖了房子，有些，随着年久失修的道路滚下了山崖，留下一些坑坑洼洼的地段，像老年人掉了牙后，还没及时补上的牙床，凹凸不平，却仍在苟延残喘。随意地走进一家做茶的作坊，一位中年妇女正在翻晒茶叶，如我所料，她的祖上正是石屏人，到她已是第六代了。她一边感慨着普洱茶的兴衰，一边又对这两年茶价的上涨，表示出一丝忧虑，她说："这两年茶叶实在太好卖了，但不知道还能卖几年？"

易武有那么多的茶号，而曼撒茶山上的原料却远远供应不上。与它相邻的曼庄茶山的面积虽大，但茶号却不多，这正好满足了易武茶商的需求。老天爷总是把事情安排得那么妥贴，一直以来，易武的茶商都到曼庄来买原料，曼庄的一位茶农说，他们易武的每一提七子饼里，有四饼用的都是我们曼庄的料。

自明末至清初，曼庄茶山的茶叶集散地和中心地带都在今天的曼庄村。曼庄村在史书中称为蛮专。在曼庄村走过时，碰到的村民脸上都有一种满足感，外界的喧哗与热闹，似乎离他们很远，这种宁静与怡然自得，只有经过漫长的沉淀才能得到。

在曼庄的一位李姓大叔家中，我终于见到了会熬茶膏的人。李叔说，现在会熬茶膏的人越来越少了，人们已没有耐心来熬制茶膏这样的奢侈品了。因为熬一斤茶膏，需要四十斤茶，六十吨水，还要花差不多半年的时间。关键是人要一直守着，掌握火候尤其重要。以前在藏区，藏民有个头疼脑热的，或是肚子不舒服，都要去活佛那里求医，活佛会从口袋里很神秘地掏出一小粒玩意儿，让他含着，或者咽下去，之后，肚子马上就不疼了，或者，脑袋马上就不晕了。那一小粒神秘的玩意儿，就是茶膏。对我来说，茶膏最管用的是解酒。我喝高了后，只要含一小粒儿茶膏，过不了一会儿，就能清醒过来，最起码能找到回家的路。李叔的祖上，就是以熬茶膏著称的。那时，有专门做茶膏的茶号，专供给西藏的活佛的。李叔他们家，就是其中之一。可以说，整个曼庄茶山的兴衰史，都记在那一粒粒茶膏的深邃里。

事实上，曼庄村也是历史韵味很厚的地方。

2

在六大茶山的这些日子里，我印象最深的有两个人，一个是清朝的茶官曹当斋，另一个是象明乡的手工茶人王二。王二是位极有趣的人，他有位大哥，经常用两句话叮嘱他："酒少喝点。车开慢点。"王二在家行二，兄弟仨，只有他一人喜欢茶。我不知道他的真名叫什么，许多人都不知道，但在西双版纳，在勐腊县，尤其在象明乡，你只要一提做茶的王二以及他们家做的茶，简直就像提起普洱茶本身，无人不知，无人不晓。

王二的祖上在清朝就从江西过来云南做茶了，先到了思茅的景东县，做了一段时间后，就全家辗转到了勐腊象明乡的莽枝茶山定居了下来。莽枝茶山中心区的寨子叫秧林，王二就出生在秧林。直到前几年，才随父母搬到了象明乡上。

王二的父亲叫王梓先，老先生五岁开始，就和母亲一起上山采茶，闻遍了每一棵茶树的

芳香。老先生能随口说出什么位置有几棵什么样的茶树，树龄有几年，每棵树每年能采几斤茶，做出的茶饼有什么独特的香味……他对茶山上的一草一木都烂熟于胸。十七岁以后，就专门为乡里的供销社收茶，从他进供销社直到退休的几十年间，收进来的茶叶，定什么级别，定多少价格，都是由他说了算的。他一辈子都在跟茶叶打交道。他能分清每一座茶山不同的特点。比如说，悠乐山的茶，香味不错，回甘好，但柔度差点。革登山的茶最香，喝到嘴里柔度非常饱满，而莽枝山上的茶叶喝到嘴里是最平和，也最随意的，就像在和朋友聊大一样放松，倚邦山上的茶有一种百花的香气，喝到嘴里后，那百花的香气一直在喉咙里徘徊，喝曼庄茶山的茶有一股特殊的香味，那种香是说不出来的的感觉，既有樟香，也有蜜香，而曼撒茶山的茶回甘最快，一到口腔，马上就有一股蜜香涌到喉头。总而言之，这六大茶山的茶叶，都有一股独特的蜜香。1997 年退休后，老先生想自己做点普洱茶，在工商局办执照时，才知道，自己的大名“王梓先”三个大字，早已经被人抢先注册了。他一脸的无奈，

现在，他只能以“王先号”来给自家的产品命名了。

曼松村的六棵做贡茶的古茶树，现在就由王老先生负责采摘和加工。从前，曼松的茶叶一直作为贡品上贡给皇上，如果哪家私人采摘，或拥有，都是要杀头的。解放前，曼松有成片的古茶树园，后来因为火灾及其他原因，到上个世纪六十年代时，只剩下二十四棵了。1976 年之前又被砍掉了十八棵，现在仅剩六棵。应该说，这六棵古茶树堪称是国宝。王老先生给它们编了号，还雇了一位当地的茶农二十四小时专职看护。每年春季，王老先生都要亲自走六七个小时的山路，去采摘贡茶。这六棵茶树每年只采春茶一季，大概有十二公斤左右，从采摘直到做成饼，整个过程都是老先生亲自动手完成的。因为贡茶极其珍贵，所以现在每饼的市场价炒到了几十万元人民币，据说还在涨。我问过老先生，这贡茶有什么特别之处吗？他说：“曼松茶入口极其细腻，它那种特殊的香气会一直停留在你的口腔里，让你的身体慢慢放松下来。这个茶一般能泡五十多泡，泡得好的话也能泡八十多泡，最后汤色仍旧透亮，有回甘”。

王梓先老先生应该说是六大茶山里做普洱茶的超一流高手了，但有一个人不但能让他心悦诚服，平时一谈到茶叶，他还得毕恭毕敬地认真倾听和学习。我放眼自己所了解的普洱茶界各色人物，抓破脑袋也想不出这人是谁。王二嘿嘿地一笑，小声说：“是我妈”。

我和王二喝酒聊天时，他的母亲一直在厨房里为我们做菜。老太太衣着朴素，很随和，我们一起高谈阔论普洱茶如何如何时，她几乎是不作声的。她唯一说的一句话是她端着菜过来时说：“做得不好吃，你们多吃点。”听着似乎有点矛盾，但这么朴实的话也只有在大山中才能听到。

我对王二的话半信半疑，但王老先生的话我不得不信。他说："是的，我们家，我老伴最懂茶"。

王二的母亲出生在革登茶山的中心区——革登大寨，祖祖辈辈都生活在这里，世代都是茶农。她与王二父亲的结合，据说充满了浪漫与传奇色彩。我不好对两位老人年轻时的恋爱妄加猜测，现在老太太仍然给予自己的老头子"老帅哥"这一光荣称号。王二把他父亲和母亲的结合，称为是两大茶山的结合。他自己就是两大茶山的儿子。

王二的母亲到底有多懂茶，我说不好，但他父亲说的一句话，却深深地印在了我的脑海中。他说："我老伴隔着麻袋摸一下，就知道里面的茶叶来自哪一座茶山。"这句话，别人也许不信，但我信。灵性的土地，一定能孕育出这样的世外高人，而那些西装革履，道貌岸然，一副知识分子模样的人，倒是值得警惕。在这高山深谷中，不知隐藏着多少这样的高人，如果要跟他们论道，我们必须脱下知识的伪装，踏踏实实地跟在他们后面，学上几年，才有资格和他们平等对话。因为哪怕是他们茶余饭后一句稀松平常的话，都能让你平日里最值得自豪的那套书本理论，狼狈不堪。

我和王二在一起的那些日子，心情特别愉快，他的笑声很能感染人。快活的王二基本上继承了他父母的衣钵。如今，他成了新崛起一代手工茶人的代表人物。他像熟悉自己的父母一样，熟悉莽枝与革登的每一棵茶树。王二说，在莽枝的秧林村，现在还有十一户人家，那全都是他父亲这边的亲人。在革登大寨的直蚌村，那里还有五户原住民，那全是他母亲这边的亲人。他在大山里，可以和路边飞过的每一只蜻蜓说上几句，那些都是他看着长大的山里孩子；他会不经意地走进一片古茶园，问候每一棵茶树，这都是些看着他长大的老爷爷、祖爷爷。在古茶园里，几百年的茶树与几十年的高大乔木混杂在一起生长，茶树一般都不高，而那些比它们年纪轻得多的参天大树，却要高出前辈好几米，甚至一二十米。古茶园里也有近一两年补种的茶树苗，比筷子高不了多少。王二漫步于古茶园里，有时，他干脆找一棵茶树，往树底下一躺，脱下一只拖鞋当枕头，便能美美地睡上一觉。王二说，喝茶的最高境界，是有三五好友，找一棵生长得极其婀娜清秀的古茶树下，铺上毯子，摆开茶具和小液化灶，再去山谷中汲上一桶清泉，放在液化灶上煮，水要开时，直接从茶树上摘下一把嫩叶，投入锅中。茶锅沸腾时，整座茶山都弥漫着诱人的清香，茶气直入五脏六腑，此时，世间早已没有了烦恼这两个字了 。朋友们聊着天，喝着茶，那才叫忘乎山水之间，那才叫神仙般的日子。

我和王二一起去莽枝的秧林村时，他的堂兄接待了我们。我们叫他四哥。四哥热情地留我们吃午饭。一顿简单的便饭，但有一道菜却让我回味无穷。四哥做了一道凉拌普洱茶。他到房后的茶树上摘下一些鲜嫩的茶叶尖，用清水洗干净后，放点盐，放点辣椒，再切一点山上挖来的野姜，捣成末，一拌，端上桌。茶叶进嘴的时候，先有一点点凉，再有一点点甜，还有一点点辣。嚼几口后，满嘴生津，连咽下去的唾沫，仿佛都有无穷的味道。

从四哥家吃完午饭，我们便往革登山走。在一个山梁上，我看到几排整整齐齐的新盖瓦房，在大山里格外显眼。王二说，这是政府从红河州迁过来的一百多户瑶族同胞，来种茶的。又是红河州。政府是否想在几年以后，让红河人在茶山上再现昔日的辉煌呢？这些瑶族同胞来茶山上已经好几年了，政府给他们划拨了五千亩茶山，并免费给他们提供树苗。这里的瑶族同胞有抢婚的风俗，如果有哪个小伙子看上了某家的姑娘，不能上门去提亲，而是约一帮伙伴，趁天黑，去把姑娘抢回家。当然，在抢婚的当晚，是要给姑娘单独准备一间干净房子的，如果第二天姑娘对男方表示满意，男方才能去提亲。如果不满意，男方必须恭恭敬敬地把姑娘送回去。王二说，他参加过一次抢婚。他的一个朋友看上了新迁来的一位姑娘，就按照当地瑶族的风俗约了他和其他几位朋友去抢亲，进门以后，那姑娘吓得够呛，直哆嗦，结结巴巴地对王二的朋友说："大哥，我还小，我，我还不会喂猪"。

人不是生下来就会做所有事的，比如说喂猪。第二年，那位小姑娘已能一边给孩子喂奶，一边熟练地喂猪了。如果你有机会能深入到革登茶山的话，你路过那片新盖的瓦房时，就能看到一个十五六岁的女孩，一边奶着孩子，一边喂着猪的人间景象。

革登茶山的直蚌村，至今还未通电，这是六大茶山中，唯一没有通电的寨子。事实上，莽枝的秧林村通电也是近两年的事。王二最烦的就是有人问他："你们的茶树打不打农药？"王二说："这些人真他妈睁眼说瞎话，那么大的山，至今电都没有通，谁去山上打农药呢？"说着说着他禁不住就要骂娘。

3

在莽莽的大山中，满眼都是茂密的森林，不进到大山里面，是看不见古茶园的。那些成片成片的古茶树，默默地在山里发芽。这些古茶树基本上都是靠自己的力量在生长，不到采茶季节，人们很少能顾及它们，别说打农药，就是上树去采茶，也是一件苦差事。现在，革登茶山每年的产量只有三吨左右，莽枝有四吨，倚邦有六七吨的样子，而曼庄也就是十吨左右，整个六大茶山加起来，年产量在八十吨左右，这是真正的古树茶的产量。而外面市场上打着六大茶山古树茶旗号的普洱茶，每年有几千吨，甚至上万吨。

我在古六大茶山的这些日子里，经常看到有人骑着摩托车，后座上挂着两只装得满满的麻袋，从山下往茶山上开去。开始我不知道缘由，后来当地茶农说，这些人，从外面拉过一些台地茶，冒充我们这里的古树茶，卖给那些外地来收茶的茶商，良心黑着呢。茶农还说，用摩托车运并不算什么稀罕的，还有用货车晚上一车一车往山上运的呢。第二天，便被人当成古树茶买走，拉下山了。是呀，山下的这些台地茶，甚至是周边省份的一些劣质茶，每斤的成本只要十几块钱，甚至几块钱。这些不法商人把这些劣质茶叶往古树茶里掺，一般人是看不出来的，按照今年的价格，他们每卖出一斤便能赚好几百甚至好几千块钱。那些进山收茶的商人，以为自己到古树茶的原产地，收到的肯定是好茶，收回去后就理直气壮地打出了古树茶的招牌，而喝茶的人也以为自己喝到的，就是真正的古树茶，对着那些掺了假的茶使劲闻呀闻，满心地欢喜。卖茶的商人更高兴了，只要干上一两年，便发了大财，即使马上收手不干，也够下半辈子过的了。这似乎是个皆大欢喜的结局，所有人都高兴。但还是有人不高兴的，比如真正喜欢普洱茶的人，比如懂茶的王二，比如为整个普洱茶行业担心的人。我看在眼里，我也担忧，在普洱茶的源头，替那些真正爱茶的人担忧。

我从勐腊开车回昆明的路上，沿途看到光分布在公路两边的茶厂，就有好几十家。据说，现在云南有大大小小一千多家茶厂，家家都在做普洱茶，其中每年能加工一千吨以上普洱茶的茶厂，就有十多家。云南有那么多原料吗？如果原料不够，他们用什么来生产呢？我认识的几个做普洱茶的老板，他们说，我们今年不做了。因为他们要囤积原料，等到明年，他们光靠卖原料一项，就能大发一笔。

这两年，云南做普洱茶的人都发大财了。我在云南看到的，听到的，全跟普洱茶有关。有时，即使在厕所里蹲着，听见隔壁有人打电话，谈的，也是普洱茶。我开车路过思茅市时，他们动作更快，早就把市名都给改了，现在叫普洱市了。在云南，像改地名这样的面子工程好像也不是第一次了。这两年普洱茶火了，就把名字改成普洱市，如果过两年这个行业倒了呢？又改回来？改一个地名，并不能掩盖一些本质的东西，难道改个地名，老百姓的生活水平马上就跃上一个新台阶了？地方政府的形象马上就提升了？要是如此的话，杭州早改成龙井市，安溪早改成铁观音县，六安早改成瓜片县，信阳早改为毛尖市了。关键是以一个行业来命名一个城市，是一个危险的游戏。但愿没有如果，但愿我是那个担心天塌下来的杞人。

普洱茶是好茶，有着百花的芳香，有着六大茶山的灵性，有着澜沧江的血肉。一百年或两百年后，等我们现在种下的台地茶，也变成了古树茶的时候，希望我们的后人，也能在我们栽下的茶树下，品茗，聊天，恋爱。当他们聊起早已逝去的我们时，希望有一份温情，荡漾在他们心间。

4

我在 2006 年 4 月第一次在西双版纳见到了王二，时间一晃过去了十三年，2019 年 4 月底，泼水节刚过不久，我又一次来到了西双版纳，当我背着一个山寨的瑞士双肩包，出现在西双版纳嘎洒机场时，一个巨大的身躯在出口处矗立着，挡住了后面的好几块广告牌，那可是厂家花巨资做的广告，就这么被一具肉身轻而易举地挡住了。那具肉身伸出蒲扇般的手掌朝我挥舞，嘴里大叫：这里，这里。声音仿若铜钟，在机场拥挤的到达厅回荡了足足有一两分钟，他根本不管旁人不解甚至带有疑惑的眼光，一把抢过我背着的山寨双肩包，快步奔向停车场，嘴上不停地说：快走快走，茶已泡好，酒已备好，就等你来了。

跟这个王二一比，我觉得自己除了空有一脸的络腮胡，其他方面，简直就不像一个大老爷儿们，浑身没点男人气概，就连说话，都是“不敢高声语，恐惊天上人”。

王二还是没怎么变。当然，十三年了，一些细微的变化，还是有的，比如说胖了，比如说头发少了，比如说，说话的声音有点沙哑了。王二看出了我的心思，边开车边说：“大哥，我声音有点哑是酒喝太多了，烟也抽太多了，最近累啊，白天黑夜地收茶做茶。”说话间后面有一辆越野车想从左边开上来加塞，路本来就窄，大家都在排队通行，估计也是在机场接完人后着急回去办事儿。王二一脚油门上去，擦着那辆车的后视镜，噌地一下往前蹿去，就当大家以为要追尾的时候，王二轻点了一下刹车。如果这时从侧面看去，王二的车和前面那辆车，就像是列车的两节车厢一样联成了一体，而那辆想加塞的车，就像旅途中泥石流过后留下的一堆碎石，显得碍事和让人生厌。王二拿眼斜瞥了一下想加塞的那个司机，一脸的瞧不上。

这让我一下子想起了十三年前我第一次到西双版纳时，王二的一位大哥语重心长地对他说：“老二，你在山上，车要开慢点，酒要少喝点。”看来十三年过去了，王二不仅酒没少喝，开车还是一副我行我素的老样子。不过话说回来，遇到不讲公德的、想强行加塞的车子，我自己又何尝让过他们呢？不也是一脚油门顶上去，然后一脸瞧不上地瞥一眼那个想加塞的司机的吗？我们都是可以把车开到离前车二十公分距离保持两三公里的人，期间连一双大号的拖鞋都进不来，更别说一辆车了。

我和王二互相对视一眼，会心一笑，过了几个红灯，就到了宾馆。王二说：先吃饭，他们都等半天了。

落座后才知道，等我们吃饭的十来个人，居然来自好几个省份，有甘肃的，广东的，还有福建的，他们都是王二的粉丝，都是来西双版纳，跟王二学做茶的。我打趣说：王二，你现在不得了啊，都有粉丝了。王二一杯酒下肚，大笑说，这不算什么，现在全国各地有好几百人都号称是我徒弟，打着我的名号卖茶，其实我都没怎么教过他们，许多人仅仅是认识而已，一面之交，他们在我这儿学了点皮毛，跟我喝过几回茶，听我聊了几句普洱茶的常识，就打着我的名号，出去闯江湖了。

王二说的是大实话。他在娘肚子里就被六大茶山的古树茶滋润着，生下来除了吃奶，就是喝茶，甚至妈妈的奶水里，都流淌着普洱茶的茶多酚。王二有一个好妈妈，我十三年前来西双版纳的时候，有幸在象明乡，也就是王二的老家，吃过几顿他妈妈做的饭，但是前几年，王二的妈妈因为生病，过早地离开了。因为母亲的离世，王二有好几年都没缓过劲儿来，母子情深，这对他的打击太大了，为此他沉沦了好长时间。

王二家三兄弟，他排老二，哥哥和弟弟对茶都没什么兴趣，一家几代人积累下来的对普洱茶的情怀，全落到了他一个人身上。

我这次到西双版纳，除了见见老朋友外，重走一遍古六大茶山，是我的一个心愿。王二早就安排好了，第二天一早起来一看，门口停着两辆越野车，昨晚上一起吃饭的广东人、福建人都在，能让王二亲自带着走一遍古六大茶山，对这些爱好普洱茶的人来说，都有一种莫名的期待和兴奋。

同行的有一位福建朋友，姓李，叫李小煌，原来在广州做意大利一家知名运动品牌的代理商，身家不菲。他说，自从十年前在广州认识了王二，自己就迷上了普洱茶，他觉得普洱茶太神奇了，关键是王二这个人，一旦打交道时间长了，深入了解以后，越来越觉得他的可爱和率真。在当今社会，像王二这样毫无城府的人，真是凤毛麟角。我非常同意李老板对王二的评价：王二不是生意人，他就是个纯粹的茶人，爱普洱茶胜过自己生命的一心做茶的手工艺人。

李老板一看就比王二显得儒雅，文质彬彬。自从认识王二以后，李老板直接退出了那个运动品牌的股份。平时有空，就经常来西双版纳跟王二厮混，要要贫嘴，逗逗乐子，看起来两人关系很铁。说实话我从李老板的言行举止和办事方式上，能感觉到他来西双版纳，绝不仅仅是找王二要贫嘴的，他是个有梦想和追求的人，每当王二跟人滔滔不绝讲他的普洱茶的时候，李老板总是跟大家保持一定的距离，搬个小板凳，独自坐在几米远的地方安静地倾听，有时看起来是在闭目养神，我却认为他是在思考他自己今后跟普洱茶的关系问题。要不要投入？投多少？做多大？玩几年？怎么玩？这才是他来西双版纳的关键，像许多做茶的外地人一样，炒作？短时期内挣一把就走？还是扎扎实实地做品质？做品牌？做百年老字号？这些都应该是他正在思考的问题。可不是像别人看见的那样，来了只是喝喝酒讲讲哥儿们感情。我相信王二的很多观点他都听了无数遍了，可每一次，他都在认真听，反复思考。再加上他肯花工夫虚心学习，不耻下问，我相信过不了几年，李老板就能在普洱茶界，折腾出一番不同于古六大茶山本地茶人的事业。我刚刚听说了他自己已经设计并做出了三款茶，虽然到现在为止，我一款都没见过，但听了他为这三款茶起的那几个很文艺的名字，就觉得不简单。这三款茶分别叫做“云朵”“小雅”和“百龄”，名字起的好只是从一个方面说明李老板确实有文化，关键是这三款茶，分别由三位文学界的牛逼人物给题写的品名，其中“云朵”这款茶，贾平凹给题的名字，“小雅”这款茶，是雷平阳给题的名字，“百龄”这款茶，是谢有顺给题的名，这三款茶，用的都是上好的古树茶作为原料。

上茶山总是快乐的。其实对我来说，只要出了北京城，就是快乐的，北京这地方，生活太压抑了。居京城，大不易，说的不仅仅是钱够不够花的问题。西双版纳天高云淡，非常适合那些对生活失望、对前途失去信心的外地人来缓解情绪，所谓的自然疗法，指的就是来西双版纳住上一段时间，放松自己，尝试着跟傣族、布朗族、基诺族学习如何生活。不然一旦憋坏了，崩溃了，你今后的人生，也就仅仅是一具行尸走肉而已了。

王二喜欢听音乐，尤其是那些刺激的、重金属的摇滚之类的歌曲，是我这次在路上对他新的认识。只要车子一发动，他嘴里马上冒出一句有着浓重的西双版纳口音的英语：music。每一次发音都带着帝国的优越感，就像他生活的地方才是首都，华盛顿北京什么的都是乡下一样。虽然说王二的英语发音并不标准，但这并不妨碍我知道他喜欢听歌。他车上的音乐，都是事先下载的，基本是些流行的爱情歌曲，有的歇斯底里，让人听了直接怀疑人生，有的腻歪又矫情，让人听得骨头都酥麻了，可见王二根本不挑风格，他需要的，也许只是有一些声音而已。平时看起来他的生活非常热闹，但我知道他的内心，实在是孤独的。音乐能排遣人的孤独，人类发明了音乐，其实，是在拯救自己，往小了说，这两年是在拯救王二那颗孤独的心，不然的话，他怎么能在如此花花世界里，沉下心来好好做茶、继承他们家几辈人对于普洱茶的情怀呢？

5

我们去的第一站是易武，在易武稍作停留，简单地吃了一口中午饭后，马上赶到了倚帮。在普洱茶界，易武的名声很大，可以这么说，易武在普洱茶界的地位，约等于少林寺在武林界的地位。王二指着街道两边凌乱而匆忙的违建和人群，稍显不屑地说，现在普洱茶界太乱了，很多都是跟这些外地人有关。一副欲言又止、心事重重的样子。现在易武已经不是十年前的易武了，王二说，走，我们去倚帮。

倚帮是茶马古道真正的源头，许多网红们到了倚帮以后，迫不及待地在茶马古道的起点，也就是铺满青石板的那一段几十米的古道上，穷极各种姿势照相，然后发朋友圈炫耀，以证明自己确实来到了传说中的古六大茶山。

古道边有一棵生长了几百年、或许是上千年的无花果树，树上结满了无花果，一串串的，沉甸甸的，让人看了很替这棵树担心。它承受得了这么多果实的厚爱吗？王二也替这棵树担心，他把自己的担心付诸了行动，他蹭蹭蹭几步，就爬上了古树，伸手去摘无花果，他想摘一些果子，帮古树减轻一点负担。可以想象，本来就被果实压弯的几乎就要断裂的树枝，又爬上去了一头大象，会出现什么情况？只听见树枝嘎吱嘎吱地响个不停，所有人，包括北京人，广东人，福建人，还有西双版纳本地人，应该还有其他什么省份的人，都对着王二喊：快下来，快下来。王二早已习惯了自己的体重，轻描淡写地说：没事的，放心吧。顺手摘下了三个无花果，笨重地跳下了树枝，这让所有人都长舒了一口气，那棵古树，也应该长舒了一口气吧。他把三个无花果分别给了不知哪儿冒出来的几位姑娘，其中有一位姑娘拿到无花果后，先是礼貌地表示感谢，接下来“啊”地一声惊叫，这里应该用“惨叫”两个字相对准确一点，然后一甩手，把无花果扔出好远，仍然没完，仍然一边跺脚一边不停地甩手，问她怎么了？她一指甩在地上的无花果，惊魂未定地说：好多虫子，里面有好多虫子。

王二从地上捡起那个一脸无辜的无花果，双手掰开，用嘴分别吹干净两半果肉里的小黑虫，很淡定地吃了左手的那一半，然后把右手拿着的那一半，重新送给了那个姑娘，说：有虫子就对了，说明纯天然，没农药，吃吧。姑娘惊叫着离开，王二献的这一小份殷勤，算是白花工夫了。

走！我们去看曹当斋。别看王二表面上大大咧咧的，他的心，细着呢。他对行程的安排非常妥帖，几点到什么地方，在哪儿吃饭，住在哪儿，他的心里都有数。比如说这个点，就该去看曹当斋了。十三年前我第一次到六大茶山的时候，就来祭拜过曹当斋，当地人把曹当斋当成茶圣一样供着。曹当斋是土把总，这是官职，他同时也是清政府在西双版纳设立的一位茶官，掌管着整个西双版纳的茶叶发展。可以这么说，今天西双版纳的茶叶能有这么大的规模和产量，都是当年曹当斋给奠定的基础。十三年前从路口停车到曹当斋的墓前，需要走半个多小时的山路，有些地方甚至没路，现在好了，车子可以直接开到曹当斋墓前。王二先给曹老爷子三鞠躬，很虔诚，然后上香祭拜，又是三鞠躬，可见曹当斋在王二心里的分量。祭拜完毕，他指着山坡下依次排列的一座座坟头，说，这座山是曹当斋家的家族墓地，他的儿子、孙子、重孙子都埋在这里。他手一指，说：看见没有，这是有规矩的，儿子埋在老子下面，再下面的一台是孙子，往下还有。其实再往下我就看不见了，全被树挡住了，可在王二眼里，他看得一清二楚，他对曹当斋家族的往事，如数家珍。

在六大茶山住的几个晚上，全都是住在王二亲戚家，每到一个地方，有一道菜是必不可少的，王二他们把这道菜叫做“树头菜”。如果不是亲自吃到，你打死也想象不出来，这是一道荤菜。树上能长肉吗？王二说，当然可以，他一指他表哥家院子外的那棵树，说，看见没有？那就是树头菜。我没看见树上长肉，只看见十几只土鸡蹲在树梢闭目养神。王二笑着说，那个就是树头菜，你现在是抓不到的，这个要到晚上，它们睡着了，才能抓得到，所以说，要想吃树头菜，必须头天就跟他们打好招呼，让他们夜里先把鸡抓住了，不然，你根本吃不到。

吃了一礼拜的树头菜，让我对今天的普洱茶界，有了更深地、更直观地了解。放开那些古树茶、大树茶、国有林茶以及台地茶、橡胶林套种茶等等五花八门的让外界摸不清门道的茶叶本身不说，近年来的普洱茶业界，确实是越来越规范了，这让大家对普洱茶有了更多的期待。要说此行我最大的感受，还是来自于王二家族的庞大和枝繁叶茂，整个六大茶山，都是王二的亲戚，从第一天开车上山，一路上，王二都要不停地跟人打招呼，中国所有关于亲戚的称谓，我在这几天几乎体验了个遍，一段平时十分钟可以走完的路，王二非得花上四十分钟不可，有些人点一下刹车，打个招呼即可，有些人得停下来聊两句，有些长辈除了必须的问候之外，还要回答他们的问题，有些晚辈需要他出面协调事情，他得问清事由，看看能不能办。这一路上走来，王二不停地喝水，好在有车载冰箱，有冰水可以解渴，不然的话，光是这日常的问候，两小时下来，非得把人累趴下不可。

现在回想起来，此行印象最深的，是在莽枝的秧林村。秧林是王二的出生地。车一进寨子，像老马识途一样，自己便往熟悉的门前驶去，刚一停稳，王二便迫不及待地下了车，一个跨步，冲到坐在门口的一位老太太身边，大声说：奶奶，我是老二，来看你了。老太太耳朵背，眼睛也基本看不见了，只是隐约觉得来人了，嘴巴动了动，没有开口。王二拖过来一把小凳子，挨着老太太坐下，把嘴巴凑近老太太的耳朵，大声说：奶奶，我是老二，回来看你了。这下老太太听见了，只见她颤微微地抬起手，先是放在王二的脑门上，然后顺着脑袋往下一点点、慢慢地、轻轻地抚摸，一边摸，嘴里一边念叨：乖乖，我的乖乖回来了，我的乖乖回来了。老太太深陷的眼窝里，分明涌出了泪水。我仿佛看见一头年老的绵羊，在深情地抚摸一头雄壮的大象。在奶奶的怀里，多大的男子汉，都是个孩子。看着这一幕，我的眼睛也湿润了，我悄悄地拿出手机，拍下了此行唯一的一张照片。

王二说，他的奶奶应该是一百岁左右了，因为说不清自己具体的出生年月，家里人一致同意，从今以后，奶奶永远九十九岁。

临走前王二给我拿了一些自己做的古树茶，他说：我现在很少亲自动手了，做不动了，你拿回去慢慢喝吧。其实我根本舍不得喝，写这篇文章的时候我泡上一杯黄片，这是茶山上茶农自己喝的大叶子，不贵，但是经泡，味道饱满，浓烈，像我和王二的友谊，跟钱，没半毛关系。

与曹植书

1

曹操生了几个好儿子，真是让人羡慕。

曹操也曾羡慕过别人的儿子，并留下了“生子当如孙仲谋”的名言，同时，他还不忘顺带幽刘表一默，说：“刘景升儿子，豕犬耳。”

我没有儿子，所以既不会像生了孙仲谋那样高兴，也不会如生个豕犬般沮丧。

没有儿子的人，表面上波澜不惊，内心里，偶尔也会有一丝丝起伏。

有时，曹操的那几个儿子，我就把他们当成自己的亲儿子。

曹植是我的最爱。他身上典型的文人气质，既成就了他的文采，却也让他丢了性命。我喜欢的，是他的本真、率性，他似乎是历代文人当中，绯闻最少的一个。但同时，他也是历代文人当中，爱得最深、最苦的一个。

十二岁那年，他遇上了大他十来岁的上蔡令甄逸之女。这是一次致命的邂逅。十二岁的小男孩喜欢上了一个二十来岁的成熟女性，相当于现在的小学生喜欢自己的女老师，现在的小孩儿貌似开放，但一旦真正涉及感情问题，还是很含蓄的，许多人会把这份感情在心里埋藏一辈子。我读小学时也喜欢上了我的班主任李美琴，五年级时，我当语文课代表，有了更多的借口和理由去她的宿舍，进去了就不想出来，尤其是夏天，她穿着一件薄薄的白衬衣，身体丰腴、颤动、若隐若现，散发出的体香，让我不自觉地就想往她的身上蹭，哪怕稍稍离她近一点，都会让我的呼吸急促起来。那一年，我第一次知道了失眠的味道，就在学期结束的前一个晚上，我在梦里，把自己的第一次献给了我的班主任。现在回想起来，似乎都有她的气息在我的身边流淌。情窦初开的曹植不顾一切地缠着他的老爸曹操去给他提亲。但甄家并没有答应这门亲事，反而把女儿许配给了曹操的死对头袁绍的儿子袁熙做媳妇。从此曹植便害起了相思病，“昼思夜想，废寝忘食。”好在不久，建安七年，也就是公元 202 年，曹操在官渡大败袁绍，随后平定了袁氏家族据有的冀、青、幽、并四州。袁绍病死，袁熙逃亡辽东，家眷包括甄氏在内，全都成了曹操的俘虏。

自己的梦中情人成了老爸的阶下囚，曹植喜出望外。便去找父亲，要娶甄氏做老婆。那时社会上对男女婚姻还没有诸多的禁忌，不管是二婚三婚，只要自己喜欢的女人，不管从事什么职业、结没结过婚，只要两情相悦，都能成亲。就是曹植的母亲卞氏，也是娼妓出身，二十岁时，才被曹操纳为妾，生下了曹丕曹植几兄弟。但有时候成亲，不仅仅是两情相悦的事，还有一些政治因素。政治上的事情，曹植还是门外汉，事实上，他到死也没弄明白过。萧统的《文选》卷十九记载："东阿王求甄逸女，既不遂，太祖回与五官中郎将。"东阿王就是曹植，五官中郎将就是曹植的哥哥曹丕。曹操明明知道曹植喜欢甄氏，却并不让他如愿，偏偏要把甄氏许给他的哥哥曹丕，这里面，就有政治的因素，曹操枭雄、奸雄的头衔，不是白得来的。曹操有二十五个儿子，如果让他们每个人都如愿，那是不可能的，在儿子间也设置一些障碍，让他们互相有些牵制，他才能控制得了。政治家就是不让周围的人过舒服了，即使是自己的亲生儿子。历来搞政治的，都喜欢弄些阴暗的小诡计，以整人为乐趣的官僚大有人在。有些人在任上时，整人整习惯了，一旦退下来，无人可整了，心理机能马上就出问题了，不是脑中风，半身不遂，就是这个癌，那个癌的，没几天就玩完。出来混，迟早是要还的。其实，人活到六十岁以后，就比谁活得更长了，谁岁数大，谁就是胜利者，谁就牛逼。曹操活到六十五岁，在当时就算不错了，他这一辈子整人无数，就连自己的儿子，也不放过，算一个狠角色。

2

曹植的酒量，估计就是这时候开始练的。为一个女人，每天醉得死去活来。这事我也干过，但往往超不过一个礼拜，大不了也喝两顿烂酒，做出一副痛苦状。哭过、痛过、醉过，就行了，自己对自己有个交代，这段感情，便算过去了。我不在一棵树上吊死，醉过以后，只要看见有漂亮姑娘，还是往前凑，所以混到现在，仍然一事无成。曹植的脑子是个死疙瘩，认准了一个人，就死心塌地地喜欢，也难怪，他能成为建安文学的代表人物，用情专一啊。谢灵运曾说过："天下才共一石，曹子建独得八斗，我得一斗，自古及今共用一斗。"才高八斗的曹子建，不说多了，有一两斗才气跟甄氏这段情感有关，这是我敢肯定的。

甄氏成为曹植的嫂子以后，两人还是经常见面的，白天还要装得像个没事人一样，那是嫂嫂，连一点邪念都不许有。可一到了晚上，长夜漫漫，他老爸老念叨：何以解忧，唯有杜康。那就喝吧，那时候的杜康是好酒，喝了不上头，但也架不住不要命地喝啊。

曹植有几个铁哥们，杨修啦，丁仪丁廙兄弟啦，这时候他们在一起还不是谈文学为主，主要是谈感情问题，喝喝酒，谈谈女人，帮曹植解解闷。几个人天天在一起嘀咕，这就免不了引起别人的注意了。首先心里对他们有警觉的，就是曹丕。这时候，曹操正在为立谁为太子，左右摇摆，举棋不定。按文采，当然首选曹植，但曹植有着文人的通病，张扬、不拘小节、恃才傲物，喝完酒以后随地尿尿，谁都不放在眼里。你看他说的那些话："昔仲宣独步于汉南，孔璋鹰扬于河朔，伟长擅名于青土，公干振藻于海隅，德琏发迹于大魏，足下高视于上京。人人自谓握灵蛇之珠，家家自谓抱荆山之玉。吾王于是设天网以该之，顿八纮以掩之，今悉集兹国矣。然此数子犹复不能飞轩绝迹，一举千里。"(《与杨德祖书》)。他说这么些人，没一个能“飞轩绝迹，一举千里”，但都自夸有超人之才，腹有珠玉。他还专门批评陈琳：“以孔璋（陈琳的字）之才，不闲于辞赋，而多自谓能与司马长卿同风，譬画虎不成反为狗也。”说陈琳辞赋不行，还打着他曹植的旗号，到处炫耀。他的这些批评，在他自己看来，是率直、真性情，但是在他人看来，可就是狂妄了。

曹丕呢？我们再来看看曹丕是如何评价这些人的：“王粲长于辞赋，徐干时有齐气，然粲之匹也。琳、瑀之章表书记，今之俊也。应玚和而不壮，刘桢壮而不密。孔融体气高妙。”（《典论·论文》）比起曹植来，曹丕聪明、圆滑多了。说出来的话，让人听了，心里舒坦。他对每个人都恭维一番，但又不失身份，就像班主任点评学生的作文一样，听得同学们乐滋滋的。曹丕表面上稍显愚钝，内心里却藏着大天地。每当跟曹操出门，每当曹植文采飞扬地写文章歌颂老爸的时候，曹丕就作痛哭状，心疼老爸，“老爸，您走路慢点，别累着啊”“老爸，一会儿回去我给您揉揉腰”之类的话句，经常挂在口中，一副孝子、愚忠的样子，每天晚上还亲自去看看城门关好了没有，房间里有没有老鼠蟑螂什么的。表面工作做得非常漂亮，让人看得见，摸得着。这一套还真管用，曹操看在眼里，疼在心里，虽然太子的事一时定不下来，但曹丕前期的铺垫工作，显然获得了更多的印象分。

建安后期，战局已基本稳定，曹操的年纪也大了，继承人的问题就愈发显得紧迫起来。在立太子的问题上，曹操一贯倡导任人唯贤，所以，想在众多的儿子中选一个德才兼备的。二十五个儿子中，曹操最中意的，是环夫人生的儿子，叫曹冲，字仓舒，就是那个拿木船称象的天才。我也最喜欢那个天才，多聪明的小孩啊。要是放到现在，什么奥数班、特长班、兴趣班的，他都能当班长。说不定，早就被特招进北大清华了，免得那些名目繁杂的考试，把好好一个天才，给考成一个高分低能的蠢材。可惜天妒英才，曹冲在十三岁时，得了一场病，死了，曹操非常悲伤。在曹丕等几兄弟上来劝慰时，老曹操说了一句意味深长的话："此我之不幸，而汝曹之幸也。"几兄弟听得一愣一愣的，后脊梁直冒冷汗。难怪后来曹丕称帝后，还心有余悸地说："若使仓舒在，我亦无天下。"

接下来继续考察的结果，就剩下曹丕曹植两兄弟 pk 了。这是一段难熬的时光。对于两兄弟来说，一过考察期，任命一旦下来，人生就会发生翻天覆地的变化。只要你当过官，经历过领导谈话，群众评议，人事推荐，组织考察，你那段时间，每天都会处于忐忑之中。如果碰到意志力稍差一点的，说不定任命还没下来，人就先崩溃了。

在曹操动议立太子之前，两兄弟的关系，还是非常融洽的。像所有有兄弟姐妹的大家庭一样，他们的童年，也是充满了乐趣，兄弟情深，出入相随。曹植的青少年时期，基本上都在邺城，也就是现在的河北临漳度过的。兄弟俩过着魏国公子哥的生活，有钱、有闲、浪漫，偶尔也浪荡，无拘无束、自由自在。当时，在曹操父子周围，聚集了一大批幕僚文士，如王粲、陈琳、徐干、刘桢、杨修、邯郸淳等，经常聚会，诗酒唱和，家里每天都是宾朋满座，热闹非凡，这种情形，我们在曹植的《娱宾赋》中，能感受到："遂衎宾而高会兮，丹帏晔以四张。办中厨之丰膳兮，作齐郑之妍倡。文人骋其妙说兮，飞轻翰而成章。

谈在昔之清风兮，总贤圣之纪纲……听仁风以忘忧兮，美酒精而肴甘。”这样的生活，历代的文人们是何其地神往。那就是一个气氛相当和谐的文学社，社长是曹操，副社长是曹丕和曹植两兄弟。建安文学中的“三曹”和“建安七子”，都出在这个文学社里。

“以相国之尊，雅爱诗章”的曹操，由于公务缠身，平日里杂事太多，家事国事天下事都得他一个人操心，文坛领袖的角色，实际上落在了“以副君之重，妙善辞赋”的曹丕和“以公子之豪，下笔琳琅”的曹植身上。也就是说，具体事务社长不管，全交给两个副社长了。两兄弟一个是常务副社长，一个是执行副社长。那时的兄弟俩，英姿勃发，少年得意，关系非常融洽。既是哥俩，又是文友，心灵相通，脾气相投。平日里一拨哥儿们一起，“行则同舆，止则接席，何尝须臾相失！每至觞酌流行，丝竹并奏，酒酣耳热，仰而赋诗。当此之时，忽然不自知乐也？”（曹丕《与吴质书》）。

3

如果都不当魏王呢？

如果一直是兄弟文友加酒友呢？

如果大家都不做魏王，而是做一个散淡的文人，喝喝酒，谈谈文学，打打猎，泡泡妞，洗洗桑拿，这样的生活，这样的兄弟情义，会维持一辈子吗？似乎也难说。说不定不争魏王了，日后争个文坛领袖，文联主席什么的，也会闹得头破血流。咱们身边的那些所谓文人、大家、大师们，不也天天争吗？开个什么鸟会，非主席台不坐，没红包不去，给个红包，哪怕里面只塞上一两百块钱，一篇小学生的作文，他能说出可以流传千古这样的鸟话来。

文人更麻烦。

文人要是相斗起来，更毒、更狠、更阴暗。

《三国志·王粲传》(注引《魏略》)中关于曹植的一段话，我读了好几遍。曹植的性格，体现得淋漓尽致。邯郸淳是当时著名的文士，他从荆州来归附曹操，曹操让他去见曹植。"植初得淳甚喜，延入座，不先与谈。时天暑热，植因呼常从取水自澡讫，付粉，遂科头拍袒，胡舞五椎锻，跳丸击剑，诵俳优小说数千言，谓淳曰：'邯郸生何如邪?'于是乃更着衣帻，整仪容，与淳评说混元造化之端，品物区别之意，然后议曦黄以来贤圣名臣烈士优劣之差，次诵古今文章赋诔及当官政事宜所先后，又论用武行兵倚伏之势。乃命厨宰，酒炙交至，坐席默然，无与伉者。及暮，淳归，对其所知叹植之才，谓之'大人'。"曹植的性格真是张扬至极，按我们现在老百姓的话来说，都他妈有点装逼了。又洗澡，又擦粉，又舞剑，又背小说，装神弄鬼一番后，开始谈天说地。文韬武略，无所不能。地上的事儿他全知道，天上的事儿知道一半。但邯郸淳还真吃这一套。有时，文人就是自己犯贱，一见了新主子，小腿肚子不由自主地就软了下去。曹植给了邯郸淳一个下马威，当头一棍子，就把邯郸淳打晕了，打服了，打得爹妈都分不清了。

我不知道曹丕第一次见到邯郸淳是什么情形。应该是热情、谦逊，一副礼贤下士的模样。就像你换了一个新单位，第一次见领导，你的内心正在打鼓，领导一双软绵绵的大手主动地递了过来，及时但又不失分寸地握着你三分之一的手掌，说请坐请坐，可把你给盼来了。你的内心一热，当领导亲自给你端上一杯茶，逐一问起你的生活、家人、住房、户口时，你眼泪都出来了，心想，总算碰上一个明君了，看着他笑眯眯地关心你，设身处地地为你着想，虽然他白嫩的皮肤缺一点男子汉的气概，头发梳得油光水滑，一丝不乱。身上还有淡淡的、似乎是批发市场上弄来的香水味儿，可你还是想跪下磕头的心都有了。文人就怕遇上一个好领导，一旦遇上了，自己的下半辈子，就算交给他了，士为知己者死。邯郸淳同时面对曹丕和曹植，他会选择谁呢？他的内心会倾向谁呢？

要从两个副社长中选一个社长出来，对社员来说，并不难，无非是举手表决，拉帮结派，私底下搞点小动作而已，又不会出人命。至于最后谁当选，并不重要，只要不耽误自己写东西，工资奖金一分钱不少，谁上台都是一样的。但对于曹操来说，要从两个儿子中，选一个太子出来，那就头疼了，弄不好，是会出人命的。

好在不久就有了答案。就有人主动地犯了错误。一开始，曹植在这场争斗中，还是占有一定的优势的。一个才华出众的人，不但女人喜欢，男人也喜欢，不但领导喜欢，父母也喜欢。如果你的家里有好几个兄弟，不管你排行老几，只要你的才华表现出来，比其他几个兄弟确实要高出一截，你的老爸，肯定会最喜欢你的。当时曹植还有一帮小兄弟，就是他失恋时陪他喝酒的那几个，经常在曹操面前替他说好话，丁仪兄弟有一次就直接在曹操面前称颂曹植的才华，说他：“博学渊识，文章绝伦，当今天下之贤才君子，不问少长，皆愿从其游而为之死，实天所以钟福于大魏，而永授无穷之祚也。”有人说自己的儿子好，谁不爱听啊，曹操乐了，眯缝着眼睛说：“植，吾爱之，安能若卿言，我欲立之为嗣，何如？”（《三国志·曹植传》）。曹操说，我也很喜欢这个儿子，要是真像你们说的这样，我就立他为太子，怎么样？多好的机会啊，可惜曹植没把握住。相反，他却被这还悬在半空中的喜讯冲昏了头脑，以为自己就是太子了，在一次曹操出差去的时候，喝高了，估计在他的潜意识里，那时的他，不光是太子，俨然就已经是皇帝了。他私自坐着皇宫的马车，命令公车令打开司马禁门，在只有帝王举行大典时才能走的“驰道”上纵情驰骋游乐了一番，他坐在车上一边剔着牙，一边打着酒嗝，大呼过瘾，一直走到金门。有些瘾是不能过的，有些瘾是不能提前过的。有些你不该过的瘾，你要是过了，你以后的日子，那就没法过了。曹操出差回来听说此事后，肺都气炸了，盛怒之下，他处死了掌管王宫马车的公车令。要搞政治，就得处处小心，不能犯哪怕一丁点儿错误。曹操从“始者谓子建，儿中最可定大事者”，到“异目视此儿矣”。也就是一开始想让他接班，到后来看见他就气不打一处来，就是因为曹植犯了这么个错误。如果换成别人，这样的错误足够砍一百次头了。你说这小子，哪有半点政治头脑啊？曹操能不生气吗？说不定曹操当时就在心中大骂自己，想不到我生的这个儿子，也他妈豕犬耳。

唉，这种惊天动地掉脑袋的事，也只有诗人才能做得出来。而一个真正的诗人，注定是自由的，当不了政治家的。只有脑子里没有规矩的人，才能写出有大气象的作品来。作家与政治家，往往是不可能集于一身的。可即使到了今天，有些人还搞不明白这个浅显的道理。既想当作家，又想当政治家，两边都想要，两头都不放过，什么好处都要捞。结果，这些人不是沦为相当恶劣的政客，就是成了虚伪的、冒牌的文人。作家的存在，是以远离权力中心为前提的。现在在我们的周围，有一大拨既不懂文学，日常生活中也不需要文学的官员，但他们的职务或者说职业却是对文学进行评判，指指点点，夸夸其谈，甚至指鹿为马，这样的结果简直是太可怕了。其实，你穿上西装，打好领带，好好当官就行了，当官与写作，是两条道上的，既能把官当得挺好，又能把文章写得挺好的，历史上就两个人，曹操和毛泽东。别老拿自己跟他们俩比。没法比。

但又有几个人不想当皇帝呢？又有几个人能免俗呢？

诗人也是人，说白了，诗人首先是一个俗人。更多的时候，是一个酒鬼。

让曹操真正下决心废了曹植的，罪魁祸首还是酒。按理说，经过“司马门”事件后，不说戒酒吧，至少应该控制一下，别再喝醉了，别耽误正事儿。可我们的文学社副社长照喝不误，照醉不误。“（建安）二十四年，曹仁为关羽所困，太祖以植为南中郎将，行征虏将军，欲遣救仁，呼有所敕戒。植醉不能受命，于是悔而罢之。”那年曹仁被关羽所困，曹操心里想，把这个解救曹仁的机会给曹植吧，让他立个功，露个脸，说不定，在战争中，更能体现一个人的素质和素养。说不定这小子，还真能争气呢？于是就叫人去找曹植，准备派他领兵去救曹仁，可曹植却喝得烂醉如泥，叫都叫不醒，曹操只能“悔而罢之”。从此以后，对曹植真正地死了心。你说曹植不想当魏王吗？当然想，但他的行动已经告诉了他老爸，他不想当了。两个副社长有一个主动退出，这不光是对曹操，还是对下面的社员，都是一个不错的结局。剩下的一个，自动晋升为社长，自动晋升为太子。

建安二十五年，历史翻开了新的一页。两个副社长的命运，走向了两个极端。这一年的正月，曹操在洛阳病死。曹丕成立了一个以自己为主任的治丧委员会，并亲自撰写了悼词。以前，有关文字的活儿，大多是曹植来干。从这一天起，曹丕要亲自抓意识形态，并主动过问宣传文化领域的事儿了。兄弟俩在老爸的葬礼上最后一次合作，哀乐响起，曹植颤巍巍地念着二哥写的悼词：

“同志们、朋友们：

今天，我同曹丕同志一起，以及各方面的代表，文学社团的同仁，在这里举行隆重的追悼大会，极其沉痛地悼念我们的伟大领袖、革命家、军事家、文学家、政治家，以及杜康酒的品牌代言人曹操同志。几天来，我们所有的人，都为曹操同志的逝世感到无限的悲痛……”

当然，最悲痛的，肯定是曹植了，悼词才念了几行，就已泣不成声了。他心中明白，追悼会结束以后，他就将背起小包袱，离开京城洛阳。这里，已没有他的容身之地。而他的二哥，文学社的另一位副社长，则要黄袍加身，登基坐殿了。曹植哽咽着，眼泪模糊了双眼。早干吗去了？前些年少喝些酒，少狂妄一些，也不至于落到今天这种地步啊！

4

曹植的幸福，在建安二十五年，曹操死后就结束了。事实上，在曹操出差时，他出了“司马门”事件那一年，他的幸福，就应该结束了。

离开是唯一的出路。离开京城，或许还有一丝活路。

旅途是凄凉的。昔日朝夕相处的朋友，多数已是人鬼殊途。想喝酒，只能在他们的坟前了。杨修是曹操杀的。不杀不行啊。杨修是曹植最贴心的谋士，出的主意最多，对曹植也最忠诚，如果留着杨修不杀，日后万一曹植谋反，杨修就是最主要的同案犯，留着他，对曹丕，对江山，都是个威胁。杀个人还不容易吗？随便找个借口，就把杨修，给咔嚓了。杨修死时发出一声感叹：“我固自以死之晚也！”说明他对自己的死，早已有了预感。至于在曹操面前竭力推荐曹植做太子的丁仪丁廙兄弟，结局更是惨不忍睹。曹丕一直对这两兄弟怀恨在心，登基不久，就把这两家的男丁全部给杀光了。曹丕这样做，不仅铲除了异己，也给重感情的曹植，往心窝里狠狠地捅了一刀。眼见朋友因自己而遭难，却无力相救，曹植的心中万分地凄苦，产生了强烈的负罪感：“利剑不在掌，结交何须多。”一个没有能力保护朋友的人，是不配有朋友的。可是，晚了，醒悟得太晚了。

他的朋友当中，死相稍好一点的，当是王粲。王粲是他们文学社当中，排名最靠前的一位，是“建安七子”之首。这位前刘表的幕僚，到了曹操这边以后，跟曹丕曹植两兄弟关系都不错，应该说，跟曹植更好些，两个人在一起喝大酒的机会更多一些。两人每有文章问世，必先互相吹捧一番，然后再召集文学社的一班哥儿们，再吹，再捧，再喝，再去桑拿。建安二十二年，王粲病死，活了四十一岁。凡文人，大都有怪癖，有看见猫就想尿尿的，有不吃肉种竹子的，有喜欢在妓女堆里混的，有混死了没钱买棺材，妓女们凑钱给埋了的。王粲生前爱听驴叫，出殡那一天，曹植兄弟组织文学社的同仁们，每人在王粲的棺材前学一声驴叫。一时驴声四起，一场严肃的葬礼，变得有些后现代起来。场面滑稽而有趣，驴叫声代替了唢呐声。中国文学史上一直都有驴叫的回音，就是那一天发出的。王粲选择了一个恰当的时候死去，真是一件幸事，如果他在曹植被贬黜洛阳以后再死，那一声驴叫，去哪儿听去啊。我们还想听驴叫的话，只能是先找到一头驴了。

曹植的日子过得诚惶诚恐。即使远离京都，即使在自己的小地盘上，也过不踏实。因为曹丕专门派人盯着他，稍有过失，便要问罪。“既徒有国土之名，而无社稷之事，又禁防壅隔，同于囹圄。”“虽有王侯之号，而乃侪为匹夫。县隔千里之外，无朝聘之仪，邻国无会同之制。诸侯游猎不得过三十里，又为设防辅监国之官以伺察之，王侯皆思为布衣而不能得。”(《三国志·武文世王公传》)。此时的曹植徒有一方诸侯的虚名，可事实上，生活就像坐牢一样，既没有自由，又没有朋友，还不能乱说话。曹植小心翼翼地活着，每一天都在煎熬，每一天都感觉到生不如死。

曹植曾在《迁都赋序》中叙述自己背上小包袱离开洛阳以后的经历："余初封平原，转出临淄，中命隐城，遂迁雍丘，改邑浚仪，而末将适于东阿。号则六易，实则三迁。连遇瘠土，衣食不继。"就像一个居无定所的人，三天两头搬家，越搬越穷，越活越累，可以称得上是颠沛流离，食不果腹。

一个从前天天喝酒吃肉的人，突然过起了吃糠咽菜的日子，过起了清茶淡饭的日子，甚至过起了吃完上顿没下顿的日子，还真的是适应不了。这样的落差，真的是太大了。一个连饭都吃不饱的人，还有什么尊严可讲？曹植的脑子整天都是嗡嗡的，就不能想以前的事儿，不能回忆。一想，准有天大的委屈，眼泪啪啪往下掉。那一块块大肥肉，准在眼前晃来晃去的，弄得口水哗哗的，淌得满衣襟都是。"斗鸡东郊道，走马长楸间。""我归宴平乐，美酒斗十千。"（曹植《名都篇》）想当年斗鸡走马，宴饮多暇，是何等的风光。哥几个喝着酒，众星捧月般围着他，看几只小公鸡互相啄得鸡毛乱飞，斗鸡眼瞪得血红。就是李白《将进酒》中，也描述了曹植副社长当年的阔绰与豪气："陈王昔时宴平乐，斗酒十千恣欢谑。"陈王就是曹植。副社长边想边哭，一把鼻涕一把老泪，抹得满墙都是，那种涕泗横流的场面，有谁能忍心看啊。

那个委屈，大了去了。

5

孩子有委屈了，找父母。

弟弟有委屈了，找哥哥。

臣子有委屈了，找皇上。

曹植占了两条，他可以既找哥哥，又找皇上。表面上看，似乎他还有着光明的前途。那时候没有电报，也没有手机，唯一的沟通方式是写信。那就赶快写吧，声情并茂，声泪俱下，哭诉，求情，死皮赖脸，实在是憋不住了。下三滥就下三滥一点吧，起码弄个好点的地方待着，总比饿死强吧。他甚至还幻想着，曹丕能否看在亲兄弟的份上，重新召他回洛阳，一起诗酒人生呢。“明明天子，时笃同类，不忍我刑，暴之朝肆，违彼执宪，哀予小子。”说老哥，你是个明君，可怜可怜我吧，你就忍心看着我这么饿死吗？这不是上疏，这简直就是一封悔过书。说你大人不计小人过，你就饶了我吧，你就把我当一个屁，给放过了吧。“迟奉圣颜，如饥似渴。”这就有点不像个文人了，奴颜媚骨，卑躬屈膝，比马屁精还不如。不过，话又说回来，自古至今，每到碰上政治斗争，有多少文人是挺直了脊梁，站着死的？一个高大的文人形象，在这八个字写完以后，轰然倒塌。就像被人扒了皮抽了筋一样，一堆丑陋的肉骨头，堆在案板上，任人宰割。曹丕多狡猾啊，政治家，任你奴颜媚骨，我自岿然不动，不宰你，不割你，当然，更不会理你。曹丕是不会给他机会的，他的马屁拍得越响，曹丕的顾虑越大，提防之心越重。心想，这小子老想着回京城，是不是还惦着做皇帝呢？直到曹丕死，曹植也没过上一天好日子。

好在，终于把曹丕给熬死了。

曹叡即位。

曹植喜欢过他妈，也就是被曹操许给曹丕的甄氏。所以，想起曹叡，心里也就格外的亲。人家曹叡可不这么想，你奶奶的，竟敢喜欢上我妈，这不乱套了吗？你这第三者当得也太明目张胆了，你竟然一天到晚想着插足我爸和我妈的事儿，也太别有用心了吧。我妈死了以后，你还写了一个《感甄赋》，让天下人都知道你的这段感情，你倒是显得自己风流了，可是我妈呢，名声都被你这老杂毛给坏了。不行，把文章给删了，至少把题目给我改了。什么狗屁《感甄赋》，不准带上我妈的姓，你不是说过这是在过洛河时，梦见洛神以后写的吗？那就改成《洛神赋》吧。曹叡也不是善茬儿，虽然他妈死得早，和他并没有多深的感情，但老娘的名誉是必须要维护的。曹植怎么猜得透曹叡的心思呢？还以为换个领导，好说话了呢。在曹丕身上用着不灵的那一招，接着用。继续给领导写信。

“慈父不能爱无益之子，仁君不能畜无用之臣。”先来个软的，委婉说明自己无事可干，不想光吃饭不干活，希望能给他一些机会，干点事情。没有反应。接着写，又不是没写过。马屁接着拍，又不是没拍过。说自己现在是“若葵藿之倾叶，太阳虽不为之回光，然向之者诚也”。这忠心表得，比“迟奉圣颜，如饥似渴”八个字，有过之而无不及。

情况并不像曹植想象得那么好，他的侄子始终没有搭理他。曹植从最初的满怀希望，渐渐地丧失了希望，到了最后，变成了彻底无望。“望青云而拊心，仰高天而叹息。”但是，人见不到棺材，是不会死心的。

曹植在遣词造句上，又用了一番功夫后，寄出了最后一封信，他把自己的最后一丝梦想，都寄托在这封信上了。说自己：“虽不足以御寇，粗可以警小盗。小者未堪大使，为可始耘钼秽草，驱护鸟雀。”这简直已经把自己当成一个废人，或者稻草人了。就算我实在没用了，求你把我放在地间田头，吓唬吓唬那些鸟雀总行吧。哪有半点以前指点江山，激扬文字的豪情了。人的内心，还是同情弱者的。你曹植都不把自己当人了，那当侄儿的，还是动了一点恻隐之心的。曹叡心一软，便召他进京，侄子见到叔叔第一眼时，发现叔叔衣衫褴褛，瘦骨嶙峋，只剩下一堆皮包骨头了，心中隐隐作痛：“王颜色瘦弱，何意也？腹中调和不？今者食几许米？又啖肉多少？见王瘦，吾惊甚，宜当节水加食。”叔叔啊，怎么饿成这样了？每顿能吃几碗饭？能吃到尖椒炒肉丝吗？有红烧肉吃吗？曹叡心里，似乎是真的有点过意不去了，曹叡给了叔叔很多吃的，主食副食，以及一些宫里的小吃什么的，大多是曹植小时候爱吃的，也有些是没见过的。曹植好多年没吃过宫里的东西了，那个香啊。为此，他还专门写了一道《谢明帝赐食表》：“近得赐御食，拜表谢恩。寻奉手诏，愍臣瘦弱。奉召之日，涕泣横流……”活到这个份上，给根骨头，都要上表，都要感激涕零。唉，人啊。

一朝，有一朝的骨头。

一朝，也有一朝的软骨头。

6

曹植就见了一次侄子，见面之后，情况似乎有些好转。曹植心中的希望，就又升腾起来。这时，曹叡在他奶奶，也就是曹植他妈卞太后的建议和关照下，给曹植换了个稍微丰腴一点的地方——东阿。

我知道东阿是因为东阿出阿胶，还知道阿胶要用黑驴皮，以阿井水熬成，方为上品。曹植曾学过驴叫，那是在并不遥远的建安二十二年，那声驴叫是叫给王粲听的。他不知道，那一声驴叫以后，冥冥之中，上天已为他安排了一大群驴，在他的前途中恭候他了。

等待他的是又一次迁徙，也是他这一生中，最后一次。

当时的东阿，“田则一州之膏腴，桑则天下之甲第。”应该说，地方是不错的。他的日常生活也确实有所改善。但他始终是一块鲠，常常让朝廷的喉咙，感到一丝丝的不舒服。于是：“兵人给其残老，大数不过二百，又植以前过，事事复减半。”也就是说，曹植名义上是一方诸侯，可他的部队，还不如现在一个乡镇的保安队伍强大呢。这些老弱残兵，能抵什么用呢？多一个人口就得多一份口粮，多一份花销。曹植又感到了不爽，事实上，被贬黜洛阳以后，他从来就没爽过。一个不被朝廷信任的人，一个历史上有污点的人，混得不爽了，只能找酒拼命去。他从来就没断过酒。杜康？那是多少年前的记忆了。那是他老爸在世时，才能喝得到的好酒。现在，走到哪里，就喝点本地的土烧，甭管好坏，只要倒进肚里，能把脑袋喝晕，就拉倒。一个郁郁寡欢的人，一个天天埋头写信，还不招人待见的人，一个曾经的文学社副社长，一个有过梦想，大把挥霍青春的人，一个曾被人称为“绣虎”的才华横溢的文学青年，自建安二十五年以后，便汲汲无欢，终日里借酒浇愁，终于因为一辈子的饮酒不节，把大好的天下，给喝没了，把一副大好的身子骨，给喝垮了，把一个坚强的胃，给喝成胃癌了，把一对无双的肝，给喝成肝硬化了。终于在公元232年，也就是他四十一岁那年，因胃癌，或者肝癌，把自己喝死了。死时，怀里还抱着一个空酒罐子。

他与王粲，都是四十一岁死的，王粲死时，有一拨朋友围着他的棺材，学他最爱听的驴叫。曹植死在白驴黑驴成堆的东阿，即使有驴叫，那也是宰驴的声音，生硬、凄厉、嘶哑，都快两千年了，驴声依旧。似乎那把钝刀子，还架在驴脖子上，割呀割的。这样的驴叫声，听着多少有些叫人不忍。

与司马迁书:荆轲并未刺秦王

1

“士为知己者死，女为悦己者容”这句话，我是在读《史记·刺客列传》中读到的，这句话应该是司马迁的原创。我读《史记》，从来都是挑自己喜欢的篇目或者片段来读，所以读了二十来年，竟然从没有完完整整从头到尾地读过一遍，说来甚是惭愧。年轻时喜欢读“刺客列传”一节，那五个人每每读得我揪心和拍案，读得我热血沸腾，恨不得时光倒流，自己穿越到那个年代，做一个仗剑天涯的侠客，寻找一个明主，为他卖命。就像豫让一样，为了报答智伯的知遇之恩，以匹夫之侠义，自刎于当街，算是报了智伯当年的“以国士待己”之恩。那些年的那些事儿，就像传说一样不可置信，用一句当下的流行歌词，刺客跟主人间的关系，有时候仅仅就是主人“只在人群中多看了你一眼”，就这一眼，足以致命。那是怎样的“多看一眼”和“高看一眼”，竟然就能让那么多的英雄豪杰赴汤蹈火，死而无悔。

以前最喜欢读的是《荆轲刺秦王》一节，司马迁自己也最喜欢这个故事，着墨最多，写得也最用心。《刺客列传》全文五千多字，光花在荆轲身上的文字，就有三千多字，可见司马迁自己的钟爱程度。《刺客列传》这一章，其核心就是“士为知己者死”，虽然这句话是通过豫让之口说出的，但这五个刺客，有四个都是血溅当场，最后都逃不脱一个“死”字，但这样的死，是多么地从容、悲壮和让人长叹息。

我一直没有考证出《刺客列传》这一章，是在他受腐刑之前，还是之后写的。现在重读，想来应该是在受腐刑之前写的。

司马迁是汉代成就最高的散文家，作为他的同行，每一次重读《史记》，都是在向前辈致敬。梳理他的一生，是多么地让人唏嘘和扼腕，司马迁前后两个阶段的命运遭际，竟是如此地截然不同。

西汉史学家、散文家司马迁公元前 145 年出生于夏阳龙门，也就是今天的陕西韩城。祖上虽然没有什么盛名，但作为生长在史官世家的孩子来说，从小就受到了良好的文化熏陶，养成了读史的好习惯。司马迁的父亲司马谈，是一位勤奋的学者，一生中做到最大的官也就是太史令。年轻时的司马谈曾“学天官于唐都，受《易》于杨何，习道论于黄子”(《太史公自序》)。唐都是天文学家，汉武帝初年曾被诏测定二十八宿的角度和距离，后来又和司马迁等人一道制定太初历。杨何是《易》学家，曾官至中大夫。黄子就是黄生，司马谈向他学习道论，也就是当时流行的黄老之学。司马谈知识广博，对诸子百家有深入的研究，他的大作《论六家要旨》，后来对司马迁有着重要的影响。

司马迁的童年跟大多数中产阶级的孩子一样，过得无忧无虑，甚为放松。他们家南临黄河，北靠龙门山，他的童年“耕牧于河山之阳”(《史记·太史公自序》)，与农夫牧童为伴，蓝天白云，风吹草低，没有雾霾。这样的环境最宜读书，司马迁没有辜负家乡的良辰美景，因为那时，他不可能以雾霾为借口不读书，所以“年十岁即诵古文”，还拜了许多当时的大家为师。比如向儒学大师孔安国学习古文《尚书》，向董仲舒学习公羊派《春秋》。后来当他担任太史令以后，便利用工作上的便利，阅读国家图书馆里收藏的各种文献资料，边读边鉴定真伪，比较异同，还亲自去一些有争议的地方实地考察。司马迁在阅读古文献的过程中，主动和古人沟通，读其书，识其人，做到知人论世。他在阅读的过程中，不止一次地为古人叹息并屡屡产生要为那些书的作者立传的冲动。

二十来岁的时候，司马迁开始了一段游历生涯。这一段游历生涯，对他后来认识世界极为关键。他曾去会稽，也就是今天的绍兴探访过大禹的遗址，在长沙水滨凭吊过屈原，在登封瞻仰过许由的坟墓，在楚地参观过春申君的宫殿，在刘邦发迹之地，参观过萧何、曹参、樊哙、夏侯婴的故居。在漫游的过程中，司马迁流露出对传统文化极其深厚的感情。“适鲁，观仲尼庙堂车服礼器，诸生以时习礼其家，余祗回留之，不能去云。”(《孔子世家》)“余适长沙，观屈原所自沉渊，未尝不垂泪，想见其为人。”(《屈原贾生列传》)司马迁喜欢对历史真相探根求源，这是一个史家必备的基本素质，也是一个散文写作者读万卷书，行万里路的原始资料的积累过程。长途漫游使司马迁直接感受到各地民风习俗的差异，加深了对许多历史记载的理解。司马迁入仕之后，曾出使西南，最远到了昆明。又以郎中之职侍从武帝东达于碣石，见到了大海；西至崆峒，也就是今天的甘肃平凉，搜集黄帝的传说，崆峒山太陡峭了，我曾经开车上去过两回，如果技术稍差一点，半路上就会掉下悬崖；北部到过边塞，登上了秦时所筑的长城；还参加了武帝带领群臣负薪塞河的活动。司马迁在广阔的地域留下了自己的足迹，大大地拓展了他的视野，为《史记》的写作搜集了许多新鲜的材料，他在游览过程中的真切体验和亲身感受后来也一道写入书中。

元封三年，即公元前108年，司马迁继承他老爹司马谈之职，任太史令，掌管天文历法和皇家图书馆。太初元年，即公元前104年，与唐都等几个人一起，订立《太初历》，并从这一年开始，着手撰写《史记》。

司马迁在漫游和在朝廷任职期间，接触到了各个阶层的人物，从他们那里得到许多历史知识。周霸向他讲述过项羽的传说，公孙秀功向他讲述过荆轲刺秦王的具体情节，朱建之子和他评议过陆贾其人，至于卫青不肯招贤纳士的情况，则是苏武之父苏建向他介绍的。除此之外，樊哙之孙樊他广向他谈起过汉初几位开国功臣发迹的故事，贾谊之孙贾嘉和司马迁有书信来往，冯唐的儿子冯遂和司马迁是至交。司马迁还亲眼见过名将李广、大侠郭解，并和李广之孙李陵同在朝廷任职。

司马迁和李陵同朝为官，两个正直的人关系非常融洽，惺惺相惜。一直到了天汉二年，也就是公元前99年，司马迁的日子过得都算是按部就班，他已经写了五年《史记》了。我们可以得出这么一个结论，司马迁写的故事，有许多都是道听途说的，有许多是虚构的，有许多是他在挖掘史实时，加上自己的想象，加工而成的。换句话说，司马迁的文章里，既有虚构，又有非虚构，就像他自己在《报任安书》中所说，他写作的宗旨是："究天人之际，通古今之变，成一家之言。"

但在天汉二年的夏天，这一切全变了，司马迁的好日子到了头。司马迁的下半生，跟李陵有关，可以这么说，拜李陵所赐，司马迁既承受了超过常人想象的肉体之痛苦，又以非凡之毅力，完成了被鲁迅称之为"史家之绝唱，无韵之离骚"的里程碑式的伟大作品《史记》。

这一年的夏天，武帝派自己的宠妃李夫人的哥哥、二师将军李广利领兵讨伐匈奴，另派李陵带领五千士卒押运辎重。李陵在浚稽山与单于相遇，匈奴以八万骑兵围攻李陵，经过八昼夜的战斗，李陵率众斩杀了一万多敌兵，终因寡不敌众，没有后援，弹尽粮绝后，不幸被俘。消息传到朝廷，汉武帝大怒，不但不指责李广利救援不力，导致战败，反而怪罪李陵没有战死沙场，被敌军俘虏。满朝文武齐声附和汉武帝，只有司马迁为李陵说了几句公道话，说他在得不到援军支持的情况下还能杀敌一万多，这是作为军人已能做到最好的地步了。不料就是这几句话几乎为自己惹来了杀身之祸，为李陵辩护，不就是说李广利无能和失职吗？总得有个人出来做替死鬼吧？就这样，汉武帝将他打入大牢，并判了死刑。历史有时候就是这么的吊诡，不把当权者的权力关进制度的笼子里，天下往往是非颠倒，百姓遭殃。

根据汉朝的刑法，死刑有两种减免的办法。一种是拿钱买命，相当于拿出现在的人民币五百万交给朝廷，就能免死出狱，第二种就是接受腐刑。司马迁家没那么多钱，即使他当时在官位上，以他的品格也不会贪污受贿，纪委的人也从没把他考虑过作为约谈的对象，不像现在，一个副科级的小官都能贪个上亿元。那么要想活命，只能走第二条路：接受腐刑。腐刑既摧残身体，又侮辱人格，司马迁当然不能接受这样的侮辱，他当时肯定想过走第三条路。

司马迁最后没有自杀，接受了腐刑，因为他还有心事儿，他的文章还没有写完。另有一个重要的原因是他父亲在临死前，曾经拉着他的手，泪流满面地说："余死，汝必为太史，为太史，无忘吾所欲论著矣。"司马迁俯首流涕，向父亲表示："小子不敏，请悉论先人所次旧闻，弗敢阙。"老爹的遗愿还没有完成，怎敢去死？因为这两点原因，司马迁才忍辱偷生，但他内心的痛苦与挣扎，只有自己才能感受到："是以肠一日而九回，居则忽忽若有所亡，出则不知所往。每念斯耻，汗未尝不发背沾衣也。"

司马迁出狱后改任中书令，继续写作《史记》。征和二年（前 91 年），他在写给任安的信中称："仆窃不逊，近自托于无能之辞，网罗天下放佚旧闻，考之行事，稽其成败兴坏之理，凡百三十篇。"（《汉书·司马迁传》）由此可见，《史记》一书的写作至此已基本完成，从太初元年（前 104 年）正式写作开始算起，前后经历了近 15 年的时间，司马迁大约死于武帝末年，即公元前 87 年前后。

2

简单交代了司马迁的个人情况和写作背景以后，现在接着谈谈我读《刺客列传》的读后感，接着谈“荆轲刺秦王”。前面已经说过了，“荆轲刺秦王”这个事儿，是公孙秀功给他讲的，这就要重新回到一些细节中来了。还是从头来吧，迁哥写了五个刺客，我们先从第一个刺客曹沫开始回顾。曹沫是鲁国人，性格豪爽，力大无穷，鲁庄公很喜欢他，让他做将军，跟齐国打仗，不过这打仗跟力气大还真是两码子事儿，力气大打架有可能占便宜，打仗还真不一定赢，这不，曹沫屡战屡败，连着输了三次。鲁庄公有点害怕了，就跟齐国提出给块地儿求和算了，“鲁庄公惧，乃献遂邑之地以和。犹复以为将。”地也给了，齐国也答应不打了。庄公很高兴，就继续让曹沫做将军。瞧瞧，这就叫信任，换句时髦的话说，这就叫任性。君臣之间如此信任彼此，这当部下的，以后还不替领导卖命？果然，当鲁庄公和齐桓公在一个叫作柯的地方聚会订立盟约之时，曹沫动手了。桓公与庄公既盟于坛上，曹沫执匕首劫齐桓公，桓公左右莫敢动，而问曰：“子将何欲？”曹沫曰：“齐强鲁弱，而大国侵鲁亦甚矣。今鲁城坏即压齐境，君其图之。”桓公乃许尽归鲁之侵地。既已言，曹沫投其匕首，下坛，北面就群臣之位，颜色不变，辞令如故。

诸位请注意，这里第一次出现“匕首”一词，“匕首”是我这篇文章的关键词。好像在所有的文学作品中，也是最早出现“匕首”一词的文章。就在两位当家的握手言欢之际，曹沫一个箭步冲到了齐桓公背后，左手臂从背后勒住齐桓公的脖子，右手横握匕首，抵着桓公的喉结。齐桓公吓出一身冷汗，哆哆嗦嗦地问：“小曹，你想干什么？还不把匕首拿开？有话好好说嘛。”曹沫回答说你们齐国太过分了，仰仗自己的强大，侵占了我们那么多的土地，你快还给我。刀都被人抵脖子上了，哪还有不答应的道理，万一那个愣头青手一哆嗦，自己这条命就算交代了。齐桓公当时就答应了，说：“不就是几块地嘛？全还给你们，全还给你们。”小曹听后，把匕首一扔，面不改色，很从容地回到了自己的座位上。“于是桓公乃遂割鲁侵地，曹沫三战所亡地尽复予鲁。”嘿，这个小曹，愣把自己打仗输了三回的土地全给要回来了。你说这最大的功劳要记在谁的身上？应该是这把匕首吧。当然齐桓公也算是君子，讲信用，不但还了土地，最后也没有加害曹沫，小曹是“刺客列传”里五位刺客唯一没有死在现场的人。

第二个故事是专诸刺杀吴王僚，也就是鱼肠剑的故事。前因后果我就不多说了，故事大家都很熟悉。这里我想跟大家说说匕首是如何出现在现实生活中的，是在什么背景下出现的并成为这些刺客最喜欢的武器的。

这就要先谈到古代的战争了。战争的本质是解决两个利益集团之间的矛盾，往细了说就是占有对方的土地、粮食、女人及一切资源。史书记载的最早的战争跟黄帝有关，黄帝和炎帝打架，打赢了以后又跟蚩尤打，等等，后来历史上比较著名的战争有“淝水之战”“楚汉之争”“赤壁之战”等等，不管哪一场战争，都是成千上万、数万、数十万的部队集团冲杀，这样的场面，个体、单打独斗是派不上用场的，战场上需要的是不怕死的精神和充沛的体力。此时个体的技术要服从战术，战术又要服从战略。明朝抗倭大将戚继光所著的兵书《纪效新书》里，有很详细的对于战争场面的描写：“开大阵，对大敌，比场中教艺，擒捕小贼不同。堂堂之阵，千百人列队而前，勇者不得先，怯者不得后。丛枪戳来，丛枪戳去，乱刀砍来，乱杀还他，只是一齐拥进，转手皆难，焉能容得左右跳动！一人回头，大众同疑，一人转移寸步，大众亦要夺心，焉能容得或进或退。”戚继光这里说得很明确，战争是集团冲刺，万人一令。在战争中，士兵会的，也就是几招简单的劈砍刺杀，反复操练即可，人员一旦有伤亡，马上就可补充，所以士兵只要操练几天即可上战场了。

春秋时期各诸侯国的国力象征是有多少辆战车，比如号称“千乘之国”，就证明很牛逼，很强大。当时的战争主要是车战，一辆战车由四匹马拉着，中间一个人驾车，右侧的战士手持长矛，左侧的战士手持弓箭，腰间挎着一柄剑。当时的打仗，距离远时就用箭射，距离近了就用矛刺或者挑，如果再近些，贴身了，就用剑砍。这种打法一直持续到战国时期，才慢慢地被步兵和骑兵所取代。既然车战被替代了，那么车战的武器也逐渐被淘汰，由于剑不利于骑兵的砍杀，慢慢地就被刀所替代。因为刀的背厚，又不易折断，特别适用于砍杀，慢慢地，战场上就用刀了，而剑，就转入到了民间。

春秋战国时期，诸侯争霸，奴隶制受到冲击，并逐渐崩溃，社会转型为封建制度，土地由不得买卖的家族所有制转为个人私有可以买卖的宗族所有制，奴隶成为自由人，受雇于土地主或者自己租用土地，个人的活动也自由了许多。但是因为连年战乱，社会动荡不安，出于自卫的需求，武术在这一时期逐渐有了发展的空间和土壤。社会上的不平事儿太多了，再加上法律的缺失和制度的不公平，渐渐就出现了刺客和在法律之外寻求公平的侠客。而刺客和侠客是完全属于民间的，是个人行为，他们之间的打斗，只是两个人之间的输赢，首先在搏斗中自己不要受伤，否则就会丧失战斗力乃至送命。在民间，战胜对方有两个基本条件，一是武艺高强，二是兵器精良。这两者缺一不可，武艺高强就要刻苦练习武功，这与士兵的训练完全是两个概念。战场上的士兵，强化的是体力，而非功夫。所以战场上的老弱病残是最先被对方杀掉的。而民间的功夫强调的不仅仅是体力和耐力，往往还有以灵巧取胜、出其不意乃至以弱制强等等各种方式方法。

战国后期，兵器制造方面的技术，也在突飞猛进。春秋时期还是以青铜器为主，到了战国中后期，冶铁技术大为发展，科学家们发明了锻造和渗碳的制钢技术，制造出了钢制兵器。这是一次兵器史上的伟大革命，这钢铁的兵器较之青铜兵器，有着巨大的优越性，既不易折断，在携带上又更加轻便和灵巧，这一时期，甚至还发明了在剑身上加制血槽，这大大提高了杀伤力。

略过前面，这里直接说一下专诸刺杀吴王僚的基本武术动作。话说公子光要干掉吴王僚，找来专诸做刺客。一天公子光设宴，请吴王僚来喝酒，这当然是鸿门宴。吴王僚也是有备而来，卫兵直接从王宫排到了公子光的家门口，意思就是说：小子，你千万不要轻举妄动，这里全是我的部队。但是吴王僚没有搞明白的是，这里不是战场，不需要排兵布阵，这是私人间的宴请，两个人的对决，一对一就能解决问题。

就上菜，一道接一道上，酒喝到畅快时，趁吴王僚有些许的醉意和麻痹，公子光就说自己不行了，喝大了，脚疼，痛风犯了，我得找人来给我看一下，说罢就进了地下室，专诸就在地下室候着，公子光一使眼色，说，动手吧。专诸就把准备好的那把匕首藏在一条烤好的鱼肚子里，自己扮作上菜的服务员，把这条大鱼，就端了上来，直奔吴王僚而去，到了眼前，说时迟那时快，专诸一抛盘子，左手抓住吴王僚的衣襟，右手从鱼肚子里迅速抽出匕首，只听见"噗"的一声，吴王僚应声而倒，血溅当场，立时毙命。"酒既酣，公子光佯为足疾，入窟室中，使专诸置匕首鱼炙之腹中而进之。既至王前，专诸擘鱼，因以匕首刺王僚，王僚立死。"当然专诸后来也被回过神来的吴王僚卫兵给乱刃分尸了。但作为一个刺客，他已经非常出色地完成了任务，他本来就没想过要活着回家。当然公子光也有准备，他事先埋伏在周围的武士把吴王僚的部队给消灭掉以后，自立为王，这就是吴王阖闾。阖闾后来为了报答专诸，封专诸的儿子为上卿。那把匕首，因为被专诸藏在鱼肚子里，就被后人称为了"鱼肠剑"。各位，这里立功的，仍然是一把匕首。

专诸刺杀吴王僚的这把匕首，就应该是加了血槽的利刃。

接着说匕首。

匕首最早是屠宰牲畜祭天地的工具，春秋时期诸侯会盟，几个领导人都会随身携带匕首，干什么呢？歃血为盟，方便割自己的手腕子或者手指头。匕首作为武器的最早记载，就是曹沫把匕首架在齐桓公脖子上，要回自家土地的那一次。我还没有看见比这更早的记载匕首作为武器的文字。现在上海博物馆珍藏有一把商代晚期的人头纹铜制匕首，全长 25.3 厘米，可能是现存年代最早的匕首了。

从史料记载看，中国传统武术是从使用兵器开始的，这个兵器就是剑，短剑就是匕首。春秋战国时期的剑术，已经比较成熟，但是关于拳术的记载，则要晚到南北朝年代，才能看到。如此看来，那个年代的人们，拥有一口宝剑，是多么奢侈，估计就像现在的打工族想着拥有一部苹果手机，或者上班族梦想拥有一辆宝马 X6 一样。总之，一口剑，对于那个年代的人们来说，就是奢侈品。

春秋时期，还是以青铜剑为主。由于青铜的质地比较脆，容易折断，所以一般的青铜剑都比较短，大多在二三十厘米，一般不超过四五十厘米，剑身厚而宽，虽然不长，但是却不轻，每把剑都在三五斤重。青铜剑的用法，基本上就是直刺和劈砍两种，因此那时候称剑术为“纵横之术”，由于剑身较短，青铜剑只适用于近身肉搏，所以又有“持短入长”一说。西汉《相剑刀册》对于一把宝剑是这么描述的："起拔之，视之，身中无推处，故器也。"这里的"身中无推处"，是说剑上没有护手，青铜剑都没有护手，护手是在汉代以后才开始出现的。所以说，拔出剑来一看，没有护手。可以想象一下，那时候剑术上还有一招叫作"推刺"，说得通俗一点，就叫"捅"，一下子捅进去，力气大一点的话，连手臂都可以没入敌人的身体里，够血腥吧？专诸刺吴王僚那个专业动作，就叫作"捅"，手臂都进去了，人还焉能有命？

3

说了半天的剑术，也就是匕首的使用方法，现在该来说点正事儿了，说说"荆轲刺秦王"里的荆轲。这个荆轲，以及他那糟糕透顶的剑术，可真不让人省心。当然，《刺客列传》里还有两位，豫让和聂政，那是让人感动无比的，改天我专门说那两位，今天先说荆轲。

荆轲是卫国人，后来到了燕国，燕人称他为"荆卿"。荆轲好读书不求甚解，对外说自己读了万卷书，可对他有所了解的人都知道，即使真如他自己所说的读万卷书，他所读的，也仅仅是万卷书的序而已，况且还不一定读了几本呢。他还好旅游，平日里舞文弄剑的，弄得很有些名声在外头，哪个朝代都一样，社会上只问你的名声大不大，而不管你的实际本事儿如何。社会上混了两年以后，他自己觉得剑术不错，颇为自负，所以也经常找人比画论剑。有一回他找到了卫元君，说自己的剑术如何如何，希望在卫元君这里得到重用，怎么着也得混个作协副主席之类的小官当当。卫元君听完，皱了皱眉，沉吟几分钟后，慢吞吞地说，你还是另谋高就吧，我这里庙小，会耽误你的前程的，愣是没看上他。

又有一次荆轲旅游路过榆次，榆次有一位剑术大家叫盖聂，荆轲就上门拜访，说是拜访，其实含有挑衅之意，就是想在言语和气势上盖过对方，两人就谈论剑术，没聊几句，盖聂就觉得这厮水平不行，夸夸其谈，油嘴滑舌。不但不虚心，还强词夺理，心里就很讨厌他，在荆轲胡说八道的时候就拿眼睛瞪他。后来荆轲自己也觉得无趣，就很没面子地走了。“荆轲尝游过榆次，与盖聂论剑，盖聂怒而目之。荆轲出，人或言复召荆卿。盖聂曰：曩者吾与论剑有不称者，吾目之；试往，是宜去，不敢留。使使往之主人，荆卿则已驾而去榆次矣。使者还报，盖聂曰：固去也，吾曩者目摄之！”当时有人提醒盖聂，说荆轲在江湖上很有些名气的，你还是把他请回来吧。盖聂冷冷地说，刚才我拿眼睛瞪他，拿话语试探他，给他留了几分面子的，但是他都不听，现在我也不敢留他了，他自己也应该没脸再留在这里了，要不你去看看他还在不在？那人去了一看，说果然走了。

还有一次是在邯郸，他找鲁句践论剑，两个人又为剑法的事儿争了起来，荆轲继续云里雾里不着边际地胡扯，鲁句践大怒，劈头盖脸地把荆轲一通臭骂，让他回去把一两本常识性的书先读通了再出来混，家里有再多的书，但你只读几本书的序顶个屁用啊，只能吓唬那些乡下小孩。“荆轲游于邯郸，鲁句践与荆轲博，争道，鲁句践怒而叱之，荆轲嘿而逃去，遂不复会。”弄得荆轲又是灰溜溜地逃走了，从此以后再也不敢找鲁句践了，回到家以后，从通讯录中，把鲁大师的名字悄悄地删掉了。

荆轲到了燕国之后，结交了两个朋友，一个是杀狗的屠夫，另一个是击筑的高手高渐离。三个人经常在一起聚会，屠夫带些没卖完的狗肉，肠子内脏什么的，再要几个小凉菜，三个人在大街上旁若无人地喝酒、高谈阔论，几杯酒下肚以后，高渐离的击筑声越来越大，荆轲和屠夫互相唱和，三个嬉皮士在大街上借酒撒疯，唾沫星子乱喷，青春在大街上嚣张地飞扬，这样的场景让我经常想起我年轻时在昆明的时候，每当傍晚，几个穷光蛋抱个吉他，在夜宵摊上吃烤豆腐、喝劣质酒、唱《一无所有》，也是旁若无人，也是高声喧哗，也是唾沫星子乱飞，也是一副怀才不遇样，现在想来，真是一群可笑复可气的二逼青年。原来二逼青年不管在哪一个年代都层出不穷。

荆轲在大街上混出一些名声以后，渐渐地也引起了当地政府及文化界的注意，有一个名叫田光的隐士，在观察了一阵之后，认为荆轲确实是个人才，就主动认识了他，并引为知己。现在想想，做隐士，就老老实实在家待着别出来，这个社会的人和事儿，在你归隐之后，变化太快了，如果你还按照以前的标准来衡量，注定要出问题的。后来的事实证明，田光的这一主动，把自己的老命，给赔上了，这是后话。这里我只是想说隐士不隐，凡心不死，不但会给个人带来麻烦，有时候，也会给本届政府带来灭顶之祸。

不久后在秦国做人质的燕太子丹逃回了燕国。这个燕太子丹，过去曾经在赵国做人质，而秦王嬴政就出生在赵国，所以两个人少年时还是不错的玩伴和朋友，长大以后，一个朋友做了另一个朋友的人质，燕太子丹作为燕国的人质留在了秦国，而这时候嬴政已经为王了。两个人的角色完全不一样了，这个燕太子丹过得那个郁闷，嬴政还时不时找机会羞辱调侃一下丹，丹哪受得了这样的折磨啊，就找机会就逃回了燕国，并立誓要报仇。

报仇谈何容易，燕国弱小，秦国强大，况且此时，秦国正在大规模吞并邻国，所向披靡，部队眼看就要逼近燕国了。而就在此时，秦国将军樊於期得罪了秦王，因为之前跟丹关系不错，就跑来燕国寻求庇护。丹收留下樊於期后，就去向他的老师鞠武请教解决的办法。鞠武说，这问题太麻烦了，这个樊於期本来就不应该收留，你一收留，秦国正好有借口攻打我们了。这太子丹在关键时刻，还是挺讲义气的，男人嘛，就得对朋友有担当。他说，樊将军是在走投无路之时投奔我的，我不能因为害怕秦国的淫威把我的朋友赶走，抛弃我的朋友应该是在我生命终结之时，我保护不了他了，才没办法的事儿。“夫樊将军穷困于天下，归身于丹，丹终不以迫于强秦而弃所哀怜之交，置之匈奴，是固丹命卒之时也。”鞠武一时也没有更好的主意，就说，我有一位朋友叫田光，他足智多谋，老板你可以和他商量商量。于是鞠武就把田光引见给太子丹。

太子丹很谦逊，问计于田光。田光听完后，说，我现在老了，力不从心了，这些事儿我已应付不了了。虽然现在我不能替国家出力，但我有个朋友，叫荆轲，他完全可以承担这样的使命。于是太子丹就叫田光请荆轲来府上一见，临走时，丹悄悄地附在田光的耳朵旁，小声地说：这可是国家的机密大事啊，老人家你千万不可泄露给他人啊。田光说，你放心，我绝不会泄露。就去找到荆轲，把歌词大意给说了一下，最后跟荆轲说，太子的意思是不要让第三个人知道，知道的人越多，秘密泄露的可能性越大，所以，这件事情从今天以后，就只有你和太子两个人知道了。荆轲问一句：那你呢？田光说，我已经死了。说完，刎颈自杀了。

太有种了。

4

荆轲就去见太子丹，就把田光的事儿，如实跟太子汇报了。太子就哭，真哭。哭够了，就把自己的想法告诉荆轲，让荆轲想办法，目的只有一个，就是要把秦王嬴政干掉。这谈何容易，荆轲犹豫，太子丹就紧逼，说这事儿田光说过了，非你不可，你就答应了吧。况且田光为了这事儿都自杀了，你就是为了老朋友，也得答应啊。荆轲一看，太子那么情真意切地恳求自己，就先答应了吧。于是就拍了胸脯。于是太子就封他做了上卿，这是荆轲梦寐以求的事儿，想当年去见卫元君，不就是想当个地方上的作协副主席吗？现在，太子让他当了国务委员，并分管文教卫，这是光宗耀祖的事儿啊。荆轲大喜，还有更高兴的，“于是尊荆卿为上卿，舍上舍。太子日造门下，供太牢具，异物间进，车骑美女恣荆轲所欲，以顺适其意。”太子丹当天晚上就安排他住进了“天上人间”，献上珍奇异物、香车美女，二十四小时不间断服务，把个乡巴佬乐得，直呼当官真好，当官真好。

偶尔美女美酒，大家都会觉得很新鲜，但天天这样，铁打的身体也经不住折腾。好在荆轲体质不错，任是这样，半个月以后，荆轲走路，有时候也得扶着墙走了。太子丹在一旁暗暗着急，又不敢催，眼见秦将王翦已经攻破赵国的国都，俘虏了赵王，大军已经逼近燕国南部边界了，太子丹只好硬着头皮，去敲荆轲的房门。荆轲一手提裤子一手开门，一看是太子，直乐，说太感谢了，这地方我太喜欢了，以前怎么不知道这世上还有这么一个好所在。荆轲已经忘了太子是让他干吗来了，把个太子气得，但又不好明说，只能委婉地说：“秦兵旦暮渡易水，则虽欲长侍足下，岂可得哉。”求人办事，就得低下高傲的头颅。太子丹说，秦国的军队早晚之间就要渡过易水了，如果到那时，即使我想长久地侍候你，让你继续天天享受，但是办不到了啊。

荆轲突然惊醒，原来享受了半个月，是要我为他办事做代价的。一拍脑门，啊呀，这可怎么办才好？荆轲说，我倒是想去刺杀秦王，可他那里安保措施这么严，我根本都接近不了他，没法刺啊。荆轲就给太子丹出馊主意，说，那个樊於期不是还在这里吗，这是秦王悬赏黄金一千两、封邑万户来买他的脑袋的人，咱们不如把他杀了，我拎上他的脑袋，再带上咱们督亢的地图，秦王就会接见我了，那时我就能一剑刺死秦王了。太子丹听完直摇脑袋，说，这万万使不得，樊将军穷途末路了来投奔我，我怎能为了一己私心而杀害他呢？咱们再想想别的法子。

荆轲看太子丹心慈手软，不肯杀樊於期，小眼睛一眨，有了。他自己悄悄跑到樊於期的住处，跟樊於期说："秦之遇将军可谓深矣，父母宗族皆为戮没。今闻购将军首金千斤，邑万家，将奈何?"於期仰天叹息流涕曰："於期每念之，常痛于骨髓，顾计不知所出耳！"荆轲曰："今有一言可以解燕国之患，报将军之仇者，何如?"於期乃前曰："为之奈何?"荆轲曰："愿得将军之首以献秦王，秦王必喜而见臣，臣左手把其袖，右手揕其匈，然则将军之仇报而燕见陵之愧除矣。将军岂有意乎?"樊於期偏袒搤捥而进曰："此臣之日夜切齿腐心也，乃今得闻教！"遂自刭。

荆轲的意思就是我来借你的人头用一下，把它献给秦王，趁秦王见我的时候，我左手抓住他的袖子，右手拿着匕首直接刺入他的胸膛，也就是捅死他，这样，你的大仇也报了，燕国的警报也解除了，真所谓皆大欢喜也。荆轲凭借他的三寸不烂之舌，硬是把樊於期，活活给说自杀了，你说这多可恨啊。太子丹一看，事已至此，人死不能复生，也只能这样了，就把樊将军的人头用一个盒子装好，再把督亢的地图也一并卷上，准备让荆轲去秦国。

荆轲又说了，你得给我准备一把好兵器啊，越锋利越好。太子丹就说，早就给你准备好了，递给他一把匕首，告诉他，这是我从赵国人徐夫人家花了一百两黄金买来的，已经让工匠重新开了血槽，淬了剧毒，已经用人试验过了，只要见一丝丝血迹，对方没有不立即毙命的。

于是就准备出发。

临出发前荆轲又说了，再等两天吧，我约了一个朋友一起去，他还没到，等他到了就马上走。问他约了谁，荆轲支支吾吾地不说，只说是一个朋友。

这几天把个太子丹急得啊，生怕荆轲变卦，反悔不去了。就去催他，荆轲一看没办法了，实在没借口再推了，就说好吧，大丈夫一言既出驷马难追，明天就出发。太子丹说，既然你的朋友还没到，这样吧，我再派一个勇士做你的帮手，这个人叫作秦舞阳，十三岁开始杀人，到现在都没有人敢跟他对眼睛的。荆轲很勉强地点点头，说好吧，那就一起去。

第二天早上太子带着一批人给荆轲及秦舞阳送行。大家都穿白衣戴白帽，所有人心里都明白，这一去是回不来了，这是去送命的。到了易水边，高渐离击筑，屠夫和荆轲大声唱和，以前在马路边没白练，几个人声音高亢而凄惨，把送行的人都给唱哭了。这些人也边送边唱："风萧萧兮易水寒，壮士一去兮不复还！"场面显得悲壮，有一个送行的人唱得怒目圆睁，头发都竖起来，差点把帽子都给顶掉了。

到秦国后就托关系走后门，找到了秦王的宠臣蒙嘉给秦王递话，说燕国派使臣来给大王送大礼来了，是来归顺的，从此以后燕国要做秦国的臣子了。秦王听说燕国的使者带来了樊於期的人头和督亢的地图，大喜，穿上礼服，安排在咸阳宫接见燕国使者。荆轲就

捧着樊於期的人头走在前面,秦舞阳捧着地图走在后面。接下来迁哥是这么描述荆轲刺秦王的场面的:

至陛,秦舞阳色变振恐,群臣怪之。荆轲顾笑舞阳,前谢曰:“北蕃蛮夷之鄙人,未尝见天子,故振慴。愿大王少假借之,使得毕使于前。”秦王谓轲曰:“取舞阳所持地图。”轲既取图奏之,秦王发图,图穷而匕首见。因左手把秦王之袖,而右手持匕首揕之。未至身,秦王惊,自引而起,袖绝。拔剑,剑长,操其室。时惶急,剑坚,故不可立拔。荆轲逐秦王,秦王环柱而走。群臣皆愕,卒起不意,尽失其度。而秦法,群臣侍殿上者不得持尺寸之兵;诸郎中执兵皆陈殿下,非有诏召不得上。方急时,不及召下兵,以故荆轲乃逐秦王。而卒惶急,无以击轲,而以手共搏之。是时侍医夏无且以其所奉药囊提荆轲也。秦王方环柱走,卒惶急,不知所为,左右乃曰:“王负剑!”负剑,遂拔以击荆轲,断其左股。荆轲废,乃引其匕首以擿秦王,不中,中桐柱。秦王复击轲,轲被八创。轲自知事不就,倚柱而笑,箕踞以骂曰:“事所以不成者,以欲生劫之,必得约契以报太子也。”于是左右既前杀轲,秦王不怡者良久。

5

现在让我们再来仔细回顾一下当时的场景,迁哥说秦舞阳进了咸阳宫以后,脸色吓得突变,浑身筛糠一样发抖。前面说了,秦舞阳十三岁开始杀人，就算他当时才二十三岁，杀人的历史也有十年了，早就是杀人不眨眼的老杀手了。应该说，这秦舞阳是不可能在这节骨眼上掉链子的，况且他一直跟着太子丹，对皇帝以及皇宫这样的地方，并不陌生。这样的勇士，看得出来是深得太子丹的信任的，不然也不会派他跟荆轲一起来秦国，派他来秦国另一层意思还有监督荆轲的作用，这秦舞阳其实是太子丹的心腹大将。然后迁哥接着说荆轲回头对秦舞阳笑笑，对秦王解释说，这个乡下人生在蛮夷之地，没见过皇帝，希望你能原谅他。秦王就让荆轲把秦舞阳手上的地图呈上来。这也不对，因为这时候荆轲走在前面，手上捧着一个盒子，盒子里装着樊於期的首级，秦王应该先让荆轲把盒子打开，验明樊於期的正身才对，不可能让跟在荆轲身后的秦舞阳先递地图。

就算先递地图吧。荆轲递上地图，秦王慢慢展开，等图卷展到尽头，匕首露了出来，然后荆轲抓起那把匕首，左手抓住秦王的衣袖，右手持匕首刺了过去。

且慢，这里有几个大的疑问。首先，荆轲能自己直接走到秦王面前，把地图递过去吗？就算可以吧，这一递一接间，应该是秦王比较松懈的时候，因为他的注意力，全集中到地图上了，作为一个职业的刺客，荆轲完全可以在一递一接的刹那，抽出匕首，刺杀秦王，而不必等到秦王把地图展开后，匕首露出来了，再去夺过匕首行刺。这完全不合常理。还有，荆轲的左手居然能抓住秦王的衣袖，而右手，那只握着匕首的手，竟然连秦王的毫毛都没碰到，这可能吗？“因左手把秦王之袖，而右手持匕首揕之。未至身，秦王惊，自引而起，袖绝。”作为一个职业杀手，已经抓住对方的衣袖了，应该说，就跑不掉了，况且，你的右手还拿着一把淬了剧毒的匕首，第一下不一定要求你就能置对方于死地，哪怕在他的身体上的任何部位划出一个小口子，就算成功了。因为太子丹早就用人体试验过了，这是一把见血封喉的剧毒匕首，只要见一丝丝血丝，对方就能毙命。可我们的杀手荆轲，左手已经抓住秦王的衣袖了，右手却无法刺中秦王的哪怕一根毫毛。居然让秦王把袖子撕掉，跑了。

自从剑作为兵器出现以后，就有了剑术。战国以前的剑局限于青铜器作为原料，所以多为短剑，也就是匕首。我们来看看汉代刘向对前人剑术理论的总结：“鲁公石剑，迫则能应，感则能剑；炫目无穷，变无形象；复柔委从，如影如响。”（《说苑》卷十五）这二十八个字极为精辟，首次提出了“感应”的概念，也就是你快，我比你更快，只要你一动，我已动在你前头了，也就是不经思维，只要感觉到对方出剑，就可以进行本能的反击，这就是“迫则能应，感则能剑”。“炫目无穷”就是让对手眼花缭乱，说的也是一个“快”字，“如影如响”说的是像影子一样粘住你，像声音一样无孔不入，让敌人防不胜防。这样的境界，荆轲只要做到一点点，局面都不会这么滑稽和可笑。可见，年轻时不好好读书，不好好习武，最后就会感慨“书到用时方恨少”了。

看不懂的还在后面。秦王“拔剑，剑长，操其室。时惶急，剑坚，故不可立拔。荆轲逐秦王，秦王环柱而走”。简直就像儿戏般的过程，秦王一生征战，宝剑二十四小时不离左右，可谓武艺高强，于万军之中取敌人上将首级如探囊取物，偏偏面对一个小小的刺客，吓得连剑都拔不出来了，这不是玩笑吗？还说什么两人围着一根柱子转圈，玩着老鹰捉小鸡的游戏。小时候我们都玩过这个游戏，我追你或者你追我，围着一根柱子，其实只要追人的那个人，追上一圈以后，突然往回反方向一停，另一个人自己就撞了上来。游戏的规则是一个人被另一个碰到了身体，那个人就算输了。总是用不了两三圈游戏就结束，就换另一个人来追。两人玩了那么半天的老鹰捉小鸡，荆轲拿着匕首，愣是没碰到秦王的身体，所以游戏还没结束，所以秦王还得笨下去。“秦王方环柱走，卒惶急，不知所为，左右乃曰：‘王负剑！’负剑，遂拔以击荆轲，断其左股。荆轲废，乃引其匕首以擿秦王，不中，中桐柱。秦王复击轲，轲被八创。”就是说秦王光知道绕着柱子跑圈了，脑子一片空白，不知如何对付这样的游戏局面，也许，秦王还回忆起了儿时跟太子丹玩捉迷藏的游戏也难说呢？这样的白痴日后居然能一统中国？这个玩笑迁哥也开得太大了，有点过分。秦王要等到观众里有人提醒，说是把剑推到背后，才容易拔出来，他试了试，果然拔出来了。这时局面就改变了，一剑在手，手起剑落，荆轲的左腿就被砍断了。荆轲跑不动了，只好向秦王掷出匕首。其实这抛掷也是基本功，发展到后来就是飞镖，是一门很了不得的功夫，看来荆轲平时连这门基本功也没怎么练，匕首击中了刚才玩游戏的柱子。我们来看看别人是怎么飞剑杀人的，《前汉书·司马相如》记：“司马相如字长卿，蜀郡成都人，少时好读书，学击剑。”唐颜师古注：“击剑者以剑遥击而中，非斩刺也。”这里的“击剑”

就是指飞剑杀人。东晋王嘉撰《拾遗记》卷七，记有王彰“善左右射，学击剑，百步中髭发”，说王彰学击剑，能百步之外掷剑击中对方的胡子和头发。咱们就不要求荆轲击中秦王的胡子和头发了，秦王那么大的一副躯体，随便击中哪里都行，可是没有，荆轲把剑扔柱子上了。秦王这下好像又恢复了正常，嘁哩喀喳，把荆轲大卸八块。这荆轲临死前还嘴硬，还大言不惭地说“事所以不成者，以欲生劫之，必得约契以报太子也”。多可笑的一副嘴脸，说我之所以没弄死你，是想活捉你，并不是我功夫不行。

迁哥的语言功夫甚是了得，不愧是汉朝最伟大的散文家，没有之一。读他的文章，可以感受到剑拔弩张，惊心动魄，他的白描、铺陈、渲染等笔法运用自如，他对那些复杂的历史事件、宏大的场面、错综复杂的人物关系甚至一些细微的生活琐事，都处理得得心应手，他有很强的驾驭材料的能力。但所谓言多必失，智者千虑也有一失一样，他的这篇“荆轲刺秦王”，却有着致命的失误。这样的失误主要是在刺秦王的场景的描写上。我前面已经提到了，这个故事他是听公孙秀功讲的，并不是亲历。故事可以虚构，但不能出格，要能自圆其说，不能破绽百出。迁哥在这篇文章里，连前后呼应这个最基本的东西，都没有做好。前面的几段文字一直在为荆轲做着铺垫，写他如何如何，按理说应该说好话，但大家也看到了，迁哥文章里说的，其实都是反话。说他与盖聂论剑，没有理论基础，乱侃一通，被盖聂瞪了一眼，无趣地走了。又与鲁句践谈论剑术，被鲁句践劈头盖脸一顿臭骂，为什么？说得不靠谱呗，回家以后还把人鲁大师的通讯录给删了。最让人瞧不上的是为了去见秦王，悄悄地去向樊於期借脑袋，弄得樊将军生不如死，只好自杀了以便奉上头颅。这简直就是卑鄙奸诈无德之小人，哪像一个堂堂正正的大老爷儿们干的？然后还在“天上人间”醉生梦死，这都不多说了，临死之人我们允许他有最后的享受。拿到匕首之后还迟迟不肯出发，忸忸怩怩，犹犹豫豫，只有在易水边告别时才表现得像个爷儿们。再看他临死前的嘴硬，对秦王说“事所以不成者，以欲生劫之”。多么地言不由衷，多么地猥琐。

6

通过以上迁哥告诉我们的种种事例和事实，我们是否可以得出这么一个结论：这荆轲就是一不学无术之人，武功平平、好吹牛、自以为是、无德，说穿了就是一江湖骗子，小混混而已。

我知道，迁哥的本意并不是这样的，他是想塑造出一个高大全的刺客形象，以供后人瞻仰。为后人树立一个“士为知己者死”的典范。我们的迁哥为了衬托荆轲的高大全，甚至不惜抹黑秦舞阳，说秦舞阳见了秦王，吓得直哆嗦，“色变振恐。”可事实情况是怎样的呢？根据前文的描写，结合荆轲平时的为人及人品，再跟秦舞阳十三岁开始杀人这么一对比，我们可以推断出当时的真实场景：秦王在咸阳宫接见荆轲和秦舞阳，荆轲手捧装着樊於期首级的盒子走在前面，秦舞阳手捧地图走在后面，当荆轲一抬头，看见威武的秦王站在面前，正注视着自己，文武群臣分列两旁，一个个器宇轩昂，眼神里暗含着蔑视与杀气。荆轲哪见过这阵势啊，他这辈子见过的最大的官就是太子，于是目光便不停地游移和躲闪，根本不敢正视秦王，心怦怦乱跳，双腿忍不住开始发抖。秦王是何等人物，马上就觉察到有异，大声喝问：你们到底是什么人？要干什么？荆轲抖得更厉害了，脸涨得通红，一句话都说不出来。秦舞阳一看意图已经暴露，只好选择自己动手，而这本来是第二预案。他从地图里抽出匕首，三步并作两步，超过荆轲，赶往秦王身前，准备刺杀秦王。还没等他接近，秦王手起剑落，秦舞阳的人头已经落地，众人再把荆轲团团围住，一顿乱剁，顿时成为肉泥，前后也就几分钟的工夫，哪有迁哥描述的那么精彩。要真如他写的那样的话，这哪还像一统中国的秦王啊。

事实至此已十分清晰，迁哥，荆轲没有刺秦王。他没那个能耐和能力。当鲁句践听到荆轲的死讯时，只说了一句话："他这人剑术不行，我跟他讨论过，其他的我就不了解了。"

后来的事儿大家也都知道了，太子丹被杀，秦王统一了天下，最让人伤感的是，高渐离也因为是荆轲的朋友，想着要为荆轲报仇，在一次为秦王击筑时，想用筑砸死秦王不成，也被秦王顺手给杀了。

呜呼，因为这个江湖混混荆轲，直接间接地，为他死了多少人啊。田光、樊於期、秦舞阳、高渐离，还有太子丹，还有丹用来试匕首的几个冤死鬼。关键是太子丹用人失当，不仅自己丢了性命，最后弄得连国家也保不住，被人吞并了，实在是可叹可惜，这样的错误，历史是不会给你改正的机会的。

太子丹用人失察的教训，不可谓不重。迁哥忽悠人的本事，也是蛮大的。你看他写得一泻千里，慷慨激昂，纵横变化，酣畅淋漓，跌宕起伏，这没有一个好身体，是不可能完成的。我为什么推断出他这篇文章是受腐刑之前写的呢？因为文字里，还有血性，有义薄云天，有血液奔腾之声，甚至有些地方，语言还显得轻佻，关键是，还有理想。在他受腐刑之后的文章，我们则能读到忍辱含垢、品格高尚、恻隐之心以及深广醇厚等品质，有许多的悲剧人物都能跟他自身的经历结合起来，让人读罢，对于主人公及作者本人，都心生敬佩，感慨世道的不公及无奈。

好了，挑迁哥毛病的机会并不多，况且，指出迁哥虚构的情节的失败，丝毫也不会影响他的伟大。

最后说一句，迁哥之所以对荆轲刺秦王的细节把握不好，关键在于他本身不会武术，不懂剑法，他是一个纯粹的文人。而文人在历史上，总是扮演莫名其妙的受害者的角色，但是有时候，文人也害人，也坏，蔫坏。

祭关伟

1

1988年6月，我终于在昆明安定了下来。我在莲花池的居安巷租了一间十多平方米的房子。莲花池位于昆明的北郊，紧邻云南师范大学、云南大学以及云南民族学院，是几所高校包围起来的城中村。这里一天到晚喧闹不已，学生们的激情好像永远也发泄不完。选择在莲花池租房子，一是图便宜，二是这里聚集了许多像我这样无所事事的文艺青年，整日里高谈阔论、留长发、蓄胡子、喝酒、打架、唱歌、读书、写作。有个叫老飘的，情商特别高，他有时能跟整个宿舍的女生轮流谈恋爱，有时能跟上下床同时谈，甚至还可以跟三个学校的女生在同一天的不同时段谈，一个都不会耽误。但也有老实的，比如关伟，你在街上碰到他，一问："昨晚酒桌上没看见你，干吗去了？"他会说："在写世界名著呢。"

好多人都躲在莲花池写世界名著。这里是愤青和文青的天然温床，对那些有野心的、愤世嫉俗的小青年，有着巨大的磁场和吸引力。

平日里在一起喝酒的，除了关伟，还有五六个人，那时大家都单身，关伟他们几个还是在校的大学生。一拨二十岁左右的年轻人，每每以“竹林七贤”自居，每当喝酒，大家都把刘伶当成假想敌，或者认为自己就是刘伶。那个狂啊，动不动就要找人拼酒，谁先喝吐了谁掏钱请客。现在想来真是好笑，谁喝得过刘伶啊，如果刘伶还活着，倒是有一句流行的广告词，挺适合他的：“天天被模仿，从未被超越。”

嵇康当然也有不少人喜欢，但那小子做的事情太绝了，叫人没法模仿。你想想，如果真有一天，你犯事了，要枪毙你，你还能在刑场上弹琴吗？说不定早就尿裤子了。想象一下，一个裤裆里屎尿横流的家伙，被两个武警架着，嘴上还能说：“给我一把琴，我要弹个《广陵散》。”我们这个社会，还有吗？

也有人学阮籍翻白眼的，见了可憎之人，或者自己不屑之士，眼皮子往上一抬，露出三分之二的眼白来，翻得好的话，眼白能全露出来，表示对对方的蔑视，我就碰见过几次对我翻白眼的。也有翻不好的，眼皮子一抬，眼白没翻出来，嘴巴却跟着张开了，口水滴滴答答流到了衣襟上。

但大家都是一副名士样，想着自己身上有着“魏晋风度”，脑袋便忍不住往上扬，莲花池好多脑袋都往上扬，那些年，仰头望星空，是莲花池的一景。这样的场景，转眼已二十多年了，我再也没回过莲花池，直到我这两天翻酒柜，找到了几瓶“刘伶醉”，才猛然想起，我的青春岁月，过得居然并不平淡。

我的酒柜好长时间没打开了，这两天有点馋，就想着找一瓶有点意思的酒，来安慰一下肚子里的那几只酒虫。从莲花池喝到了北京，二十多年了，胃居然没喝坏，这不能不说是一个奇迹。酒柜里酒瓶子横七竖八，用手一摸，一巴掌的灰。灰原来是灰色的，怪不得叫“灰尘”，原来，我一直以为，那些脏东西都是黑色的。互相拥挤着的酒瓶子互相之间并不说话，安静地躺着，也许是各自的方言不同，无法交流吧。

小心地扒开挡在眼前的一堆瓶子，在稍里面一层，露出了整整齐齐的一排金黄色酒标的酒瓶子，每一个酒瓶都拿塑料纸包好的，手一碰，塑料纸便哗哗地脱落、粉碎了。仔细看，酒标原来是红色的，只是年头久了，慢慢发黄了。这是“刘伶醉”，是我十年前，去徐水时买回来的。记得当时是在一个街边的小饭馆里，我要了两个驴肉火烧，一盘冷片，一个人，正琢磨着是否要喝点什么时，老板过来推荐，说自己这里藏了一些半斤装的好酒，要不要尝尝？我问，什么好酒？答曰：“刘伶醉。”老板说这酒厂里早就不生产了，自己早年在酒厂上班，退职时留了几箱，估计当年这酒不会超过三块钱一瓶，老板却要我三十五一瓶。就冲着“刘伶醉”这酒名，且不管它贵贱，也得来一瓶尝尝。便要了一瓶，口感嘛，说实话，一般，但也没有差到不能下咽的地步。河北似乎并没有多少好酒，除了能当酒精用的衡水老白干。当时是被“刘伶醉”三个字吸引了，喝完以后，想着带几瓶回去，好在几个朋友面前显摆显摆，便问老板，能不能给我几瓶带回去。老板说，他这儿也不多了，总共不到两箱。我心中一嘀咕，干脆全买了算了，跟老板磨了半天嘴皮子，最后以每瓶二十五元的价格，把他的藏酒，全给扛回北京了。

2

刘伶的老家在安徽的宿县，和嵇康是老乡。后来和嵇康一起，在“河内山阳县”，即今天的河南焦作云台山一带与阮籍、山涛、向秀、王戎以及阮籍的侄子阮咸，经常聚集在竹林下，肆意酣畅，狂喝滥饮。似乎跟河北的徐水沾不上边，后来一查野史，说是刘伶有一个酒友，叫张华，住在河北的徐水，刘伶经常不远千里，驾个驴车便来徐水找他喝酒，一喝就醉，醉了就睡，往往十天半月起不来。这野史也许是真的，刘伶这厮，有什么事是他做不出来的呢？出门喝酒，带一个仆人，在驴车上插一把铁锹，对仆人说：“死便埋我。”这是刘伶的口头禅，亦是一个人看透世相以后的坦然，面对俗世和死亡，君子坦荡荡。有一次从徐水大醉后回来，身体虚弱，躺在床上起不来，可还想着喝酒，就求他的老婆给他拿一碗酒来，他的老婆气得要砸家里的酒缸和酒碗，哭着劝他：“君饮太过，非摄生之道，必宜断之。”刘伶回答得挺好：“甚善，我不能自禁，唯当祝鬼神自誓断之耳！便可具酒肉。”他老婆按他说的，准备好酒肉，放在案子上，请他在鬼神前发誓。刘伶跪在案子前，发誓说：“天生刘伶，以酒为名，一饮一斛，五斗解酲。妇人之言，慎不可听！”发完誓，起来就端起案子上的酒，咕咚咕咚，几大口就又给喝光了，宿醉未醒，又添新酒，结果可想而知。刘伶这一辈子，除了喝酒，能流传下来的文章，也只是一篇《酒德颂》。文章大意是说，不喝酒的人，哪知喝酒的乐趣。相当于“子非鱼，安知鱼之乐”，往崇高了琢磨，又约等于“燕雀安知鸿鹄之志哉”的口气。刘伶当年在徐水喝的酒，就是我买回来的这个。后来徐水有聪明人，就把这个酒，叫了“刘伶醉”。一个雅俗共赏、却又绝对吸引酒鬼的名字，最起码，把我的钱给挣了。

自己便打开一瓶“刘伶醉”，其实只剩半瓶了，这酒从出厂到现在，少说也有三十年了吧。那些年密封技术不行，酒气早跑得差不多了，剩下的，都是水了，一喝，水味儿确实是挺重的。但咱喝的是“刘伶”，又不是酒，所以，水味儿大点也无所谓，就当是加了冰块。

经常在竹林玩的那七个人中，有酒名的，不光是刘伶，阮籍阮咸叔侄俩，喝起酒来的架势，并不比刘伶逊色。阮籍的父亲阮瑀，是著名的“建安七子”之一。按现在的说法，阮籍是个典型的文二代，文章写得也确实不错。钟嵘的《诗品》把阮籍放在了“上品”，说：“其源出于《小雅》。无雕虫之巧，而《咏怀》之作，可以陶性灵，发幽思。言在耳目之内，情寄八荒之表。洋洋乎会于《风》《雅》，使人忘其鄙近，自致远大。”竹林七贤中，只有阮籍一人进入了《诗品》的“上品”，而嵇康，则进入了“中品”。想起以前在莲花池一起写东西的朋友，写诗的还真是不少，现在，海男算是比较出名的一个，如果把她放在钟嵘的《诗品》里，不知能排在哪个位置？

阮籍被后人称为阮步兵，这是因为阮籍在司马集团里当官时，听说步兵营里的厨师酒酿得特别好，并且有三百多斤好酒储存着，便主动要求去那个步兵营里当一名校尉，这才有了后来的“阮步兵”这一称谓。阮籍志气豪放，任性不羁，不但好酒，还好色，其实这也是历朝文人的通病。阮籍邻居的老婆很漂亮，邻居开了个酒馆，老婆当垆卖酒，阮籍三天两头去邻居家，找他的老婆买酒喝，喝醉了，就在那个女人的脚边呼呼大睡。有时是真醉，有时是装醉。这让我想起了当年在莲花池住在我楼上的姚霏，姚霏是云南师大的老师，年纪比学生大不了多少，也是酒色之徒。学校给分的单身宿舍不爱住，非要自己在莲花池租个房子，把自己与一拨类似盲流的人混为一谈。姚霏当时已在《人民文学》等刊物发表小说了，是二十世纪八十年代先锋派小说的代表人物之一，颇受文学青年，尤其是文学女青年的崇拜。当时他有一个学生叫周晓辉，毕业后就在莲花池开了个小饭馆，姚霏经常在那个小饭馆里一坐就是一整天，本来以为他是为自己的学生帮忙、造势，后来慢慢看出了点苗头，原来，他喜欢上了周晓辉的女朋友，他坐下来就跟学生的女朋友要酒喝，喝醉了，就在那女孩儿的脚边呼呼大睡，有时是真醉，有时是装醉。后来为了这个女孩儿，师生俩还打了一架，因为姚霏个子小，最终不是周晓辉的对手，最后学生拎起他的衣领子，往厨房方向一甩，“咣当”一声，姚霏被甩到了一个电饭煲上面，疼得龇牙咧嘴，最后只好认输，说：“小杂种，不打了，老子还当过你的老师呢。”两人于是和好，接着喝酒，反正饭馆里不缺酒。那一晚两人都醉了，就在酒桌上趴着睡，第二天醒来，像什么事都没发生过一样，有说有笑，只是后来，再也没见过那个女孩儿，弄得我心里还有点惦念。除了酒色，阮籍还善于弹琴，这一点使他和嵇康特别谈得来。嵇康精通音律，是魏晋时著名的音乐家。因娶了曹操的孙女，也就是曹林的女儿长乐亭主做老婆，他就成了曹魏宗室的女婿。嵇康被授予七品闲职中散大夫，史称“嵇中散”。这个中散大夫，既不参政，也不议政，在现在就属于那些吃空饷的公务员。嵇康有那么两三件事儿，在历史上留下了盛名。首先是他在临刑前，索琴弹了一曲《广陵散》。我心里琢磨，一个死刑犯，肯定是被五花大绑地绑在刑场上，怎么还可能腾出手来弹琴呢？也许，那时候，所谓的名士，在刑场上，能跟其他死刑犯的区别，就是不用捆绑吧，这也算是个特别的待遇吧，要不，这辈子，连名士这个虚名也白担当了。连命都不留恋的人，还在乎音乐吗？还在乎弹琴这样的仪式吗？可能这就是所谓的魏晋风度。那个时代的人，活得率性，按照自己的意愿来安排生活，按照自己对于音乐的理解来热爱音乐，自有一种哲学在里面。具有如此超脱的生命哲学的死刑犯，我们这个社会还有吗？

我自问，却无法自答。几十年前也有在刑场上，被枪毙前，唱几句国际歌什么的，或者喊几句口号给自己壮壮胆子，那是心中仍然有着信仰。这唱歌或者喊口号，源头应该是在嵇康这儿。

那时候，还有“风骨”一词，现在，我们的社会，只剩下“风流”了，“数风流人物，还看今朝。”“风流”是什么？身边不缺女人的代名词而已。而介于中间的“风度”一词，也日渐远去，“风骨”和“风度”，都是虚词，只有“风流”，是实词，我们看得见，摸得着。有钱了就有了风流。而没钱，也不见得就有了风骨和风度，但是没钱了，肯定风流不起来了。

一个堂堂的曹魏宗室的女婿，怎么被人说杀就给杀了呢？嵇康做的第二件让后人记得住的事儿，给他自己最后的命运，埋下了隐患。他给自己的好朋友山涛，写了一封绝交信，即著名的《与山巨源绝交书》，巨源是山涛的字。他干吗要写这个绝交书呢？之前，最起码表面上看起来，两人的关系非常好。

山涛是这一拨人里面，年纪最大的，性格也最为沉稳，有着兄长般的敦厚和胸怀。他是司马懿的表亲，司马懿的老婆张春华，母亲姓山，是山涛的姑奶奶，这么一论，山涛和司马懿的儿子司马师、司马昭兄弟俩是表兄弟，所以他一直在司马氏的集团里做官。山涛生活节俭，为人清廉，别人三妻四妾，他连个小老婆都没有，平日里拿的工资，经常接济穷人和乡里。当山涛从吏部侍郎高升为散骑常侍时，就向司马氏推荐嵇康接替自己原来的位置。嵇康听说后火爆脾气马上就上来了，他觉得这是对他的污辱，让他给司马氏卖命，这还不如先要了他的命。要知道，曹魏和司马可是死对头。这时候，大将军曹爽和司马懿父子的斗争正是最激烈的时候。曹叡临终前，分别召见了司马懿和曹爽，让他们俩辅佐幼主曹芳，其实是让他们互相牵制。曹叡以后的魏室，其实是曹氏和司马氏互相争权夺利的过程。最后当然是以司马懿、司马师和司马昭兄弟俩以及司马昭的儿子司马炎三代人的最终胜利而宣告这场争斗的结束。但这个过程，却是竹林七贤无法置身事外的，七个人，只有嵇康做过曹魏的小官，其他六人，都任过司马集团的官职。所以嵇康的这篇《与山巨源绝交书》，语言激烈、任性，把话说得很绝，公开表明了自己不与司马氏集团合作的态度。骂山涛其实是在骂司马集团，这么公开地骂司马集团，等于是自己找死。现在一想，嵇康当年也就是一愤青，谁惹恼了他，先骂一通解解气再说。他写这封信时 38 岁，正是年壮气盛之时，而山涛已经五十七岁了，也许，他早已习惯了嵇康的嬉笑怒骂，内心里，一直把嵇康当成小兄弟爱护着。

如果仅仅是这么一封信，司马昭也许还没有足够的理由杀他。竹林七贤的“七”，我个人觉得是后人为了图个顺口，而强行命名的。当时这一拨在一起玩的人，至少还有嵇康的哥哥嵇喜，嵇喜是个非常有才华的人，《晋书·嵇康传》里，说他的哥哥嵇喜“有当世才”，另外还有吕巽、吕安两兄弟，其实吕安比起王戎来，更应该进入七贤之列，王戎是七贤中，最外围的人。“向秀与嵇康、吕安为友，趣舍不同，嵇康傲世不羁，吕安放逸迈俗，而向秀雅好读书。”（《世说新语》注引）“嵇康与吕安善，每一相思，千里命驾。”（《世说新语》）成语“千里命驾”，就典出这里。由此看来，嵇康与吕安的关系更铁，更紧密。嵇康最后的送命，也是由吕氏兄弟引起的。

吕安的老婆姓徐，长得丰满又漂亮，他的哥哥吕巽一直对弟媳妇心怀不轨，终于有一天，趁弟弟出门，叫一妇人把兄弟媳妇灌醉，自己把她给强奸了，徐氏羞愤不已，最后上吊自杀。这吕巽骨子里就是个小人，事发后，吕安要去官府告发哥哥，吕巽就去求嵇康，让他去弟弟那里给自己求求情，把事情摁下来。这件事情一是通过嵇康的说劝，二是本着家丑不外扬的心态，吕安也就没有再追究了。可是吕巽一直心虚，竟恶人先告状，去官府，状告吕安不孝，并编造、罗列了不少罪状，让他的弟弟进了监狱。在当时，司马氏实行的是“以孝治天下”，不孝之罪是重罪。嵇康听说此事后，觉得事情是因为自己从中调和不当引起的，让吕巽钻了空子，心里很是内疚，觉得对不起吕安。于是就与吕巽绝交，写了他的第二封绝交信，就是《与吕长悌绝交书》，长悌是吕巽的字。那封信写得平和、沉静，像和朋友谈心一样，信中说，我对不起你弟弟，全是因为首先你对不起我，你暗中诬告你弟弟，让他无辜进了监狱。“复何言哉！若此，无心复与足下交矣。古之君子绝交不出丑言，从此别矣！临书恨恨，嵇康白。”与他的两年前的那封《与山巨源绝交书》一比，像是两个人写的。后来嵇康作为吕安的辩护人，去为吕安辩白作证，这时，一直想结交竹林七贤、却被嵇康蔑视和嘲笑过的钟会趁机向司马昭进谗言，这个钟会就是中国历史上品质最恶劣的那类文人加政府密探，凡是得罪过他的人，或者他看不顺眼的人，他都要想尽办法予以谋害。这样的人每个时代都有，现在我们周围也有。钟会想起当年去拜访嵇康时嵇康的样子，气就不打一处来，他在嵇康旁边站老半天，嵇康都没搭理他，自顾打铁，可等他转身要走的时候，嵇康却不咸不淡地来了一句：“何所闻而来？何所闻而去？”钟会心中那个气啊，可他毕竟也非等闲之辈，回了句：“闻所闻而来，见所见而去。”从此以后，两人结下了梁子，钟会一直在等机会，其实司马昭也在等机会。这时机会终于来了，吕安的案件既然牵扯到嵇康，司马昭当然很是关心。他为此专门召开了一个案前动员会，商讨如何定嵇康的罪。钟会当时在司马政府里任司隶校尉，是个管干部的要职，他深知司马昭的心思，率先发言：“吕安犯了重罪，嵇康却替他辩护，理应与吕安同罪。”当时吕安已被流放，这么说嵇康也应该被流放。可司马昭却不动声色，他在等着看看，还有没有其他说法。事实上，如果嵇康真被流放，已是天大的冤枉。钟会最会察言观色，他内心已知司马昭想要什么样的结果，便又接着话锋一转：“今皇道开明，四海风靡，边鄙无诡随之民，街巷无异口之议。而康上不臣天子，下不事王侯，轻时傲世,不为物用,无益于今,有败于俗。”他罗列了嵇康的“不臣天子”“不事王侯”“轻时傲世”“不为物用”“无益于今”“有败于俗”等罪名后,语调一扬,义正词严地说:“昔太公诛华士,孔子戮少正卯,以其负才乱群惑众也。今不诛康,无以清洁王道。”司马昭等的就是这句话,现在机会来了,他毫不犹豫地做了自己觉得该做的那件事情。这个事最后最冤枉的倒是吕安了,事情本已结案,自己也已在服刑,可司马昭和钟会要杀嵇康,他又被押了回来,稀里糊涂地,成了嵇康的陪死鬼。

3

我在莲花池住着的时候,认识了一个从四川来的朋友,叫刘长青,他比我大个三四岁,喜欢写小说,但跟莲花池那拨写小说的人一比,长青总觉得自己写得不够好。因为当时,莲花池的那批年轻的作家们,好多都已经在全国各地的刊物上发表作品了。他有点自卑,慢慢地就对写东西失去了兴趣,就开始做点小生意,摆个小摊,卖点袜子短裤什么的,袜子五块钱三双,短裤五块钱两条。我没短裤穿时,他就送我两条,他说,有点脏,你洗洗穿吧。原来是摆在地上,被人挑来挑去,弄脏了,我便洗一洗穿。有短裤穿总比短裤都穿不起强吧。刘长青的女朋友也挺贤惠的,典型的四川女孩儿,圆脸蛋,一笑,露出两排雪白的牙齿,撩人忍不住想跟她多说两句话。那时候我没有女朋友,晚上骚动不安的时候,想象着他们两口子在干什么，自己就激动无比。后来刘长青的表弟也来了，在长青的隔壁租了个房子，表弟喜欢写诗，崇拜徐志摩和泰戈尔，一说话，就显得慷慨激昂。这个一脸青春痘、逢人便笑、善于结交朋友的小伙子，整天里想着要做大生意，看不上表哥摆个小摊，小打小闹。表弟来了不到半年，就听说刘长青跳莲花池了，好在当时池边有人，被及时打捞了上来。后来我问他，你小子怎么了，是掉下去的？还是自己跳下去的？长青有点羞涩，说别提了，太他妈丢人了。原来，他女朋友被表弟拐跑了。女朋友禁不住表弟的花言巧语，也梦想着挣大钱，渐渐地看不上长青的小打小闹了，经常问他："你什么时候才能挣到大钱啊？"弄得长青常常无言以对。渐渐地女孩儿在表弟的房子里待的时间比在自己的房子里还长。兄弟俩为此吵架的时候，女孩坚定地站在了表弟一边，长青再想说什么，表弟便拔刀相向，有一天晚上，长青的女朋友终于搬到了表弟的房间。"莲花池真臭！"长青说。他是有资格给莲花池下评语的，因为他喝过池里的脏水。莲花池是个死坛子，整个村子里的脏水都往这里排，其实就是一个大粪坑。喝过粪坑里的水以后，长青就变得更加沉默寡言了，没多久，就去了广东，说是要去搞走私，挣大钱，此后我就失去了他的音信。看来兄弟俩为个女人杀得人仰马翻的事儿，哪个朝代都有，吕安掉了脑袋，长青去了广东，但愿他是挣到大钱了的，而且，他的脑袋，还长在他的脖子上。

我们总觉得嵇康疾恶如仇，放浪形骸，打铁弹琴，日子过得是肆意潇洒。他的内心世界，到底是怎样的呢？他真的就是一愤青吗？他的两封绝交信，只能说明他表面上的处世态度。山涛对他有这么个评价:“嵇叔夜之为人也,岩岩若孤松之独立;其醉也,巍峨若玉山之将崩。”山涛最了解他的这位小兄弟,其实,嵇康最信任的朋友,也是山涛。那封《与山巨源绝交书》,只是一个对司马氏的不满的牢骚,山涛心里也明白,他和嵇康表面上分属两个不同的、甚至是完全对立的政治集团,但两颗心,是相通的。两年后当嵇康在刑场弹完琴以后,交代后事时,他既没有把自己的儿子嵇绍托付给哥哥嵇喜,也没有托付给阮籍和向秀,而是托付给了山涛,他对儿子说:“巨源在,汝不孤矣。”表面上要和山涛绝交的嵇康心里门儿清,朋友当中,谁最可托孤。

当然山涛也并没有负朋友之托。嵇绍成年以后,由于山涛的举荐,他在司马政府里官至侍中郎。嵇绍在文学上,也取得了不俗的成绩,是西晋有名的诗人。在钟嵘的《诗品》里,嵇绍的老爸在“中品”,而嵇绍,在“下品”。永兴初,八王之乱时,嵇绍跟从晋惠帝司马衷,在荡阴那一场战斗中,眼看晋惠帝要被敌人的箭雨射中,嵇绍飞身扑在惠帝身上挡箭,最后被乱箭射死。他的血当场溅满了司马衷的衣服。事后,有人想把这件血衣洗一下,司马衷伤感地说:“勿浣,此嵇侍中血。”历史就是一个玩笑接一个玩笑。嵇康因不合作,被司马集团所杀,嵇绍因太合作,主动飞身求死,父子俩都因司马集团而死,死法不一样,但都死得轰轰烈烈,死而无憾。嵇绍是精忠报国,死得其所,死后赢得了忠义的美名。不知嵇康如果地下有知,会对他儿子的“忠义”之名,作何感想?我个人最喜欢的嵇康的句子,是在他写给儿子的那篇《家诫》的最后一段。《家诫》就是一篇教育儿子如何立志为人的,跟所有的父亲一样,嵇康也希望自己的儿子怀有大志，文中谆谆教导，充满了苦心。写完以后，最后又想起一件事儿来，这最见嵇康本性：“又慎：不须离搂强劝人酒，不饮自己，若人来劝己，辄当为持之，勿稍逆也。见醉醺醺便止，慎不当至困醉，不能自裁也。”意思就是你长大后不要强行劝人喝酒，看到别人喝得醉醺醺了，就不能再让他喝了，而自己也千万不要喝得大醉，免得失去了自制力。写《家诫》时嵇绍还不到十岁，还不会喝酒。他的这几句“又慎”，相当于一封信写完后，突然又想起一件事情来，又补了几句，这几句看似闲笔，却往往就是一个人的真情流露。当年这些号称竹林七贤的人，给后世留下的，第一就是酒名。他们几个喝的酒加起来，比任何一个文学社团都要多，在此之前或之后，没有任何一个人、一个团体，能在酒名上超过他们。如果失去了酒名，那么，在我看来，至少刘伶、王戎、阮咸等，要逊色得多，甚至，都入不了七贤之列。见惯了酒桌上出生入死的嵇康，为什么劝他儿子长大后要少喝酒，别像他们那一辈一样呢？

其实人都是一样的，都不能免俗，都想着上进，想着过正常人的生活。什么装疯卖傻、恃才傲物、狂放不羁，都是一种表面上的样子，是“佯狂”。名士也不是那么好装的，一旦把握不好，稍有差错，就成了装逼，不伦不类，装虎不成反类犬，最可怕的是，会因此掉脑袋。不但嵇康希望自己的儿子过正常人的生活，别走他的老路，就是阮籍，也是希望自己的儿子别学自己，好好读书，以后谋个一官半职。阮籍的侄子阮咸，喝酒不用杯，通常是用大缸，有时喝完一口，把缸放地上歇会儿时，有猪过来喝，他便与猪共饮一缸酒。除了瞎喝酒，阮咸的音乐才华也极为出众，尤其是他弹得一手好琵琶。他自己制作乐器，在他死后，有人发掘了他的坟墓，发现他自制的琵琶与西域龟兹传来的曲项长颈琵琶，也就是我们现在看到的琵琶不同，他做的琵琶是直项的，便把他做的琵琶命名为“阮咸”。阮籍的儿子阮浑见父亲和堂兄都过得如此潇洒不羁，也想去竹林里加入他们的行列。阮籍却不许：“仲容(阮咸)已加入我们了，这是没办法的事。而你，不能这样做了，你应该去读书。”不仅嵇康和阮籍，七贤中人，教育自己的孩子，都是非常成功的，没有一个混不吝。“林下诸贤，各有俊才子：籍子浑，器量弘旷；康子绍，清远雅正；涛子简，疏通高素；咸子瞻，虚夷有远志；瞻弟孚，爽朗多所遗；秀子纯、悌，并令淑有清流；戎子万子，有大成之风，苗而不秀；唯伶子无闻。凡此诸子，唯瞻为冠，绍、简亦见重当时。”(《世说新语》)可见，这些人的内心，还是向往过一种世俗的生活，当那什么劳什子名士，只是权宜之计。一旦社会允许，他们便会步入正轨，骨子里，还是想着儒家的功名。但如果真的投身到追求功名的热闹中去，便要依附权贵，自己的命运要与复杂的政治背景交织在一起，这又是他们不愿意的，是亲近权贵，还是远离政治，对七贤来说，是个艰难的选择。煎熬中在他们身上便有了各种怪诞的事情发生，并流传开来，后来竟成了后世津津乐道的“魏晋风度”。

那些年在莲花池住着的人，风度是有的，风流也是不缺的，想来，缺的是风骨。风骨是透过某些事件才能有所体现，是隐藏在内心深处的一个人最隐秘的本质。那些年没有大事发生，云南地处边疆，是政治和文化的边缘地带，历史上就没有惊天动地的事件发生，所以，我们看见的，只是风流和风度，是闲适的生活，是男女间的流言蜚语，打情骂俏，“风骨”一词，被越埋越深，以至于被日常的生老病死所淹没。

王戎论年纪，应该是这几个人的晚辈。王戎的爸爸王浑与阮籍同为尚书郎，两人是好友，阮籍经常去王浑家串门，见了他的儿子王戎后，竟一见如故，结为忘年交，后来去王浑家，只是去找王戎，不理他爸了。阮籍比王戎大二十四岁，他带着这个儿子辈的小兄弟逐一拜访了嵇康、山涛等人，这样，王戎就成了七贤中年纪最小的一位。王戎的父亲死了以后，他承袭了父亲的贞陵亭侯，并历任吏部黄门侍郎、散骑常侍、河东太守等。王戎在官场上是个不倒翁，虽然一直处于政治漩涡的中心，却总能在各种弹劾和杀戮中奇迹般地化险为夷，过着舒适的生活，最后以宴饮而终。我们现在提拔干部都有个试用期，这是王戎当时在吏部任职时的创造发明。他当年创造的“甲午制”的官吏选拔制度，就是先有个“试用期”，待期满后，再决定录用还是辞退。这个制度现在还在用，也充分说明了王戎提出的干部选拔制度的先进性和科学性。阮籍喜欢王戎，我觉得，他从内心里，是把他当成自己的儿子来宠爱的。或者，把自己的儿了，培养成王戎这样的青年才俊，就是阮籍的日标，“生子当如王戎。”

王戎是七贤中，活得最成功的人之一。这样的人，这样的生活态度和方法，不管放在哪个朝代，哪个国家，都会成功的。王戎不但政治上成熟，情感上，也相当丰富。他的老婆人前人后，经常以“卿”称呼他，开始时王戎还有点不习惯，说妇人在外人面前称自己的老公为“卿”，于礼不敬，他还会脸红，他的老婆可不管这一套。说：“亲卿爱卿,是以卿卿。我不卿卿,谁当卿卿?”这样的情感表白,比现在的80后、90后女孩,有过之而无不及。王戎后来索性就任凭她这么称呼了,哪个男人不愿意在人前表现出夫妻恩爱的样子呢?除非他的心里有其他的想法。王戎夫妻两人,为我们贡献了一个日常男女间常用的成语,叫“卿卿我我”。如果说王戎只是对女人用情,那是委屈了他。永宁二年,即公元302年,王戎已经官至尚书令,出差时路过当年与嵇康、阮籍一起喝酒的一个酒馆,他让前后警卫的警车停止鸣警笛,靠边停下,自己下了奥迪A8的驴车,这时嵇康死了快四十年了,就是山涛,也死了二十年了。面对昔日畅饮的那个破旧的小酒馆,王戎写下了流传千古的《经黄公酒垆有感》:“昔吾与嵇叔夜、阮嗣宗共饮于此垆。竹林之游,亦预其末。自嵇生夭、阮公亡以来,便为时所羁绁。今日视此虽近,邈若山河。”往事并不如烟,那个黄公酒垆,虽然破旧,可仍有人在喝酒,王戎似乎看见了昔日里几个朋友一起畅饮的影子,眼里一阵湿润,一仰头,把两颗滚烫的泪水,硬生生地逼回眼眶里。

七贤中还有人也写过同样回忆的文章,就是鲁迅比较看重的向秀的《思旧赋》。向秀最初是山涛的哥儿们,后来经山涛介绍,又与嵇康、阮籍成了好朋友。嵇康打铁的时候,向秀就给他拉风箱。钟会来嵇康这儿搭讪,碰了一鼻子灰,向秀当时就在拉风箱。这是向秀去洛阳做了司马氏的官以后,回来时路过嵇康的旧居,见残垣颓废,旷野萧条,于是睹物思人,写了此文。小赋也就短短的几句,鲁迅在《为了忘却的纪念》中说:“年轻时读向子期《思旧赋》,很怪他为什么只有寥寥几行,刚开头却又煞了尾。然而,现在我懂得了。”向秀欲言又止，内心里充满了内疚和痛楚。他觉得自己当了司马氏的官，无法向老朋友交代。

其实竹林七贤真正在一起玩，从公元255年前后，嵇康、阮籍、山涛几位主要成员相识，到“嵇生夭，阮公亡”的263年前后，也不过七八年时间，之前各无关系，之后四分五裂，死的死，散的散，还有的不知所终。所谓的“林子大了，什么鸟都有”中的“林子”，最初，指的就是竹林吧。这几只鸟还分属不同的政治集团，有执政党，有在野党，有富豪，有穷光蛋，有变节的，也有钻营者。能清谈，会写作，善喝酒，是他们共同的特点。七个人最后的死法也是不同，阮籍、山涛、王戎都能善终，向秀的日子过得也达到了小康水准，最后“卒于位”，嵇康掉了脑袋，刘伶最后怎么死的无人知道，应该是醉死的，这是他最渴望的死法，而日子过得最为潦倒和拘谨的，当属阮咸，他经常穷得只有一条裤子，每次洗了后，就高高地挂在竹竿上，而人，就只能光着屁股待在家里，他最后当过司马的小官，却因贫困交加而死，死相最为凄凉。后人说的竹林七贤，以为是指的一个时代，其实不然。但有些人，说了几句话，做了几件事儿，往往就是代表那个时代精神的，何况七个人一起玩，一起说话，一起做事儿，一起喝酒，一起骂街和调戏时代，这就了不起了。单靠一个人的力量，有时是有限的，“君子不党”四个字，偶尔有点用，但在历史的长河中，抱成团，拉帮结派，团结就是力量，这也是被屡屡证明了的。

4

其实我在莲花池住着的时候，也有拉帮结派的现象，写诗的不爱和写小说的一起玩，我跟关伟也不和写小说的玩，就是到了今天，我偶尔回趟昆明，也只是和关伟、雷平阳等少数几个写诗的人一起聚一下。平时有事时，互相通个电话，没事，就在心里惦着，并无其他客套。文章写到这里，摆在桌子上的手机突然响了起来，一看，是昆明的区号，便接，那边弱弱地问："朱零，你猜猜我是谁？"我说："你是关伟的老婆姚蔚蓝啊。"虽然两年没见，但那独特的腔调，除了关伟的老婆，再也不会有其他人了。两年前我回了趟昆明，关伟和姚蔚蓝还把我带到了他的姨妈家，一起吃了顿温馨的午饭。我年轻的时候，关伟的姨妈视我如同自己的儿子，给我介绍过几个女朋友，虽然最后都没谈成，我被那几个女孩始乱终弃，但我每次回到昆明，都要给老太太打个电话，问个安。那边一阵沉默，突然"哇"的一声痛哭，再也止不住了，过了好一阵子，才哽咽着说："朱零，关伟他，不在了。"

关伟不在了，已经一年了。今天是他的周年，姚蔚蓝忍不住给我打电话，她说，去年的今天，是世界上最黑暗的日子。当时，她觉得应该把这个噩耗告诉我，关伟的父母，也都说让她给我打个电话。但最后，姚蔚蓝忍住了，她在电话里说："告诉你有什么用呢，你离得那么远，即使回来了，关伟也不会重新活过来，我想着过段时间处理完后事，平静一点，再告诉你。”姚蔚蓝尽量把语气装得轻松一点，但我知道，这样的打击，换了任何一个人，都轻松不了的。

我和关伟的交情，始于 1988 年 6 月，我在莲花池定居以后。关伟是 1986 年从个旧市，考上的云南师范大学中文系，那些年正是我狂放不羁的时候，我虽然没进过学校，却整日里抱着尼采和弗洛依德看个不停。经常找人喝酒、打架、谈人生，并偶尔骚扰女学生，每次酒后回来，都要对着莲花池一通狂吐，然后一醉不醒，如果有谁一脚把我的房门踹开，说“起来，喝酒去”，便又会踉踉跄跄地爬起来，跟着出了门。

1988 年的暑假，关伟没有回家，他是一个优秀的学生，狂热的文学青年。师大有一个文学社，叫“一多文学社”，关伟是社长。云南师大所在的地方，就是以前西南联大的旧址，现在还有一栋破旧的小楼，被围墙保护着，闻一多在这里教过书，并最终被杀害于离师大不远的丁字坡。那天中午，我和马非一起去师大找他的一个老乡，顺便蹭一顿午饭。老乡很热情，忙着张罗去食堂打饭。这是我第一次进大学的校门，内心一阵莫名的紧张。老乡去食堂里打了好几个菜，几大缸米饭，有个人帮他一起端着，进了宿舍，老乡介绍这是他的同学，叫关伟。宿舍里六七个人一起吃饭，我明显有点拘束，很少去夹菜，关伟用他的勺子，给我舀了一大勺肉，对我说：“你要学会自己照顾自己哦。”虽然勺子里，还沾着他自己没吃完的一片青菜叶子，但我还是心头一热，稀里哗啦几筷子，就把碗里的米饭给扒完了，然后迅速掉过头去。一个第一次进大学校门的小青年，在一个尴尬的时刻，听到了一句温暖的让他铭记一辈子的带着强烈鼻音的个旧普通话，我不想让自己的心虚暴露出来。后来我跟关伟开玩笑说，咱俩的友谊，是你用一勺肥肉换来的。

关伟和我的个头差不多，我们的衣服裤子都可以互换，包括袜子。长青有时候给我两条短裤，我就分一条给他。我经常去找关伟，并在他的宿舍里混吃混喝，有时候就干脆在他的宿舍里睡。我们的友谊迅速升温，这样的温度，一直保持到他毕业。他被分到了老家的一所中学教书，而我，通过关伟，认识了他周围的一大批喜欢文学的朋友。关伟把我介绍给他的朋友，有点像山涛把向秀介绍给阮籍和嵇康，又像阮籍把王戎带到了山涛、嵇康的圈子里。而关伟的这些朋友，现在成了云南最活跃的一批文化人。朱霄华成了评论家，周晓辉是一家报社的首席记者，何松是专业作家，马非是出版社的资深编辑，乐林还在师大上学期间，就在《收获》发表过小说，现在是一个县里的文化名人。那些年，这些人都在莲花池住着，每到假期，关伟都从老家来昆明，和我们一起，喝酒，写诗，追窈窕淑女。1990年前后的莲花池，其实就是昆明的“竹林”，空气中弥漫着最自由的精神，一大批热血文艺青年寓居于此，让整个处于昆明城郊接合部的城中村，变得热情而生机勃勃。

接完姚蔚蓝的电话，我的心突然变静了。习惯了喧嚣和吵闹，对于突然降临的无声无息的空间和滴答可闻的时间，竟一时不知所措。

开始在家里踱步，东张西望，似乎是在一个陌生的地方，摸摸这儿，闻闻那儿。看见那瓶喝了一半的“刘伶醉”，抓起来就往嘴里倒，咕嘟几口，咽了下去。脑子里浮现出关伟的模样，竟是二十年前他在云南师大读书时的样子，卷发，嘴唇往上翘，弹一手好吉他。我们几个都爱喝酒，都经常大醉，年轻时真的都很狂妄，都想成为卡夫卡和马尔克斯。关伟的才华像阮籍，短命像嵇康，喝酒像阮咸，敦厚像山涛，一辈子没有做过什么官，后来从个旧二中调到了云南省国资公司当一个办事员，变得谨慎而不善言谈，似乎木讷了，只是一笑，嘴唇仍然往上翘，还是原来的关伟。

在1990年前后的七八年里，莲花池是昆明文化人的圣地，虽然并没有一片真正的竹林，但是莲花池的精神，却照耀、吸引着一批又一批年轻人去那儿。每一个时代、每一个国家、每一个城市，都应该有一片竹林吧，不然的话，那些热情、骚动、青春、自由的心，去哪儿安放呢？

谨以此文祭奠我和关伟生动而无畏的青春，并为我的关伟兄过早地离世，致以最深切的哀悼。关伟兄1968年4月4日出生于云南个旧市大屯镇，2010年3月6日，于昆明因病去世。

幽兰之旅

1

最近迷上了“五四运动”，很喜欢周策纵的那本《五四运动史》。循着这些千丝万缕的线索，我一点点地寻找并梳理自己感兴趣的关于“五四”及“五四”影响的蛛丝马迹。喜欢上两个人，其中一个是梁启超。

梁启超在晚清以来对中国政治及文化的影响不用我赘言。胡适曾说过，民国前后几十年的知识分子，几乎没有不受他文章的影响的。我最先对他有所留意是在十几年前，偶尔看到毛泽东有一篇文章，谈到康有为和梁启超时，我注意到，全国人民谈到这两个人，都是用“康梁”，独毛的文章里，用的是“梁康”。年轻时我只对漂亮丰满的姑娘感兴趣，对屈辱、恶心的晚清史基本上是看到就翻篇，唯恐避之而不及，有时真想从自己的记忆里把这一段历史抹去。所以只对“梁康”两个字留下了一点印记，现在回过头来一想，毛主席肯定是有自己的用意的，在中国，姓名的排序，往往体现一个人的政治地位和社会影响。其实毛主席自己也被人排过一次序，那个著名的

“朱毛”一词，大家都耳熟能详（我的电脑里打不出“朱毛”一词的连写，但愿这跟政治无关，只是我电脑的毛病）。

后来知道在“五四”这一天游行示威，跟梁启超有关。如果没有梁启超，“五四”的叫法，可能就会变为“五七运动”，或者其他日子的运动。“五四运动”的缘起是因为在当年的巴黎和会上，梁启超听说美国等列强即将同意日本在山东“承继”德国所拥有的那些权益。梁启超是当时巴黎和会代表团的顾问，立即致电在国内的好友林长民，也就是林徽因她爹，他后来的亲家：“请警告政府及国民严责各全权（指那几个谈判的代表——注），万勿署名，以示决心。”这一天是五月二号，林徽因她爹多聪明的人啊，马上会意，立即把来电通报给媒体，第二天北京的各界人士看完消息后，明白中国在巴黎和会上已经完全失败了。北京的学生本来决定在一九一九年五月七号，即袁世凯政府接受日本天皇关于“二十一条”最后通牒四周年那天，上街举行反对政府媚日卖国的大游行，当又一次看到自己的祖国在巴黎和会上受辱的消息，当即决定马上举行游行示威，我们现在看到的这场震惊中外的“五四运动”，比原定时间提前了二天，梁启超是始作俑者，是直接的挑动者。

后来我就开始留意梁启超，并狠了狠心，花巨资买了一套他的全集，那些书很多地方我都看得磕磕绊绊的，有些章节看不明白，直接就跳了过去，印象最深的，是他那篇著名的为蒋百里的《欧洲文艺复兴史》写的序：《清代学术概论》。这个序洋洋洒洒五万多字，比蒋百里的原文还要精彩，后来只好作为独立的书来出版，这本书出版时，蒋百里又反过来给梁启超作序，这一路发生的事情真是精彩无比，民国年间的好多事，只能用“传奇”两个字来形容。《清代学术概论》的最后一句：“吾著此篇竟，吾感谢吾先民之饷遗我者至厚，吾觉有极灿烂庄严之将来横于吾前！”读至此，我真有一种哽咽在喉间，“有极灿烂庄严之将来横于吾前”，是每一个人的追求，既是毛的追求，也是蒋的追求，既是梁的追求，也是我的追求。但我个人却忽略了他的前提：“感谢吾先民之饷遗我者至厚。”因为自己的浅薄，我无法感知我的先民给我留下哪些伟大的遗产，更因为自己的无知，我往往在心里对自己的先民及长辈骂骂咧咧，前几日网上有一句话深得我的同感：“我曾经有一个做富二代的机会，可惜我爸没抓住。”

一扯就远了，“五四”的事，都扯上我爸了。还是回到革命的现实主义上来。

2

我前面说的都是运动，运动在中国就是造反，城头变幻大王旗，血流成河，尸体堆得像小山似的。人口一天天少下去，马屁精一天天多起来，唯有“五四”，把政治搞成了一个不见血的新文化运动。他们要废弃文言文，提倡白话文，破除迷信，追求科学，还有一点最关键，那就是反对旧礼教，追求自己喜爱的姑娘。说到追求自己喜爱的姑娘，我想起另一个人来，也就是我要说的第二个人，他叫胡兰成，他也写过一篇《五四运动》。只不过，他是文章的作者，而不是运动的亲历者。

很多人烦胡兰成，一提起他就想到那是一个汉奸，除了勾引张爱玲，还勾引过无数的女人，许多的学者都把自己包装成一个卫道士，似乎这样，真理就握在了手中，就掌握了话语权。我刚接触到胡兰成的时候，对他的书也是不屑一看，心想，一个汉奸，能写出什么好东西呢。这还真是受到了那些批判胡兰成的人的影响，我当时都没看过胡的书，就跟着别人下结论，人云亦云，这毛病可能还不止我一个人有，许多人都有。

喜欢胡兰成是看了他的《今生今世》，没看完就喜欢上了，一边看一边喜欢，一边喜欢一边惊叹，民国以来的文人，从没见过文章有如此漂亮的，挥洒自如，率性、从容、妩媚，没有杀气，人性中最柔软的部分，在他的文字里随处可见。他对自己写文章的态度："打天下亦只是闲情，我此书能被当作闲书，有事时无事时可以常看看，即是我的得意了。"（《山河岁月》自序）现在，我正在看他的书，我是他的得意之一。

胡兰成一辈子都是苦主。一生中的大部分时间，都在穷困潦倒的状态下度过。他的最高学历是中学，可到最后也没有拿到那本中学的毕业证书，按现在时髦的说法，胡是自学成才，在他的一生中，既没有家世背景，又没有同学帮忙，既无师承，又无学历，在仕途上，要跟官二代去抢饭碗，在情感上，要跟富二代去争女人，好在绍兴人脑子活络，事业上虽然弄得一败涂地，情感上却也如鱼得水。他的一生靠的全是自我的拼搏，那句闽南语“爱拼才会赢”，就好像是为绍兴嵊县的胡兰成量身订做的。

但是他最后却输了。活着的时候输给了命运和他所供职的政府，死了到现在，输给了舆论。简单地梳理一下胡兰成的一生，发觉那是一个极大的悲剧。他其实就是一个比别人多一点小聪明，情商稍高一点，但最后命运比别人更加坎坷的“绍兴师爷”。1906 年胡兰成出生在嵊县的胡村，七岁入胡村小学读书，十五岁随他的表哥吴雪帆去杭州蕙兰中学读了四年书，后因编辑校刊的事与校方发生冲突，临毕业前被开除了，所以最后他手中连中学毕业证都没有。19 岁那年，也就是 1925 年的 9 月，他的父亲病故，一个月后他与第一任妻子唐玉凤结婚，婚后和现在的民工一样，外出四处打工，以维持家用，结婚以后他和老婆聚少离多，第二年，在他二十岁时，有了大儿子阿启，直到 25 岁，第二个孩子棣云才出生，二十六岁时玉凤病困交加而死，家里连买棺材的钱都没有。胡兰成在老婆病死前一个礼拜出门借钱给她治病，直到老婆死那天，也没借到钱。当他听到老婆死讯时，实在走投无路，再回过头去到两天前借钱不给他的干妈家，强行打开柜子，取了六十块大洋，才把玉凤的丧事给办了。玉凤死了没几个月，他的小女儿棣云也活活饿死了，这件事他是直到五年后才知道的。因为老婆一死，他就把家里的房子地产全卖了，作为路费，去广西打工去了。留下可怜的一点生活费及一双儿女，让侄女青芸照顾。

胡兰成从二十六岁到三十岁的五年间，在广西的南宁、柳州和百色等几个地方做中学老师，刚到南宁那年没找到工作，还生了一场大病，又是贫困交加，差一点死掉。后来找到工作后，生活上勉强能够维持，他于二十七岁时在百色与全慧文结婚，三十岁时，因在《柳州日报》上发表文章，引起广西地方当局的不满，被逮捕，在监狱里坐了33天的牢后，被保释出狱，这时广西已经待不住了，1937年，也就是胡兰成三十一岁时，他携妻子全慧文及儿子宁生回了嵊县老家胡村，这时他才得知女儿棣云早已死了。

1937年对中国是个不祥的年份，对胡兰成也是一个坎。1937年前，也就是胡兰成三十一岁前，跟政治基本上还没有瓜葛，他甚至根本不懂得什么叫作政治，现在在外打工的许多民工也是不懂政治的，多挣点血汗钱养家是正经事，管他谁当皇帝，只要有饭吃，能把家照顾好，对老百姓来说，谁当皇帝都是一样的。三十一岁前的胡兰成仅仅是一个为了生活而四处抓狂、飘荡的小知识分子（如果称得上的话），靠教书谋生，并养活一家老小，之前他跟全慧文有了两个孩子，为了节约开支，他们只带了儿子回到嵊县老家，女儿小芸留在了广西。1937年初，他们回老家路过上海时，顺便去看望了他在南宁教书时的同事古泳今，这古泳今此时已是上海《中华日报》的一名编辑，看胡兰成生活那么困难，便约他为自己的报纸写稿，以便让他挣点稿费养家。胡兰成的这下半辈子的命运，全因为这一次约稿，改变了。

胡兰成给《中华日报》写了两篇稿子，一篇是讨论中国的手工业的，另一篇是分析当年的关税数字的。这两篇文章发表后，马上被日本人的《大陆新报》译载，不久又被转载于一本更加权威的《经济学论文拔萃》月刊。胡兰成在广西的五年不是白待的，那五年是他专心读书，也是初学写作的五年，是磨刀的五年，打基础的五年，在广西时他把课余时间全用在读书写作上了，还恶补了那些以前没有接触过的知识，并出版了第一本散文集《西江上》，还寄给了鲁迅一本，希望得到指正。查1933年4月1日的鲁迅日记：

> 晴。午后复施蛰存信。下午寄蒋经三以《一天的工作》一本。往内山书店，得《版艺术》(4月号)一本，五角五分。得姚克信。得胡兰成由南宁寄赠之《西江上》一本。得母亲信，三月二十七日发。

由此可见，胡兰成给报纸写两篇小稿子，还是游刃有余的。事情坏就坏在他的稿子写得不错，引起了报社社长林柏生的注意。林柏生曾经留学俄国和法国，回国后即跟随汪精卫，1924年汪出任国民党宣传部长时，担任汪的秘书，为汪的亲信和汪派骨干人物之一。林柏生主管汪系宣传，随汪精卫出洋赴法国时在欧洲创办《留欧通讯》杂志，1929年回香港创办"南华通讯社"，创办《南华日报》任社长。1932年，蒋汪合作，汪出任行政院长，林又奉汪指示，在上海创办《中华日报》。在林柏生的主持下，一中一南"两华"日报，成为汪精卫派系最重要的舆论工具。

林柏生看上了胡兰成的才华，邀请他担任《中华日报》的主笔，胡兰成是因为要挣钱养家，急需得到一份工作，因为这时，他的负担更加重了，他与全慧文婚后已有了两个孩子，胡村老家的儿子及侄女青芸也需要他照顾，他此时家无余钱，身无长物，能进报社工作，对于他，已是最好的选择了。换成你我，周围有那么一大堆人等着嗷嗷待哺，此前因为家里没钱，一个老婆和一个女儿已相继饿死，而此时恰好有一个合适的工作邀请你去做，工资虽然还不算高，但还是能勉强养活家人，你我会不会考虑推辞？会不会因为这是一份汪精卫的报纸，而不是蒋介石的报纸，就宁可把家里人全饿死，也要保持节气，不去工作？我想，是个男人都会去的，因为对于他这样无任何背景和学历的人，这是他此刻能找到的最好的工作了。

就是这么一份工作也是没维持多久。这一年的七月，发生了"七·七卢沟桥事变"，中国也开始了长达八年的抗日战争，八月，"八·一三事件"发生，日本海军向上海进攻，中国军队奋起回击，开始了长达三个月的"淞沪会战"。战事一发生，报社就停止发薪，此时胡兰成进报社才两个月，不巧的是，胡的妻子全慧文此时又将生产，胡兰成真正地陷入了焦头烂额的地步。孩了生下后，一家人的生活更加窘迫，没钱买奶粉，胡兰成就接碗白开水搅和搅和，充当奶粉，没钱买菜，胡兰成就去菜市场转悠，运气好时，能捡回来几片烂黄的菜叶子，一家人，产妇和孩子，总算能喝到一碗菜汤了。孩子生了病，没钱去看医生，他硬着头皮找到林柏生，两次也只借到可怜的十五块钱，最终，婴儿还是因为没钱看病，死了。这是他的第二个因为连饿带病而死的孩子。这个孩子从出生到离开，在这个世界上仅仅待了二十天。至此，他已有一个妻子和两个孩子，三个亲人，因为贫困，无钱看病，死了。

这一年的十一月初，“淞沪会战”结束，上海沦陷，报社同仁就地解散，林柏生奉汪精卫之命去了香港掌管《南华日报》，胡兰成走投无路，上海待不下去，回老家更不是办法，最后，他只好带着家小，跟着林柏生去香港。从这一刻开始，胡兰成因为人穷志短，更因为走投无路，更不忍看着家小一个个在自己的眼前活活饿死，他已经经历过不止一次这样的痛，不管他的内心愿不愿意，为了活下去，他都只能跟着林柏生，他渐渐地滑向了道德的深渊。自此，他开始了他新的另类的人生，他要渐渐地融入、并成为汪系集团的一分子了。

从《南华日报》的小编辑开始做起，一步一步走到了成为汪精卫的私人秘书、《中华日报》总主笔、汪伪政府的中央委员、宣传部次长，这一路的艰辛，只有胡兰成本人才能体会得到。汪精卫周围的人，都是他的亲信，唯有胡兰成没有任何背景，靠的是一支笔，他是靠写投汪精卫所好的时政文章，拼命为汪氏集团造势起的家。在政治上，他没有任何优势可言，即便他参加汪精卫的“和平运动”，写了那篇著名的《战难，和亦不易》，汪精卫那些亲信，也看不上他。在中国，即使做汉奸，也是要论资排辈的，也需要地位、资历和功绩的。所以，胡兰成始终是被排除在汪精卫的核心集团之外的。

3

1943年底对胡兰成又是一个转折。这一年胡对于汪精卫已是局外人，在政治上已经走到了末路，但在情感上，俘获了此生最大的一份礼物——开始了与张爱玲的相识、相知与相爱。

政治上的起落原本就没有什么规律可循。像胡兰成这样的人，上面高兴了，可以让你上天，不高兴了，也随时可以让你入地狱。1943年，胡兰成从汪伪政府的宣传部次长，到被降到法制局局长，直到被罢免在家。其实在这之前，汪精卫已经逐渐抛弃了他，汪伪集团的人也不待见他，身不能容，政见也不能容。他只好在家靠写写文章度日。这一年的十一月，胡兰成在有日本大使参加的酒会上，结识了日本的一名使馆工作人员池田笃记，两人一见如故，此后池田频频去胡家造访，两人关系日渐亲密。这一天，池田在胡兰成的桌子上看到他新写的一篇文章，这篇文章有一万一千字，是胡兰成花了三天才写完的，文章的结尾得出的结论是：日本帝国主义在中国必将败亡，而汪伪政府也必将覆灭。若要挽救，除非日本从中国撤兵，而中国则召开国民议会，如当年的孙中山那样等等。胡兰成的这两个结论后来都应验了的，可在当时，不管是日本，还是汪精卫，都是不可接受的。池田看完后，认为有义务向上司报告，于是把文章译成日文，一级一级地转到了东京，最后连前首相近卫、现首相石原都看了，随后文章又辗转从日本传回国内，并在驻华日军中广为流传，并且，最后还被送到了汪精卫手上。胡兰成一听就慌了，心想，大事不好，马上和老婆约定，如果哪天他外出没有回来，要立即去找池田营救他。胡兰成无愧于他的聪明，12 月 7 日，胡兰成被诱捕入狱，入的是汪精卫的狱。他和汪伪政府的缘分，从 1937 年开始，到 1943 年恩断义绝，也就六年时间。

池田是个很讲义气的哥儿们。他觉得胡兰成的事，因他而起，他有责任帮助胡出来。于是通过使馆的各种关系向汪精卫施压，终于胡兰成在汪精卫的监狱里坐了 48 天牢以后，被释放了出来。一出监牢，胡兰成毫不犹豫地坐上了日本大使馆派来的车，因为还有一辆车也在监牢门口等着他，那是林柏生派来的车，胡兰成看都没看，胡兰成这一次，把宝压在了日本人身上了，因为他已经明白，自己在汪精卫的地盘上，是不可能有善终的。从某种意义上说，是汪精卫，把他推向了日本人的怀抱。

胡兰成的人生到现在，经历了两次大的转折。第一次是在 1937 年的十一月，也就是他三十一岁那年，他与全慧文的第三个孩子因为无钱治病，出生二十天便夭折了，为了活命，也为了家里人的生存，胡兰成唯一的选择就是跟着林柏生去香港，从此便投靠汪伪集团、踏上了成为汉奸的被后人诟病的不归路。第二次是在 1944 年，这一年他三十八岁，因为那篇反对汪伪政府的文章的传播，被汪精卫下了大狱，最后靠的是日本人营救，才出了狱，此后，胡兰成毫不犹豫地把宝压在了日本人身上，因为他看明白了，只有日本人才能保护他，让他活命。事实上胡兰成一辈子都算不上什么人物，无论地位和影响，在整个民国期间都是微不足道的，他的投汪以及媚日，只关乎个人的生存，是为了活命，而与整个时局，并无太大关系，这是一个小市民的局促和狭隘，他的失足，从某种意义上说，是可以理解的，甚至，是可以原谅的。没有谁敢说，如果当年，自己处在胡兰成这般境地的话，可以做得更好。事后也证明，他结交的日本朋友池田，是一个值得信任的朋友，此后他的更加曲折的人生，全是因为池田的安排和照顾，才得以苟延，才有了与张爱玲的相爱，才有了东渡日本，有了《山河岁月》和《今生今世》，有了去台湾的中国文化学院教书，才有了带出朱天文、朱天心两姐妹这对台湾的文学天才。胡兰成晚年最大的成就就是带出了这两姐妹。

参与营救胡兰成的，不仅有池田，还有张爱玲和苏青。苏青也是不得了的民国奇女子，她曾把圣人的"饮食男女，人之大欲存焉"，动了一个标点，成了"饮食男，女人之大欲存焉"，俨然一个女权主义者。苏青在上海办了一本杂志，叫《天地》，苏青和胡兰成是旧识，杂志出来就寄一本给胡，那时胡还在南京当法制局局长，胡兰成就是在《天地》上看见了张爱玲的小说《封锁》，才迷恋上张爱玲的。而张爱玲此前也听说过胡兰成这么一个人，这才有了胡兰成被关在监狱时，苏青和张爱玲跑到周佛海处，为他求情。胡兰成出狱后，向苏青打听张爱玲的地址，两个人这才见了面，见面以后的事情，大家已经熟知了。只是在那个时候，胡兰成已经是结了第三次婚了，在当上宣传部次长的时候，他就与全慧文离婚，而与一个叫英应娣的舞女结了婚。张爱玲事实上是胡兰成与英应娣之间的第三者。这一年是 1944 年,胡兰成三十八岁,张爱玲二十三岁。四月,胡兰成与英应娣离婚。五月与张爱玲订了婚书,张爱玲成为胡兰成的第四任妻子。

我在三十八岁时也遇上了一个二十三岁的女子。结局当然是可以想象的,互相爱慕一段时间后,互道珍重,互相目送对方走远。因为我没有胡兰成那般决绝和超高的情商,每见一个女子都全身心投入,能狠下心来抛弃前一次遇上的姑娘。而我遇上的那个姑娘,祖上也没有什么官运和绯闻,既跟李鸿章扯不上边,也跟张佩纶拉不上关系,所以我成不了胡兰成,她也不会做张爱玲,我们只是食人间烟火的平常男女,分开以后,互相有点牵挂,这已是最好的结局。

张爱玲在婚姻问题上敢做敢为,像极了她的爷爷张佩纶。张佩纶字幼樵,当年在追求李鸿章的女儿时,也是有勇气的,并为晚清留下了一段花边新闻。张佩纶是晚清的"清流四名士"之一,一天,李鸿章召他进府谈事情,他看见李鸿章的女儿写的诗,赞叹不已,当时就引为知己。李鸿章随口说:"小女尚未婚配,幼樵有合适的人选帮着留意留意。"张佩纶问:"才学地位要什么样的?"李鸿章说:"像你这样的,老夫也就满足了。"听到这话,张佩纶扑通一声跪了下去,对李鸿章说:"门生刚刚丧偶,而女公子又是文字知己,所以斗胆要求当相爷的女婿了。"李鸿章居然答应了,这才有了张爱玲她爸,然后才有了张爱玲。当时在民间还有副对联,大大地损了李鸿章和张佩纶爷俩一回。上联是:"养老女,嫁幼樵,李鸿章未分老幼;"下联是:

"辞西席,就东床,张佩纶不是东西。"

与张爱玲结合之前,胡兰成的文采,也仅仅是体现在时政社论的写作上,真正的文学创作,还没有开窍,如果说他此前在广西时写的那本《西江上》也算文学作品的话,其充其量,也只能算作是游记散文,最多也只能在报纸的副刊上发一发。胡兰成后来自己都说:"我二十几岁时在广西出过一本散文集《西江上》,文情像是三毛十七八岁时所作,说愁道恨,如今提起都要难为情。"他是在遇上张爱玲之后,文章这根筋才被打通,他说:"我在爱玲这里,是重新看见了自己与天地万物,现代中国与西洋可以只是一个海晏河清。"张爱玲是他文学上的导师,他后来回忆起张爱玲对他思想上的改变:"我是受过思想训练的人,对凡百东西皆要在理论上通过了才能承认。我给爱玲看我的论文,她却说这样体系严密,不如解散的好,我亦果然把来解散了,驱使万物入军队,原来不如让万物解甲归田,一路有言笑。我且又被名词术语禁制住,有钱有势我不怕,但对公定的学术界权威我胆怯。一次我竟然敢说出《红楼梦》《西游记》胜过托尔斯泰的《战争与和平》,或歌德的《浮士德》,爱玲却平然答道,当然是《红楼梦》《西游记》好。"

张爱玲让胡兰成的思想得到了解放,创作得到了自由,没有了循规蹈矩。胡兰成的成名作《山河岁月》是 1947 年,也就是他四十一岁时,在温州开始写的,而那本我喜欢的《今生今世》,是 1954 年在日本开始写的,及至 1959 年完成,用时五年,写完时,他已五十三岁了。胡兰成的文学创作受惠于张爱玲,而张爱玲的许多小说的题材，又从胡兰成处得来。这两个人的结合，成就了民国文学史上的两颗灿烂无比的文学双星。

4

胡兰成的《五四运动》收在他的《山河岁月》的最后一篇。题目虽然起的是《五四运动》，可写的内容，却是没有丝毫的身体上的动作，有的，只是心在动，情在动。

胡兰成有个表哥叫吴雪帆，也就是他十五岁时，跟着去杭州读书的那一位。胡兰成的《五四运动》，写的就是他的表哥以及表哥的两位同学刘朝阳以及崔真吾与各自的女友间的关系。“五四”以后，青年男子都会作诗，女子都会登山临水，他们不喜开会，不惹群众，而和朋友或爱人白日游冶，夜里说话到雾里月斜。刘朝阳在厦门读大学，读一年就要来杭州打半年工，以积蓄学费。他有个女友，每年都要在他来杭州打工时，过来与他相会。这一次两个人在杭州相会，是讨论婚姻的。“刘朝阳来杭州住在一家小旅馆，房里只有板壁、床与桌椅。板壁上日光一点，静得像贴上金色。床单被枕，因为简单，因为年轻，早晨醒来自己闻闻有一股清香。桌上放着一部古版《庄子》，一堆新上市的枇杷。”就是这样的青年，在这样清新的世界里讨论婚姻，这是多么让人艳羡的一幕。那个女的欲待说出个什么条件，大约是问他婚后生活的保障，刘朝阳不等她说完，顿时就拂袖而去，和她分了手。对于刘朝阳，以前的好仍是好，而现在的分手亦没有遗憾。这都是一些不食人间烟火的“五四”青年，后来刘朝阳做了齐鲁大学的教授，是中国有名的天文学家。那时的青年气性太大，而受委屈的，只能是顾家、柔顺、处处为婚后的生活着想的姑娘了。

崔真吾也在厦门大学读书，跟着鲁迅编《朝花》旬刊。后来鲁迅去了中山大学，他也跟去，全不顾是不是耽误了毕业，那时候的青年对于毕不毕业都是无所谓的，只要跟着自己喜欢的导师。崔真吾是宁波人，在广州时喜欢上了一个同乡女孩，但是那个女孩已经订了婚，退不掉，女孩结婚后，他却始终单身，再也没动过重新找一个女友的念头。女的痛惜他，他敬重那个女孩。后来那个女的生了孩子回老家，崔真吾千里送京娘，路上给她抱婴孩，并约定年年马缨花开时，去她夫家的村子去看她。后来崔真吾在广西，被黄旭初杀害了。黄旭初在广西，做了十九年的省主席。胡兰成说：“故乡白云天涯，唯有村前马缨花，春来向行人烂漫发满枝，那楼头少妇，做做针线又停了，想起他，只觉人世悠悠无尽，而又历历分明。”

他的表哥吴雪帆家里也给他订了一门亲，但表哥不喜欢，要让父母退掉。吴雪帆的父亲说：“退婚这种话，我是说不出口的。”吴雪帆便自己登门，和那女的在楼上说了老半天，下来后告诉女方的家里人，说要带女的去读书。女方家里以为两个人和好了，便欢天喜地地答应。哪知吴雪帆是为了使她思想开通，让她明白解除婚约，对于两个人，都是好的，而不是憎恨他。那个女孩上学后，吴雪帆处处照顾她，敬重她，两年后女孩读完书回家，快到家门口时，忽然流下泪来对吴雪帆说："你不用问，此刻我哭泣，心是静的。"以前的谦卑和柔顺，这一刻都变得端庄，到了家里，她就同母亲一起，取了庚帖，还给了吴雪帆。

其后男婚女嫁。胡兰成的表哥抗战时死在了严州，灵柩回乡里，女的去祭拜："十五年来我没有当你离开了呢，还是没有离开？今后的十五年二十年三十年里，我也不去想象你死了没有死了？从前我从你知道爱不是顶大的，现在又从你知道生离死别也可以很朴素。今天来在你灵前的，仍是当年的马家女，此刻我哭泣，已不是人间的眼泪，你不用问，我也刚刚还以为自己不会流泪了的。我给你上香，袅的烟是亮蓝的，我给你献茶奠酒，如同你对我的有礼意。"

祭毕，她和吴雪帆的夫人分宾主相见，又见了孩子，坐一会儿才上轿走了。

胡兰成说，"五四"时代的青年，便像这样的是金童玉女，高洁，朴素。他讲了三个小故事，三个受"五四"影响的青年，三段不同的人生历程。那当然是"五四"以前所不可能出现的人生。就是胡兰成自己，不也是"五四运动"后的产物吗？他的文章、他的性情、他的人生际遇、他的对女性的毫无节制的追求，这些，只可能在"五四"之后，才允许在中国出现。胡兰成写的《五四运动》，只关乎人性，没有政治，没有叵测的世俗心。他说，"五四"对于中国是个分水岭："五四时代是中华民国要发生无数大事之前，酿花天气风风雨雨的豪华。""五四"那年胡兰成十三岁，在绍兴第五师范附属高小读书，正是懵懂之时。我想，胡兰成此后的生命，有多少是没有受到过“五四”的影响的呢？就拿他自己的情感经历来说，张爱玲之后，与他有过婚约的女人，还有周训德、范秀美、佘爱珍等，这还不包括他寄居在日本人家里，与女主人一枝长达三年的恋情。

“五四”的反对旧礼教，追求男女的自由恋爱，胡兰成是做得最好的，不管是他的文还是他的行动，都远远地走在了那个时代的前面，即使用现在的眼光来看他，他仍然远远地走在我们的前面。他那对待女性的每次都签订婚约的认真与诚实，其实是对这个世界诚实，对自己认真。一百年、两百年后，再回过头来看民国，人们会发现，胡兰成的《今生今世》，以及他的《五四运动》，是最真实的历史，个人史，也是人类的进化史。绝大部分人的一生，都经不起切近的考察，虚假的东西太多，水分太多，而胡兰成，至少是真实的，他给历史留下的，是一个人实实在在的生命轨迹，和他那个时代在他身上刻下的有着切肤之痛的烙印。胡兰成于 1981 年 7 月 25 日下午，在东京病逝，享年七十五岁，死时佘爱珍陪伴在身旁。死后葬于东京福生，墓碑上刻有自书的“幽兰”两字。

维庸装饰了巴黎

1

法国有几位诗人，对我们当代汉语诗歌的影响，是巨大的，比如波德莱尔，比如兰波，比如马拉美，比如瓦雷里，还有许多许多，这些人的许多诗句，至今还回响在我们的脑海里。诞生于十九世纪八十年代的法国象征主义诗学，曾经是我们这一代诗歌写作者所膜拜及模仿的重要诗歌源头之一。

在我的内心深处，一直深藏着一个秘密，还有一位法国诗人，我一直引以为知己、同道和兄弟，这个秘密我从未对外公开过，他的作品，这些年来，我估计自己加起来读了应该有七八遍，甚至上十遍。他一生所有的作品，汇总起来也就一本薄薄的小册子，只有三千多行，翻译成汉语，也就四万多字。

是的，他就是维庸，弗朗索瓦·维庸。

维庸 1431 年的愚人节出生于巴黎，这个年份很好记，因为这一年，英国人在卢昂以“叛教者和异教徒”的罪名烧死了圣女贞德，这两件事表面上看毫无联系，但隐隐之中，似乎也有一些不可言说的内在关联。了解维庸生平和读过维庸诗歌作品的人都知道，维庸是整个法国诗人中，最具法兰西精神和异教徒本质的人。“异教徒”这三个字，搁在贞德身上，足以招致死罪，但搁在文人身上，比如维庸，却能促成一位伟大诗人的诞生。愚人节出生的人，弄不好，会愚弄整个世界。

不管是在古代还是当代，不管是在中国还是法国还是其他任何一个国家，维庸都是一个特殊人物，因为没有其他任何一位诗人的经历，能像他一样具有传奇色彩，他身上的标签，可以用流浪汉、窃贼、土匪、死刑犯来简单概括，他参加过恐怖组织，会撬锁，会开保险柜，持刀杀过人，许多时候靠抢劫过日子，被判过许多次刑，包括死刑，他是我所知的世界范围内唯一一个把抢劫和盗窃当作职业或者说从事这个行业的诗人。当然，在五百多年后的今天，我还能在这里怀念他，追忆他，恰恰是他的另外一个身份——诗人，而不是上面提到的其他身份。这位伟大的诗歌天才兼杀人犯是法兰西诗歌史上最伟大的诗人，是法兰西现实主义诗歌的开创者和奠基者。在通读他的作品的时候，我甚至意外地发现，在许多时候，他比魏尔伦还要激进，比兰波还要锋利，在许多句子的用词上，他要更加先锋、准确和生动，他的语言，也显得更加有力，就连阿波利奈尔的许多诗歌作品，都留有维庸的影子。

维庸的一生一直是个谜，他的生活相当灰暗，颠沛流离，居无定所，每一天活得都像是惊弓之鸟，就连他的死亡，至今也无人能说得清楚。他到底是哪一年死的？死亡的原因是什么？这一切都被历史遮蔽着、隐藏着，最起码到今天为止，还没有人能解开谜底。我们今天所了解的维庸，或者说我们能了解的关于维庸的一切，还是只鳞片爪。我们对他的这些了解首先是来自于他的诗歌，他的诗歌许多段落都是写实的，人物事件地点，脉络清晰，一咏三叹，这一点很像杜甫，他们的诗就是他们的传，读他们的作品我们仿佛置身其中。另一个重要的途径就是来自于当年司法部门的材料——那些关于维庸的刑事诉讼案卷的审判书，这些审判书现存于巴黎的国家档案馆里，通过这些案卷，我们基本可以还原当年维庸所犯下的案子和日常生活，以及他的朋友圈及那些鸡鸣狗盗、蝇营狗苟的不堪往事。

维庸出生后不久父亲就去世了，由于家庭贫困，他的母亲就将自己无法养活的儿子送给了圣帕努瓦-勒贝图奈修道院的纪尧姆·德·维庸神甫做养子，并把儿子的名字改成了佛朗索瓦·维庸，他的原名叫佛朗索瓦·德·蒙戈彼埃。维庸在修道院长大并受到了良好的基础教育，看来神甫对自己的养子照顾得不错，维庸在十八岁的时候，取得了业士学位，相当于高中毕业吧，1452 年夏天，二十一岁的维庸又获得了学士学位，相当于大学本科毕了业。小伙子毕业后无所事事，整日里游手好闲，因为他是在修道院长大，身边不免有许多教士朋友，那时候的教士鱼龙混杂，那些有犯罪前科以及感觉到自己即将滑入歪门邪道的人，无不想办法谋一个教士资格，因为作为教士，万一哪一天犯了案子被司法部门抓起来，他就可以要求由神职法官来审判，而神职法官的判决比普通法庭的判决要轻得多。维庸整天跟这些混混待在一起，所作所为可想而知。小偷小摸、泡妞、抢劫、打架斗殴无所不为，过着放荡荒淫的生活。这些日子在他的早期诗歌作品中都有体现，无论修鞋的白姑娘，还是胖子玛高，无论是制头盔的美人儿，还是做风帽的让奈特，还是做针线包的卡特琳，她们都在维庸的诗行里，摇曳生姿，年轻的维庸尽情地挥发着荷尔蒙。可是好景不长，1455 年 6 月 5 日，维庸终于放荡过了头，犯下了命案，他为了那个叫卡特琳的姑娘，与一位叫赛穆亚思的教士争风吃醋，在争斗中，维庸最后用石块砸倒了对手，那个叫赛穆亚思的倒霉蛋，最后不治身亡，维庸成了杀人犯。

这场争斗闹剧维庸成了胜出者，当时的现场情况在查理七世颁布的赦免令中，有详细的记载："弗朗索瓦·维庸，二十六岁，或左近，于安息日在吾巴黎城之圣——雅克大街，坐于圣博努瓦——勒卜图奈教堂大钟之钟面下方之一石上，一名为吉尔之神甫与一名为伊萨博者与彼同在，时约九时或左近。"接下来都是维庸的叙述，因为对方已经死了，没法开口为自己做辩护了，他说这时候赛穆亚思过来向他挑衅，一开始自己好言相劝，说两个大老爷儿们不值得为一个女人动手，可是对方不听，自己越退让，对方以为自己越害怕，后来赛穆亚思从袍子下面拔出一把匕首，刺中了维庸的头部，"以至于血流如注，维庸，为安全计，着一大衣，并于其下腰间藏匿一把匕首，遂抽出匕首还击，刺向赛穆亚思，不意竟将其刺中。"但当时并没有刺中赛穆亚思的要害，根据维庸的自证，两人继续缠斗，你追我赶中，维庸拿起一块石头砸中对方的脑袋，对方倒地不起，被送到了就近的修道院，后来又转到主宫医院，第三天上，“因救治不力”，赛穆亚思死在了医院里。而维庸自己当时也被刺中头部，就去附近找了一位剃头匠为他包扎，这位剃头师傅有着相当的警惕，一边包扎，一边旁敲侧击打听事情的原委，包扎完了之后，忙不迭地去政府告密去了。看来告密这行当，古今中外早已有之，概莫能外。人性之丑陋不堪，“告密”两字，尽在其中。

维庸也不傻，剃头师傅问他名字时，居然淡定地编了个假名，说自己叫米歇尔·莫顿，但即使用假名也逃不过政府的追捕，没几天就被抓了回来，接下来维庸就是自辩，尽力为自己开脱责任。如果国王都像查理七世这么仁慈，那天下的死刑犯，会减少很多。查理七世最后居然相信了维庸的自辩，仅凭维庸的一面之词，没做任何调查，就做出了当事人属正当防卫的结论，说维庸当时的行为无可指责，最后宽恕并了结了这桩案件，更让人意想不到的是，国王在最后的赦免书中还写道：“令检察官对此事永保沉默。”

维庸逃过一劫，要知道，当时比这轻得多的罪行，都得上绞刑架。这一次，就算他躲过了初一吧。

没过多久，维庸的手，就又开始痒痒了。有一天夜里巴黎的瓦纳尔学院发生了一起盗窃案，原本存放在学院小教堂圣器室内的保险箱被人撬开了，里面的五百金埃居被人盗走，学院报案后，国王派了检察官调查此案，他们传唤了九名当时号称开锁专家的锁匠，对此案的作案过程进行了还原，此后侦查范围逐渐缩小，所有证据都指向一个人——维庸。以维庸为首的这伙人听到风声后，迅速作鸟兽散，大部分人都逃到了海上，只剩下包括维庸在内的两三个人在巴黎就地躲藏，过了一段时间后，眼见风声渐渐减小，其中一个人在饭馆吃饭时，不知是因为喝了点小酒，还是吹牛逞能，就说到了自己参与的纳瓦尔学院盗窃案子，说者无心听者有意，正好被邻桌的一位教士听到，这位教士似乎更应该做一名密探，而不是神职人员——他去公安局举报告密了。不知道当时的巴黎，办案子的机关叫不叫公安局，其实叫什么根本已不重要了，关键是有这么个机关，他们马上进行了调查，顺藤摸瓜，眼看就要抓到维庸了，这时的维庸早已是惊弓之鸟，吓得连衣服都没来得及换，或许他连换洗衣服都有不起，就匆匆消失在巴黎的夜色中，至于去哪儿，我们的主人公根本没时间考虑，他的脑子里只有一个念头，快跑，离巴黎越远越好，越远越安全。

从他出逃那个晚上开始，他就踏上了亡命天涯的道路。鬼知道此后他都经历了些什么，我们从他若隐若现的履历中，勉强可以看到他一会儿被投进了监狱，一会儿又莫名其妙地跟王子——也是当时写诗的诗人，我们暂且把他称为学院派诗人吧，因为他写作的路子跟维庸完全是两个路子——奥尔良的查理来往密切，此间他还因为盗窃一个圣器室里的圣杯被关进了监狱，因为他是惯犯，屡教不改，被奥尔良主教蒂勃·德·奥克西尼大刑伺候，身上戴上了锁链，禁闭在地牢里。另一次，他似乎还在水牢里也受过罪。总之，他的生命一直在监狱内外徘徊，进进出出，但关键时刻，也就是要出审判结果的时候，他总是能遇到好人，总有某个领导出面保释他。比如这一次，路易十一路过奥尔良，就将他保释了出来，他又可以回到巴黎，与他的旧友重聚了。

一伙盗贼杀人犯重聚，会有什么好事儿？他一生中最大的麻烦悄悄地来了，该来的，总会来的，出来混，迟早要还的。

1461 年以及 1462 年，维庸因盗窃打架斗殴连续被捕入狱数次。巴黎国家档案馆资料显示，1461 年底，维庸因盗窃罪被关进夏特利的监狱，后由神学院出面干预，维庸写了保证书并交纳一百二十金居埃罚款后被释放出狱。1462 年，维庸在参加一场斗殴中，一位主教的公证人被打伤，另一说法是此间他还参加了盗窃，此次事件被官方定性为极其严重的恶性事件，必须从重从严处罚，没过多久维庸就被判处死刑，在巴黎接受绞刑。

维庸当然怕死，他怕绞刑。常在河边走哪有不湿鞋，此前他的同伙就有被处以绞刑的，他也曾想象过自己的死法，他们这些人，早就知道自己的结局，肯定是不得好死，但当死亡真的来临，恐惧还是弥漫了全身，求生的欲望使得他坚决上诉，他不服判决，他想，以前我杀人都没判我绞刑，这次你们判得太重了，他要求法庭改判。

上诉之后，维庸焦急地等待着结果，并想象着如果法庭不改判，他的尸体在绞刑架下飘荡的可怕场景。1463 年 1 月 5 日，法庭的终审裁决下来了：取消死刑，驱逐维庸离开巴黎，十年之内不得返回。

从此以后，我们的诗人不知所终。这个世界上再无维庸的消息，他永远活在了那些遥远的传说中了，但他的诗歌，却流传了下来，成为法兰西以及整个世界的瑰宝。

2

维庸的所有作品分为两个部分，较早之前写的，也就是在他二十五岁或之前写的，都收入到《小遗嘱集》里，之后写的，则收入到《大遗嘱集》里。《小遗嘱集》里的诗歌大都由八行诗句组成一首诗，每行有八个音节，而《大遗嘱集》里的作品则增加了变化，许多作品插入了十分优美的歌谣和回旋曲。我一开始还不清楚维庸为什么把自己的作品集命名为《遗嘱集》，后来读到《大遗嘱集，第75》时，才明白，原来这都是别人给命名的，后来，作者也只好表示默认了：

感谢上帝，我还记忆犹新：
在我出走之时——1456年年末，
我随手写了一些遗训，
有些人也不问询我，
就要美其名为“遗嘱”。
此非我本意，是他们猜度。
这又何妨？正如俗话所说：
自己的事，自己不能做主。

翻译家杨德友先生也把维庸的大小遗嘱集翻译后合在一起，交给出版社出版，书名就叫作《遗嘱集》，杨德友先生是目前国内翻译研究维庸的代表人物之一。我知道，我们每一个人，从一出生，就是死亡的候选人，谁也逃不掉，从某种意义上说，我们所有人写出来的文字，都是遗嘱，所有作者都是遗嘱作者，所有作品都属于遗嘱范畴。仅凭这一点，维庸就是一位世事洞明的智者，不但看透了人世，也饱受生活的煎熬和无奈，并最终接受命运的安排，黯然离开巴黎，作为死亡的候选人之一，不知死神在哪里收留他，接纳他，并最终宽恕他。

维庸在上诉之后，心怀忐忑，写下了四行诗：

我是弗朗索瓦，注定苦命，
在彭多瓦附近的巴黎出生，
可以用那六尺长的一根粗绳，
我脖子得知我屁股有多重。

——《大遗嘱集，杂诗13》

这最后两句，可以说是千古绝唱。可以想象在绞刑架下飘荡着的尸体，绞索套在脖颈上，屁股随风晃啊晃，维庸在临死前还不忘幽巴黎一默，他说自己“在彭多瓦附近的巴黎出生”，其实他就出生在巴黎，彭多瓦是巴黎的乡下，放到现在，就好像我们说“在廊坊附近的北京出生”一样，这种对巴黎的又爱又恨之情，跃然纸上。说实话，我最初被维庸打动的，就是这四句话，尤其这后面两句，这种神来之笔，非得经过生活的磨难，并坦然接受生活的千锤百炼之人，才能怀着对生活的追求、对生命的渴望，无奈之后对自己、对这个人间作最后的一次戏谑，当脖子得知屁股重量的时候，这个人也就见到了上帝。

据说马雅可夫斯基在情绪低落的时候，就会反复吟诵这四句诗来缓解忧郁的心情。

四行诗远远不能表达他此刻的心情。我们现在确信，他是害怕死亡的，他既做好了死亡的准备，又渴盼着奇迹的来临。对于死亡，他很早之前就有过清醒的认识：

历代的教皇，历代的国王，
孕育在皇后子宫的王储，
都有一死，僵冷、被埋葬，
皇位、王位也必定易手，
那么身为莱纳的小贩，我
岂能不死？我死是上帝的旨意：
但我享受过人生的快乐，
公正的死亡我不畏惧。

——《大遗嘱集，第 42》

可以看出，维庸希望得到公平和公正，如果是公正的死亡，他会坦然接受。他在另一首杂诗里，对那些往昔的生命，也有着清晰客观的描述：

没人能够把死亡抗拒，
没人能逃避死亡的律令。
但是我仍有一事不明：
波西米亚国王朗塞洛在哪里？
还有，他祖父又在何方？
但英勇的查理曼大帝如今安在？

善良的不列颠武士克拉金在何方？
王太子奥维尼公爵在何处徘徊？
还有勇猛公爵阿朗松？
但英勇的查理曼大帝如今安在？

——《大遗嘱集：〈又一首歌谣：往日的王爷〉》

他所追问的这些人，所有人都知道他们所在何方。这种对生命的不断叩问，或者说明知故问，何尝不是一种追怀和感伤？一种凭吊和直视？唯有直视过去，才能正视现实，死亡是每个人的归宿，不管是王公贵族，还是平民百姓，人生的终点都一样。但归宿的途径千差万别，维庸想到不久之后，自己很有可能被吊在巴黎的某座绞刑架下，不禁悲从中来，写下了他生命中最悲壮的诗篇——《维庸墓志铭：绞刑犯的歌谣》。全诗比较长，我在这里节选其中的几段：

……

看我们被吊在这儿的五六个人，
我们的肉体，原来都强健十分，
到如今已被咬食，已经腐烂，
只剩下骨头已经枯干化作灰尘。
请世人不要笑话我们境遇悲惨，
请祷告上帝，赦免我们的罪愆。

……

雨水横竖弹打、冲刷了我们，
阳光晒得我们发黑又枯干，
喜鹊和乌鸦啄食我们的双眼，
还把我们的胡子和眉毛拔完。
我们再也得不到一刻的平安，
风忽然向西忽然向东吹不断，
我们听凭摆布随风不断旋转，
鸟雀的啄咬早超过了裁缝的顶针。

……

耶稣我主啊，你才是我们的主人，

让地狱不要再为难我们，

我们和地狱无关，绝不恋战，

世人啊，这些话绝对不是戏言。

请祷告上帝，赦免我们的罪愆。

读这首诗的时候，我脑子里突然出现了多年前看过的京剧《李七长亭》的画面，故事讲的是强盗李七因打劫皇纲，被捕入狱。劫皇纲是死罪，李七想到自己的下场时，有一段极其精彩的念白，好像是裘盛戎先生配的音，颇似维庸此时的心情："做贼的不听劝，半夜三更称好汉，偷牛马，劫彩缎。大元宝，手内抓；吃花酒，落花店，指望一场好富贵，谁想做了他娘的二年半。天不容，把事犯，刀枪矛子解上县，头门上，也要礼，二门上，也要钱。上面坐的活阎罗，哇呀呀，两旁衙役赛鬼判。太爷堂上发了怒，李七堂下皮肉烂。堂上发下一支签，绳困索绑丢在监。有朝一日京师到，去了老子九斤半。尸首抛在阴沟里，猪来吃，狗来餐，乌鸦头上打旋转，打旋转。"两人都面临着死亡，都想象着死亡来临时自己的屣样。古今中外，在死神面前还能逞英雄的人，毕竟不多。

如果本次事件没有接下来的转折，这首诗，应该是维庸留给这个世界的最后一首诗歌。在诗中，他已经认命了，他完全猜想到了自己吊在绞刑架下的情景，他此刻别无所求，只求耶稣早点让他下地狱，别让他过鬼门关时让那拨小鬼为难他，最后请求上帝赦免他在世时的罪愆，他连最后的忏悔都已经完成了，只等那一刻的到来。在此之前，他甚至都想好了死后的归宿之地：

不得把我葬在其他地方，
只能葬在圣阿维修院之中，
让人人都能把我观望，
不是肉体，而是画像——
制作等身大的肖像一张，
用墨水也许不贵，不必铺张。
坟墓吗？就不必了。何况
地板也承受不了那重量。

——《大遗嘱集，第 176》

这最后一句“地板也承受不了那重量”，跟上面我提到的那四行诗中的最后一句“我脖子得知我屁股有多重”，是何其相似，诗人在作品里的气息一脉相承，既诙谐，又沉重，这样的情感，深入骨髓，没有被死神召唤过的人，不足以谈生命。即使想到了自己的墓碑，维庸也能以游戏的心态面对：

其次，在我的墓碑石面上，
不同于其他什么装饰纹章，
只需用大号字端正写上，

如果没有墨水现成备用，
就用黑炭和黑石棒，
用力小心，
不可把石面擦伤，
这样我就活在世人记忆之中——
我生前喜欢笑闹寻求舒畅。

——《大遗嘱集，第177》

3

维庸每到关键时刻，都有贵人相帮，即使法庭判他有罪，基本上也都是进去不久就能出来。这次也不例外，1463年1月5日，议会根据维庸提出的上诉，经合议庭裁定后，决定撤销上一次宣判结果，改为驱逐出巴黎，十年之内不得返回。

奇迹一次又一次地出现在维庸身上，这本身就是一个奇迹。维庸听到终审裁决后，喜出望外，写出了《致议会法庭的赞辞》和《向监狱门卫献疑：呼吁的歌谣》两首诗，这也是我们目前所知的维庸在世时写的最后两首诗。前一首对议会法庭充满了感激和由衷的赞美，开头几句是这样写的：

我的五项感官：双耳，舌头，双眼，
还有你呀，触觉，亦即全身，
这些器官都已遭受到严重的伤损，
但是每种感官都作出了如下的声音：
“威严的法庭，我们向你呼唤，
是你让我们免于灭亡，保持生存，
现在我们亲口道出自己的语言，
虽然不足以抒发出充分的称赞，
但依然同声赞颂……”

这确实是动了真情，维庸调动了自己所有的感官，来感谢议会的不杀之恩，我相信只有在此时，维庸才真正感觉到了生命的可贵，能活着，是多么美好的事情。诗的最后一节，维庸又流露出他滑稽、幽默的一面，他说：

老爷，不要拒绝给我三天的宽限，
让我作好准备，对亲朋好友说声再见，
没有他们的帮助，
我没有一块钱。

法庭本来判决立即把他驱逐出巴黎，可他拿到判决后，却跟法庭讨价还价起来，说自己第一需要跟亲朋好友告别，第二需要跟他们借点钱，自己身上一块钱都没有了，无法出门，请求法庭给他三天时间来办理此事，说白了就是借点钱再走。第二首诗是写给监狱的看门人的，说的是庆幸自己作了上诉，才有了这个好结果，看来那时候，狱卒跟犯人之间的关系，是相当的和谐的，或许在巴黎的监狱里，一直都这样？

十五世纪的巴黎，监狱里的犯人可以跟狱卒成为朋友，可以以诗人自居，随时随地都能写诗，就连死刑犯都可以用诗歌的形式提出上诉，确实是够人性的。巴黎不愧是一座以浪漫著称的城市，如此一想，对巴黎，对法兰西，不禁心向往之，法国人的浪漫和人性，是有源头的，法国的现代诗歌，也是有源头的，维庸就是。

我年轻的时候，我们那个小地方写诗有个小团伙，俗称文学社，有一段时间突然流行一个句式，现在想不起来是从哪儿流传过来的，是由哪位朋友开始带头写的。反正每写几行，罗列出一大堆人名，然后每一段结尾，都用一句反问句："（这些人）如今安在？"其实全是在套用维庸那句著名的"但是，去年的白雪如今安在？"当时想想，确实很高大上。我在二十来岁的时候，就模仿这个句式写过几首，比如：

秦皇汉武如今安在？
唐宗宋祖如今安在？
弯弓射大雕的成吉思汗如今安在？
我的先祖朱元璋如今安在？

闯王李自成如今安在？

还有一种写法就是把人物换成女性，名门淑女，从古到今，一路排将过来：

卓文君如今安在？

花木兰如今安在？

文成公主如今安在？

佘太君如今安在？

秋瑾如今安在？

张志新如今安在？

林昭如今安在？

……

这么连着排比下去，真是气势不小，关键是要把那些当年的历史人物列出来，大有粪土当年万户侯的气概。当时就知道，这个句式，最早出现在十五世纪的法国，人家法国诗人维庸，五百多年前就在玩了，我们直到今天，才当宝贝一样据为己有，想来这还不是丢人的问题，这是文学观念和理念远远落后的问题。这个句式，现在我才知道，《圣经》里早就有了，只是维庸的大遗嘱集里的两首诗，一首是《歌谣：往日的贵妇》，哀婉的是名门淑女，另一首是《又一首歌谣：往日的王爷》，追忆的是帝王将相，这才把这挽歌式的叠句发扬光大，这才风靡世界。古今中外，都以不同的方式，向维庸致敬，向古老的诗意致敬。下面我们来看看中世纪的外国歌谣里的“如今安在”是怎么写的，比如这首“历代君主如今安在？历代将相如今安在？名贵财物如今安在？历代强人安在？时间的金钱安在？都像影子一样飘飞，都像梦幻一样消逝”。

再看这首：

在我们之前，生活在这个世界的人如今安在？
在层层叠叠的坟地也看不到他们；
满目的灰土和飞虫，下面是腐肉枯骨，
起来，起来，守灵啊，为此做好准备。

可见，“如今安在”这个句式，一度成了全世界诗歌写作的流行语。前两天我在读邵燕祥老先生的那本作家出版社出的《我死过，我幸存，我作证》时，居然发现了老先生也在用这个句式。他在写到自己年轻时如何憧憬延安，并在看到一则新闻图片时引发了如下感慨：

中央社播发的占领延安图片，只是突出了国民党军队长驱直入的胜利，并不能告诉我延安怎么样了：群山安在，宝塔安在，夕阳还辉耀着山头的塔影吗？窑洞安在，延河安在，窑洞里和延河边的人转移到哪里去了呢？折聚英安在，高大干安在，王贵李香香安在，开荒的兄妹和懒虫二流子安在，那活动在窗花一样的版画里上冬学、闹春耕的婆姨们安在，毛主席接见过的劳动发家丰衣足食的劳动英雄吴满有安在？

可见“如今安在”这句式，影响力是多么巨大，可以这么说，是维庸这个天才，让中世纪的语言熠熠生辉，发扬光大，并影响到全世界，中国也不例外。

维庸的才华和想象力，从下面这首诗里我们也可以看出来：

在喷泉之旁我因干渴死亡，
虽燥热如火，我颤抖得打牙作响，
我虽在祖国，却在遥远的国度，
在大火之旁，却在火焰中发抖，
赤裸如毛虫，却穿着庭长的盛装，
我含着眼泪发笑，等待但没希望，
唯一的安慰就是悲惨的绝望，
我虽然欣喜，却毫无一丝欢畅，
虽然强壮，却没有权益没有力量，
受到欢迎，又被赶走，一直是这样。
……
对我最亲的人最惹我生气，
说真话的人谎话说得最彻底，
……

我认可一切法律，却向往逍遥，

怎么办？从当铺赎回我的衣裳，

受到欢迎，又被赶走，一直是这样。

——《大遗嘱集，〈歌谣：给布洛亚赛诗会〉》

这首诗是前面我提到过的那位王子、学院派的公子哥奥尔良的公爵夏尔在布洛亚城堡举办诗会时，邀请了维庸写的。赛诗会是当时贵族们喜欢玩的一种文字游戏，一大帮人聚在一起，吃饱喝足，然后开始消遣文字。这类游戏在我国也早已流行，最著名的莫过于东晋永和九年，王羲之召集谢安、孙绰、王献之等名士和朋友四十二人，在绍兴郊区兰亭举办雅集，不仅得诗三十七首，王羲之还在“微醉之中，振笔直遂”，写下了书法史上著名的《兰亭集序》。维庸他们玩的游戏规定第一行必须以“在喷泉之旁我因干渴死亡”开始，接下来大家就可以自由发挥，就是这样的游戏文章，维庸都能挥洒自如，想象力爆棚。一句“我认可一切法律，却向往逍遥”，道尽了诗人内心的矛盾与纠结，维庸也是这个世界上迄今为止最敢于袒露自己劣迹、罪行、恐惧、内疚和悔恨的诗人。

有评论家认为维庸的作品有潜在的庄严，所有作品都指向一个主题：生命短促，人间万物脆弱，永恒的虚空。在这里我想再加上一句：一个活生生的个体在宇宙间寻找自由的轨迹。

维庸生前并没有出版过作品，他的这些脍炙人口的诗歌最初是通过手抄本流传的,甚至是口头流传的。直到1489年,他的作品才第一次在巴黎出版,然后一发而不可收,在他去世后的七十年里,据不完全统计,他的作品共出了三十五版,但在1533年以后的四百多年时间里,维庸突然被人们遗忘了,没有人再提起他,这似乎是文学史故意的,像一个恶作剧,这里面的故事情节颇值得玩味。维庸的再次走红,再一次出现在世人面前,是在十九世纪末、二十世纪初的欧美,然后再一次蔓延到全世界。法国有一个"维庸学会",这个学会对维庸是这么介绍的:"自五个世纪前第一次刊印作品以来,佛朗索瓦·维庸仍然是法国中世纪最著名的诗人。"

最后,我同意法国著名诗人马罗(1496—1544)对维庸的评价,我个人觉得,这句话完全可以刻在维庸的墓碑上:

维庸装饰了巴黎

图书在版编目（CIP）数据

约等于零 / 朱零著. -- 南京：江苏凤凰文艺出版社，2020.7

ISBN 978-7-5594-4973-3

Ⅰ. ①约… Ⅱ. ①朱… Ⅲ. ①散文集－中国－当代 Ⅳ. ①I267

中国版本图书馆 CIP 数据核字(2020)第 109468 号

约等于零

朱 零 著

出版人 张在健
责任编辑 李 黎
装帧设计 夏艺堂
责任印制 刘 巍
出版发行 江苏凤凰文艺出版社
南京市中央路 165 号，邮编：210009
网 址 http://www.jswenyi.com
印 刷 江苏越洋印刷有限公司
开 本 1 230 毫米×880 毫米 1/32
印 张 8.75
字 数 190 千字
版 次 2020 年 7 月第 1 版 2020 年 7 月第 1 次印刷
书 号 ISBN 978-7-5594-4973-3
定 价 56.00 元